楽園

鈴木光司

角川文庫
16138

目次

楽園

第一章　神話

1

有史以前、ゴビ砂漠の北側からアルタイ山脈の麓《ふもと》にかけて、牧畜をしながら転々と移動するモンゴル系の種族があり、その名をタンガータといった。彼らが砂漠を移動するのは馬、牛、羊などのエサとなる草や水を求めてであり、畑を耕して定住することはなかった。牧畜といっても、このときはまだ動物たちを完全に人間の意のままに扱えるわけではなく、群れの後を追いかけて共に生活すると言ったほうがいい。ただ、そのための機動力として、馬を乗りこなす必要はあった。

湖は彼らの行く手に突然現れ、長いまどろみから覚めた頃になるといつの間にか消えることが多かった。消えてしまった湖を追っても、それは発見されることはない。いや、発見されたとしても、地形に合わせて姿が変わっているために、以前と同じ湖だとはだれも気付かないのだ。湖というよりも、水たまりのはかなさに似ている。しかし、水の畔《ほとり》には時につれ青々とした草の茂みが広がっていった。

彼らは文字を持たなかった。しかし、言葉はあり、口で交わした約束を破る者はそのために殺されても文句は言えなかった。文字がないぶん、一旦《いったん》口から出た言葉には大きな信頼が置かれていたのだ。

十三歳になると、男の子は一人前の男になるためにたったひとりで狩りに出掛け、最初に射止めた獲物の霊魂を自分だけの精霊として持ち帰る。生涯、男はその精霊に守られることになるのだ。霊の力が弱ければ男はあっけなく人生の幕を閉じ、強ければ、たとえ生死の境目を漂っていても強い力によって命あるものの領域へと引っ張り込まれる。最初の獲物によって、男はその一生を決定されてしまう。だから、十三歳という年齢は男にとってもっとも重要な節目であった。

狩りに出る時、男は馬に乗る。子供の頃から羊の背に乗り慣れているため、馬を覚えるのも早く、かなりのスピードで走りながら、鳥や兎を弓で射ることもたやすくできた。普段、弓で狙うのは食用とする鳥や獣であるが、一旦戦になれば鎧《よろい》をつけて人を射る。男は皆力が強く、砂塵《さじん》を巻き上げて平原を疾走し、有利とみるや敵陣深く攻め入り、男を殺し女と家畜はすべて略奪した。略奪された女たちは、最初殺された夫や子供を思って嘆き悲しむが、数年のうちに忘れ去り新しい部族の生活に溶け込み、顔形の少し異なる子供を産んで育てる。しかし、ごく稀《まれ》に、殺されてしまった夫を決して忘れようとしない女もいた。

ボグドは、タンガータが略奪した女の腹から生まれた男の子であった。戦は勝つか負けるか、そのどちらかである。負ければ部族は消滅し、勝てばより強くなって他の部族を飲み込み、砂漠を席巻《せっけん》した。

ボグドは普通の男の子として成長していった。背丈はそれほど高くなく、肌の色も他の男と変わらなかった。顔の彫りは深く、逞《たくま》しい肩にめりこむように乗っている他の子供たちの顔に比べると、顎《あご》のあたりがどことなくきゃしゃに見える。腕の力は強かったが、手の指は長く細く、そのせいか十歳を過ぎた頃から類《たぐい》まれな器用さを発揮した。ボグドは木の棒や、先のとがった石で、地面に獣の絵を描くことができた。土の上に描かれた馬や牛の絵は今にも動き出しそうなほど生き生きとしていた。特に洞窟《どうくつ》の内部に描かれたものなどは、精霊が宿っていると見做《みな》されて部族の者はだれもこれを消そうとはしなかった。松《たい》明《まつ》の火で赤々と照らされる洞窟の馬の絵など、見るたびにその表情を変え、人々が寝静まった後こっそりと壁から抜け出して湖の畔に生えた草を腹一杯食べてくるのだという噂を生んだほどである。ボグドはこの特異な能力により、部族の長老から一目置かれることになった。

十三歳という、人生でもっとも大切な年になってすぐ、ボグドはそれまで土に描いていた絵柄をそのまま石に刻むことを考え始めた。土は雨に流され、風に運ばれ、最初の形を残すことが難しいからである。自分の身体の内に湧き起こった衝動を、永久に変わることのないものとして残しておきたい……。大きな岩に決して消えることのない絵を彫りたいという欲求と、人間を描きたいという欲求がまったく同時に彼の胸の内に湧き上がったのだ。決して消えることのない肖像を描けば、その思いも永久に消えないだろうとボグドは考えた。

ボグドが描くのは主に獣を横から見た図である。正面のものはなかった。動かないもの、つまり石とか木を描くこともなかった。人間は描いてはいけなかった。ここに、部族の法があったからだ。

……決して人間の姿を絵にしてはならぬ。

なぜ描いてはいけないのか、その理由を問う者はだれもいない。第一、絵を描ける人間の数が少ないために、そんな法があることすらほとんどの部族民は忘れている。ところが、十三歳になって人間を描きたいという衝動が湧き起こり、そうなって初めて、ボグドはどうして人を描いてはいけないのかと不思議に思った。

ボグドが描きたいと思う人間はたったひとりだった。それは、タシガータ族の十二人の首長の中で、四番目の実力を持つ男の娘であるファヤウである。ファヤウはボグドよりもひとつ年下で、長い黒髪を持った愛くるしい少女だった。美しい少女ならまだ他にもいたが、魅力という点に限れば彼女の右に出る者はいなかった。言うに言われぬ魅力とはまさにこのことだった。ファヤウのそばにいると、男たちは安堵感《あんどかん》を覚え、それまで猛《たけ》り狂っていた精神も大地の中にすうっと飲み込まれてゆく。女としての平凡な身体と、幾分愛らしい目もとや口もとの、一体どこにこれほどの力が隠されているのか、だれにも説明できなかった。

ボグドは絵を描かない時はいつもファヤウを見ていた。遠くからの時もあれば、彼女の黒髪に頬を撫《な》でられるくらいの距離で言葉を交わすこともあった。二言三言言葉を交わすだけでボグドの心は喜びに溢《あふ》れた。喜びは身体と顔の表情の変化となって表れ、ファヤウが見るボグドはいつも明るく男らしかった。

ボグドはまだファヤウの身体に触れたことすらない。そのかわり、彼は強い願望を胸に秘めていた。ファヤウを自分だけの女にすること、妻にして自分とファヤウの子孫をこの世に残すことである。そのためには、まず強い男として部族の皆に認められなければならないのだ。精霊の力を得るための旅は、あと半年後に迫っていた。男の子が一人前の男になって妻をめとるのは、旅が終わった次の年からと、これも部族の法で定められていた。

ボグドはその時が待ち切れなかった。将来、ファヤウを妻にできるかどうかもわからないのに、彼はそうなることを決して疑わなかった。ボグドは今すぐにでもファヤウの両手を取り、強く抱き締めたかった。ボグドはそれまで漠然と考えていたことを実行に移すことに決めた。ファヤウの姿をそのままの大きさで石に描くのだ。部族の法を破った経験のないボグドにとって、これは決心のいる行為であった。

法を破る以上、人に知られてはならない。ボグドはまだ皆が寝ている頃に起き出して、羊の背にわずかばかりの水と食料を載せてセレンゲ川の支流へと向かった。そうして、ようやく、流れに浸食された深い赤土の谷の底に、ファヤウの姿を彫るのにちょうど手頃な石を見つけた。その石は岩陰に隠れていて、河原からちょっと見ただけでは気付かれそうもない。ボグドは、自らの手によってファヤウに変わるであろう石の下に立ち、じっと見上げた。そして、精神を集中させて石の上にファヤウの身体を重ねてみる。ボグドの心の中でファヤウは思い思いのポーズを取り、彼に向かって笑いかけ、黒髪をなびかせて話しかける。ボグドは半眼で空想のファヤウと実在の石とを見比べていたが、石の上のファヤウの像がもっとも美しく魅力的な姿で固定された時、かっと目を見開き鋭い叫び声を谷底にこだまさせ、堅い鉱石で作った磨製石器の先を石に打ちつけた。

ボグドは三日三晩休むことなく石を打ち、刻み込まれた曲線にオーカーという赤い色をした鉱物性の顔料を流し、とうとう実物と見まがうばかりのファヤウの像を完成させた。

ボグドは様々な距離からこの彫り物を見て、あまりのできのよさに感嘆の声を上げた。疲れも忘れ、彼はしばし茫然《ぼうぜん》として石の前に立ち、陽の高さに応じて表情を変える像に向かって語りかけた。彼はしばらくそうしていた後、おそるおそる像に近づいて石でできたファヤウに触れ、両手を大きく広げて石を抱きしめた。そして、この間だけボグドは、部族の法を破ったことに対する罪の意識を忘れることができた。

しかし、生まれて初めて破った部族の法なのだから、気に掛けるなというほうが無理というものだ。ボグドは、これまでで最高の傑作を谷の底に残し、恐れと満足感との両方の気持ちを抱いて帰途へとついた。法に反したことによって彼とタンガータ族に下るであろう罰の大きさに、ボグドは思いも及ばなかった。

2

ボグドは部族のもとに帰ると、すぐに長老の幕舎に走った。なぜ人の絵を描いてはいけないのか、理由をそれとなく聞き出すためである。わからないことがあると、人々は皆長老のタフネに尋ねる。タフネはまたシャーマンとして、部族内において特別な地位を築いていた。タンガータは、タフネの肉体を通してのみ祖先の霊と心を交わすことができた。タフネだけが世界の仕組みを知っている……、ボグドはそう思い込んでいた。

タフネはゴワゴワとした黒い髪を頭の後ろで束ね、しわの中に埋まった両目を上に向けて幕舎に入ってくるボグドを見上げた。タフネの視線に出合うと、ボグドは少し怯《おび》えた。心の中を見透かされる思いがしたからだ。

「今、何を描いておる？」

はっきり聞き取れないが、彼はモグモグと下顎を動かしながら、そんな意味の言葉を口にした。

「馬とか牛、この間は兎を描きました」

ボグドは嘘を言い、視線をタフネのほとんど閉じかかった目からはずした。あと数秒見つめ合えば、部族の法を破った行為を白状してしまいそうであった。

「なにか、聞きたいことが、あるのか？」

タフネは言葉を短くくぎって、そう聞いてきた。人生経験の豊かなタフネをだますことなど、ボグドにはまだ無理だ。彼は、肝心なところだけを伏せて、単刀直入に切り出した。

「なぜ、人を描いてはならないのですか？　その理由が知りたいのです」

タフネは出かかっていたあくびを途中でとめ、鼻の穴から奇妙な音を出した。

「まさか、もう描いてしまったんじゃないだろうな」

「い、いえ、そのようなことはありません」

「ならよろしい。法は法として守るがいい」

ボグドは身を屈《かが》めて、タフネの頭に顔を近づけた。

「教えてもらえないのでしょうか」

タフネは、困った表情で舌を鳴らした。

「言うわけにはいかんのだ」

「言って、困ることでも？」

「ああ、もちろん」

これ以上聞いても無駄と、ボグドは諦《あきら》めかけた。しかし、立ち去ることもできず、弱り切った顔でタフネを見下ろす他ない。タフネはしばし考えた後、鼻の穴を大きく広げて溜《た》め息をつき、しわがれ声で言った。

「まあ、座れ」

ボグドは地面に敷かれたむしろにあぐらをかいた。

「おまえは、わしに聞けばなんでもわかると思っておるな」

ちょっといたずらっぽく、タフネは言う。

「はあ……」

「いくつになった？」

「はあ？」

「年だよ」

「十三に」

「十三、精霊を求めての旅に出る年か。早いものだ。ついこの間生まれたばかりの子供と思っておったが」

「長老はおいくつに？」

「忘れた。季節が何回巡ったかなど、覚えてはおらぬ」

遠い過去を偲《しの》びタフネはしみじみと言う。

「のう、ボグド。わしに聞けばすべてわかると思うのは、間違いだ。わしはおまえよりほんの少し知識が豊富なだけで、なぜ法があるのかその理由など知りようもない。わしが生まれた頃から、法は法としてあった。だが、おまえは……」

タフネは、指先を地面にあて、単純な図形をなぞった。言おうか言うまいかと、迷っているふうである。

「おまえは、部族でもっとも絵がうまい。絵を描くにあたって、この法が気にかかるのももっともだ」

ボグドはうなずいた。ボグドが民に秘密を漏らさないとの確信が得られれば、喋《しゃべ》ってしまっていいかなとタフネは考え始めていた。

「よいか、法を破るとどうなるか……、その意味を決して人に言ってはならぬ。約束だぞ、もし破れば……」

「お約束します。決して言いません」

ボグドとタフネは目と目で約束を交わし合った。

「よいか、人の絵を描くとなあ、その人を失うことになる」

ボグドは目の色を変え、息をとめた。

「失うとは？」

「死ぬか、生き別れになって永久に逢《あ》えぬか……、そのどちらかだ」

ボグドは激しい動揺をタフネに読み取られまいと話の鉾先《ほこさき》を変えようとしたが、理不尽な怒りに駆られるまま、逆にタフネに詰め寄っていた。

「なぜ、なぜこんな、法が！」

「何度言ったらわかるのだ、おまえには、おまえがなぜこの世に生まれてきたのか、その理由を言うことができるか？　それと同じことだ」

「では、このことを秘密にしなければならないのはなぜです」

「考えてもみろ。これが人々に知れ渡れば、地面はすぐ憎む相手の姿で埋まってしまう。だれにでもひとりやふたり、憎いと思う人間はいるからな。そんなことにでもなれば、部族は滅ぶ」

「わかりました。秘密は必ず守ります」

ボグドは混乱した頭を抱え、即座に長老のもとを立ち去ろうとした。

「まあ待て。おまえのその能力を部族のために役立てようとは思わぬか」

「と、言いますと？」

「おまえの描く絵には精霊が宿っている。その霊の力で先祖の霊をお守りするのだ。これからは石に描け。石を死者の眠る大地に立て、霊をお守りするのだ」

「はい、喜んで」

ボグドはファヤウのことばかりを考え、タフネの言葉をほとんど聞いていなかったが、どうにか返事を返して長老の幕舎を出た。外は春先の陽が照っている。急に陽差しの中に出たせいもあって、ボグドは目まいを起こして転びかけた。

幕舎のすぐ横には太い幹の林があり、たっぷりと間隔のあいた幹と幹の間をファヤウが何ごともないように歩いているところだった。

……あのファヤウを失うというのか、このオレが？

ボグドは、怒りに身を震わせた。ファヤウの姿をすぐそこに見ても、今度ばかりは気がおさまらなかった。ファヤウは太い幹に遮られて一旦《いったん》見えなくなり、そしてまた木と木の間に横顔をのぞかせる。ボグドは、こんな法を持つ部族すべてを呪いたく思った。ファヤウはまた木の向こうに隠れて、見えなくなる。現れては消え、遠のいていくファヤウの横顔は、砂漠を移ろい消えていく湖のはかなさを思わせた。

……よし！

ボグドは胸に叫んだ。

……オレはオレの法を作る。部族の法がなんだ。理由などいらぬ。欲しいと思う女の絵を石に描けばその女が手に入る。どうだ、これがオレが生み出した法だ。オレはこれに従って生きる！

ファヤウはこのとき林を抜け、涼しげな顔で草原を東へと歩いていた。固定された視線に気付かず、ボグドの胸に湧く強烈な意志も知らず、ファヤウは優雅に歩いていた。燃える情熱が伝われば、彼女は一も二もなくボグドに従っただろう。だが、ボグドは言葉に出して想いを伝えたことはない。これまでふたりの間で、愛の言葉が交わされたことはなかった。

ボグドはファヤウの姿を目で追い続けた。すると、ふと、ファヤウは足をとめた。木の幹に身体半分が隠れた状態で、ファヤウは振り返り、なにかを探すような仕草でボグドの視線を捉《とら》えた。ファヤウは笑みを浮かべ、ボグドに向かって手を振った。しかし、ボグドは笑い返すことなく、怒りともとれる表情でファヤウをにらみつけたのだった。

3

夏になるとすぐ、ボグドは精霊を求める旅の準備に取りかかった。慎重に馬を選び、走りながら木の的を弓で射て、狩りの練習を積んだ。動物を的にすることはできない。最初に射殺した獲物の種類によって、射た者の運命は決まってしまう。例外はなかった。矢が的を逸《そ》れて獣に当たったりすれば、一生その精霊をしょい込まなければならない。したがって、小さな野兎などのいない平原を選び、練習の場とした。兎の霊がもっとも弱いとされていたからだ。間違って兎を射殺してしまえば、ファヤウを手に入れることなど夢に終わってしまう。

内面からほとばしる強烈な意志がそのまま硬い筋肉へとかたちを変えるかのように、ボグドのほっそりとした少年の体型は日を追って逞《たくま》しさを増していった。そうして、百歩離れたところに置いた手の平ほどの木片を弓で射て、百発百中でまっぷたつにできるようになる頃、夏が終わり旅立ちの日がやってきた。半年から一年に及ぶ旅の途中においても彼の身体はまだまだ成長を続け、弓の腕も上達するだろう。肉体の変化はそのまま願望成就につながるようで、ボグドは自ら鍛えることに喜びさえ抱いた。

その朝、ボグドはわざとファヤウに声をかけなかった。そのかわり、タンガータ族の土色の幕舎の群れが、後方の草原の下に消えてなくなるまでずっとファヤウのことを想い続けていた。強い精霊の力を得れば、必ずファヤウを手に入れることができる！　湧き上がる情熱の源泉はすべてそこにあった。彼が狙うのは、まだだれも仕留めたことのない伝説の赤い鹿だ。追い求めて命を失った者は数限りなくいる。あらゆる獣の中でもっとも強い精霊が宿るとされている赤い鹿を見つけるのはたやすくない。いや、たやすくないどころか、今生きているタンガータの部族民の中で実際にこれを目撃したものはだれもいない。彼唯一の目撃者であるコリコは、三年前にあっけなく人生の幕を閉じた。十七歳だった。彼は十三歳当時部族一の勇者で、将来は首長になる器だとみなされていた。コリコは皆の期待を一身に集めて旅に出て、偶然モワンナ山の麓《ふもと》で伝説の鹿を見かけ、これを深追いした。ところが、その後二度と鹿は姿を見せず、持っていった食料はことごとく底をつき、彼は強烈な飢えに苦しんだ。皮肉なことに、回りには獲物がたくさん走り回っている。野兎はからかうようにコリコの回りで飛び跳ねているのだ。しかし、これを獲《と》って食べればその時点で旅は終わり、弱い兎の霊が彼の精霊となってしまう。コリコは激しい相剋《そうこく》と戦いながら執拗《しつよう》に鹿を追ったが、空腹による幻想の中で弓を射て、とうとう赤い目をした兎を射殺してしまった。彼はその肉をむさぼり食らうまで、鹿を殺したとばかり思い込んでいたのだった。兎であることに気付いた時のコリコの落胆は大きく、部族のもとに帰ってもだれもコリコとわからないほど、昔日の勇者の面影は消えていた。彼はそれから四年後、熱に冒されてあっけなく死んだ。兎の霊は彼を弱者に変えてしまったのだ。

旅が人生を決定するというよりも、その人間の人生に対する姿勢が旅のありかたを決めてしまう。最高の精霊を求めて命を失う者もいれば、最初から羊とか牛の精霊で妥協してしまう者もいるのだ。目標を大きく持ち、幻覚を抱くまでこれを追い求めたのだから、コリコの生き方は男らしく勇者の名に恥じないものであったといえよう。しかし、最後は自分の肉体に負けてしまった。

……オレはコリコとは違う。

ボグドは伝説の鹿が住むという北西の方向に馬を向け、心に誓った。たとえ、飢え死にしても、赤い鹿を追い求めるであろうことを。鹿の精霊さえ得れば、人を描くなという部族の法に背いたことなど吹き飛んでしまう。ボグドにはそう思えた。

この時、ファヤウは彼が無事に精霊を得て帰って来ることを祈り、姿が見えなくなるまで北西の地平を眺めていた。だが、ボグドはファヤウの気持ちを知らない。いや、ファヤウ自身、自分の気持ちに気付いていないのだ。ボグドを前にすると、強く守られているという安心感があった。命がけで自分を守ってくれる存在を前にして初めて女は心から安らぐ。それは愛を芽ばえさせる上で、もっとも大切な要素であった。だが、ふたりの間には、互いの気持ちを充分伝えるだけの言葉がない。もし、意思の伝達がうまくいき、自分に対するファヤウの想いを知ったとすれば、ボグドの伝説の赤い鹿に対する情熱はこれほどに燃え上がらなかっただろう。たやすく得られるものに、人は命をかけるはずがないからだ。

砂漠を横切って北部の森林地帯に入ると、ボグドは至るところで熊を見かけた。この精霊も強い部類に入る。見つけるのはたやすいが、倒すのは容易でないからだ。ボグドは熊には目もくれず、針葉樹と広葉樹が混ざり合って繁茂する地域と草原地帯との境目あたりを西に向かった。一旦森林の中に深く迷い込めば、方向を知るのは容易でない。ボグドは森林と草原の境界線が西のほうにまっすぐ続いていることを、タフネから聞いて知っていた。森の中には木の実がなっていて、牛の腸《はらわた》に詰めて持ってきた乾燥肉を節約することにもなる。

夏が終わったばかりだというのに高原の空気は冷たかった。冬が来てもここには雪が降らない。雪が積もるのはここよりもっと南の山岳地帯だ。万年雪に被《おお》われたアルタイ山脈の頂が今ボグドの目に入ってきた。

4

ボグドは馬を南に向け、広大な草原の真ん中へと乗り出した。伝説の赤い鹿が住むモワンナ山はあの山脈にあるという。山脈の麓に辿《たど》り着く頃、秋は深まり日一日と寒さが厳しくなりつつあった。そして、これから山岳地帯は長い冬を迎える。

赤い鹿の姿を求めてボグドは何日も何日も森をさまよった。草の根を食べ、川の水を飲んで飢えと渇きを癒《い》やしながら、彼はただひたすらファヤウの姿を思い浮かべた。そうでもしないと、旅の目的を失いかねない。鹿の住む痕跡《こんせき》などどこにも見当たらなかった。生き物の足跡すら発見できない。本当にこんなところに獣が住むのだろうか。森閑とした冷気に包まれて、あたりには生き物を寄せつけない雰囲気が漂っている。もの怖《お》じしないボグドではあったが、人の立ち入りを拒む神域に迷い込んだのではないかと、恐怖心が徐々に頭をもたげる。ボグドは顔を振り、妄想をふり払った。そして、コリコはきっと人を拒絶するこの雰囲気にやられてしまったのだと考えた。タンガータの世界しか知らない若い男にとって、ここの空気はあまりに重く、ひと続きの同じ大地にいるとは感じられなかった。

ボグドは、万年雪のまばらな中腹から一面栗色の大地がのぞく山裾《やますそ》に少し下り、生き物の影を探した。注意して見ればすぐに見つかる。深く掘られたタルバガンの穴だ。糞《ふん》でかためて入口を塞《ふさ》いであるが、色合いが微妙に違うために大地の小さな斑点《はんてん》模様となっている。ボグドは安心した。マーモットがいるということは、野兎の類《たぐい》も生息するということだ。

水の流れる音を聞いて、ボグドは迷わず広葉樹のおい茂った谷間を降り、ひからびた二本の木の枝をこすり合わせて火を熾《おこ》し、暖をとった。川岸で、残り少なくなった乾燥肉をほおばりながら、これからのことを考える。赤い鹿を追う覚悟に変わりはなかった。問題はどうやって発見するかということだ。何かいい知恵はないか、彼は自分の短い経験の中にその答えを探り、ふと部族のおとなたちがよくやる狼猟の光景を思い出した。狼が群れをなして獲物を追う冬に、それは多く見られる。岩陰に隠れて狼の遠吠《とおぼ》えを真似、おびき出して射殺すのだ。では、果たして赤い鹿はどんな鳴き方をするのか……、ボグドにはわからなかった。それに第一、この方法が鹿に通用するとも限らない。

……そうだ。

ボグドにはある考えが浮かんだ。自分の特技を利用しない手はないじゃないかと。獣が声におびき寄せられるのなら、その姿におびき出されることもあるはずだ。彼がこの考えを思いついたのは、今いる川岸がファヤウの肖像を刻み込んだセレンゲ川の支流とどことなく似ているからだった。今度は法に背くことにはならない。

ボグドは、尾根や谷の斜面からよく見える場所に手頃な岩を見つけ、コリコから聞いた伝説の鹿の特徴を細部にわたって思い出し、岩に石を打ちつけた。

彼は、コリコと寝転がって見上げたタンガータの夜空を思い出した。ボグドのイメージする赤い鹿の姿は、砂漠の夜を彩る星々のまたたきの中に塡《は》め込まれている。弱者と化したコリコは、七歳年下のボグドに向かって一度見たという赤い鹿の話ばかりした。ボグドはコリコの描写から赤い鹿を心に描いた。そして夜空を見ているうち、際立って明るい星々が見えない線で勝手に繫《つな》がり合って見事な鹿の肖像を夜空一面に浮かび上がらせたのだった。それは、現実の鹿からはほど遠いものであったかもしれない。しかし、彼には他になぞるべきモデルはない。優雅に張り出した枝角は体よりも大きく、細いけれども四本の脚は力強さを感じさせる。彫りすすむうちボグドはセレンゲ川の支流の谷底にファヤウの肖像を描いた時の感覚を取り戻していった。空腹と疲れの中で、今彫っている像がファヤウなのか鹿なのかわからなくなり、ふたつの像は重なったり離れたりする。ボグドはファヤウに対する想いのすべてを、この鹿の絵に込める他なかった。

ようやく完成すると、いつものように少し離れてこれを見た。躍動感があった。もともと天空にイメージした図柄のせいで、鹿は前脚を曲げて今まさに飛び立とうとするかのようだ。しかし、それは夜空を駆ける鹿ではなかった。鹿が飛び立とうとする方向には、この時ちょうど太陽があった。

ファヤウの肖像にはオーカーという顔料を流し込んだが、今はそれを持っていない。鹿は灰色の岩の中に同色で閉じ込められていて、遠くからでは目立たなかった。やはりその名の通り、赤くなくてはならないのだ。ボグドは左腕を切り、流れ出す血を右手で受け止めながら素早く鹿の像に塗りつけ、命を吹き込んでいった。

ボグドは大地に身を隠せるほどの穴を掘り、その傍《そば》で火を熾した。火を熾すのはたいへんな作業である。背の高さほどの長い枯れ枝を岩にもたせかけ、三十センチばかりの手頃な枯れ枝を両手に持ってこれをまたぐ。そうして全体重をかけ、短い枝と長い枝を十字に接してこすり合わせるのだ。手が疲れたからといって途中で休めば、それまでの苦労が水の泡になる。とにかく、摩擦による熱が炎と変わるまでこすり続けねば意味がない。

火が熾ると、ボグドは焚火《たきび》の中に大き目の石をいくつもほうり込んだ。それから、掘ったばかりの穴の底に真っ赤に焼けた石を並べてから湿った草の葉と土を被《かぶ》せ、その上にうずくまって鹿が現れるのを待った。煙を出すわけにはいかないので、こうやって暖を取る他ない。これもまた、長老のタフネから教わった方法であった。

過ぎた日数がもはやわからなくなり、このまま土に埋もれてしまえばさぞ気持ちがいいだろうとさえ思う。ファヤウに化けて飛び回る悪霊に、こっちにおいでと死の淵《ふち》に誘い込まれそうになったり、空腹のあまりタルバガンの冬眠する穴に手を差し入れて、これを獲ろうとしたり、ボグドは何度となく自分の意志を失いかけた。ちょうど草の根をかじっている時であったが、彼は自分の肉を食らいたい欲望に襲われた。腿《もも》の肉を削り取ろうとしてボグドは我に返り、欲望を呼び起こした張本人は、今口にしている草の根であることに思い至ってこれを吐き出した。ある種の草の根には人を酔わせて思慮分別をなくさせる働きがある……、タフネはそう教えてくれたことがあった。

冬が終わろうとする頃、とうとうそれは現れた。静かな朝だった。水に映った赤い鹿の像が、ぼんやりと開かれたボグドの目に入った。揺れている。雪解けの流れに、赤い鹿の姿が、川底の石に揺れている。石の鹿ではあり得ない。ボグドは目をしっかりと見開いて、もう一度よくこれを見た。なんと優雅だろう。伝説の鹿は水の畔《ほとり》に立って、ボグドの描いた絵に見入っていた。見事な枝角が両耳の間から空に向かい、その形は夜空を彩る星座に似ている。イメージはそれほど懸け離れていなかったのだ。

ボグドはこれが現実であることを確認してから、弓を取った。

……本当にいたのだ。

喜びと興奮は彼の胸を駆け巡り、弓を引く手に生気がみなぎる。

……一体何をしているのだろう、あの鹿はオレの描いた絵に何か語りかけている。

そんな思いが頭をよぎる。自分が産み出した肖像を介して、ほんの束の間赤い鹿と言葉を交わしたような気がした。矢を放つ瞬間、鹿はボグドのほうに首を振り、彼と視線を合わせた。きれいな目だった。恐怖の色も浮かべず、鹿はきりっと首筋を立ててこちらを見ている。木陰のボグドに気付いているのかどうかは不明だ。

矢はまっすぐに飛び、首筋を貫いた。鹿は一瞬地面から飛び跳ねる格好で後ろ脚で立ち、崩れ落ちていく。苦痛の表情はなかった。ボグドはファヤウを手に入れたことを確信し、谷間に響き渡る声でファヤウの名を叫んだ。

ボグドは川岸に降り、射止めたばかりの鹿を見下ろした。赤い体毛の中には降り注ぐ光を浴びて金色に輝くものも何本かあり、大きな身体からは気品が漂っている。ボグドは手早く毛皮を剝《は》ぎ取り、腹を裂いて内臓を取り出してこれをよく陽の当たる岩の上に置いて乾燥させた。残りの肉はすべて食用となる。ボグドは鹿の肉を食いながらそこで春の到来を待ち、食い切れないものは乾燥させた鹿の腸《はらわた》に保存して帰り道の食料にすることにした。

山裾に立って北東の方向を見渡すと、丈の低い草原が緑一面に広がっている。とうとう冬は終わり、春がやって来たのだ。ボグドは赤い鹿の毛皮と角を馬の背に載せ、大草原に乗り出した。部族の住む地を目指しながら、何度も何度も馬を止め鹿の肉を口に入れる。こうしてすべてを食い尽くし、ボグドは伝説の鹿の精霊を自分のものにしたのだった。

翌年の春、ボグドは望み通りファヤウを妻にした。そして、十五歳で自分の幕舎を持ち、十七歳で男の子の父になった。タンガータ族で初めて赤い鹿の精霊を持ち帰ったボグドは、特に部族の祭り事において重要な役割を占めることになった。死者の霊を精霊で守るため、石に鹿の絵を彫るのである。彼は来る日も来る日も、ファヤウの傍で石に向かって彫り続けた。図柄はどれもみな太陽に向かって飛び立とうとする鹿を描いたもので、地に四本の脚をつけているものはなかった。一頭か、あるいは数頭、鹿はどれも前脚を高く上げている。そして、頭上には丸い太陽が置かれていた。陽に向かって空を駆ける赤い鹿を、ファヤウもまた好んだ。彼女はボグドの傍らに座って夫の描く赤い鹿に見入り、見よう見真似でどうにかこれを描けるほどに腕を上げていった。

こうした働きにより、ボグドは次第に部族内での地位を高め、将来は祭り事を取り仕切る首長になるだろうと噂された。未来は明るかった。ひとり息子は三歳になり、ボグドもファヤウもまだ気付いてはいなかったが、ファヤウの腹には二つ目の命が宿ったばかりだ。ボグドは精霊に感謝することを忘れなかった。しかし、たったひとつだけ気に掛かることがある。七年前に破った部族の法だ。現在の生活に満足しているが故よけいに、このことが気に掛かる。ファヤウはもはやただの憧《あこが》れではない。妻であり、子《こ》供の母なのだ。これを失うというのは世界を無くすに等しい。タフネに打ち明けて助言を乞うべきか、ボグドがその決心をつけかねている時、北の地平線に砂塵《きじん》が舞い上がり大地が揺れた。彼の危惧《きぐ》が現実になりつつある。北の部族が動き始めたのだ。

これより数日前、北の部族の若き族長シャラブはひとりのシャーマンと十数人の部下を連れてセレンゲ川の支流を通りかかった。そこで彼は偶然、七年前にボグドが描いたファヤウの像を目にしたのだ。石の肖像だとは気付かず、シャラブは馬の背にまたがって河原を上りかけて、石のファヤウに声をかけた。ファヤウは返事をせず、ピクリとも動かない。シャラブは馬から降り、石のすぐ前に立ってようやくこれが絵であることを知った。彼が驚いたのはこの肖像画の見事さというよりも、そこに描かれている女の美しさだ。シャラブはファヤウの両頬にそっと触れ、感嘆の声を上げた。

「これはどこの女だ」

シャラブはシャーマンに問う。絵というものが現実をそのままの姿で写し取るものである以上、この絵にはモデルがあるはずであった。シャーマンは、ファヤウが身につけている毛皮や頭の飾り物などの特徴を注意深く調べて答えた。

「タンガータの女と見受ける」

「タンガータは、強いか？」

シャーマンはまっ黒に陽に焼けた顔の中で、目だけを光らせた。

「何を考えておるのじゃ」

「この女を奪う」

シャラブの声には迷いがない。彼もまた強固な意志を強靭《きょうじん》な肉体に秘めていた。

女を奪うとは、その部族すべてを滅ぼすということである。

「タンガータは手強《てごわ》いぞ」

「オレにとって最後の戦だ。この女を新しい土地に連れてゆく」

新しい土地。北の部族には古くからの言い伝えがあった。

『ディンスルー山の雪が一年中解けなければ、その翌年、新しい土地に至る北の回廊は海底から姿を現す。陽のもっとも高い季節にこれを渡れ。そうすれば、水と草原に被《おお》われた肥沃《ひよく》な大地に至る』

この時を逃せば、新しい土地に通ずる回廊はまた海の底に沈んでしまうという。去年一年、ディンスルー山の雪は解けなかった。陽のもっとも高い季節、夏はあと百日ばかりでやってくる。新しい土地に渡ることに異を唱える者など、北の部族にはひとりもいない。北の果ての、地の底までが氷に埋まり、歩くたびにざくざくと音のする冷たい感触は常に彼らを肥沃な大地へと駆り立てていた。チャンスは今だけだ。もちろんだれひとり新しい土地を実際に見た者はなかった。だが、その土地の豊かさや明るい空の色はまるで見たもののように北の部族の間で語られていた。法がなぜあるのか問うても無駄なように、なぜこんな伝説があるのかシャラブにもシャーマンにも説明はできない。ただ、どうしても新しい大地に渡りたいという衝動だけは強くあった。

シャーマンは若くして族長の地位についたシャラブという男が好きであったが、衝動に左右されがちな彼の行動をいつも苦々しい思いで眺めていた。もう少し計画的に物事を進められないものかと……。

「およしなされ、この期《ご》に及んで戦など」

シャーマンは首を横に振りながら言った。

「占ってみよ。オレは勝つか、負けるか」

シャーマンは獣の骨をカラカラと鳴らして未来のほんの一部をかいま見た。

「負けは、しない」

シャーマンは正直に答えた。シャラブはこの答えに満足し、部下のほうを振り返った。

仮に負けると出たとしても、シャラブの決意は変わらなかっただろう。やると口にしたことは、運命に逆らってでも実行に移す強さがあった。シャーマンはそんなシャラブの性格をよく知っているので、戦を嫌いつつも勝利を正直に予言する他なかった。

「明朝、タンガータを襲い、これを滅ぼし、女を奪う。すみやかに戻り、支度を整えろ」

シャラブと十数人の戦士たちはただちに北の草原に馬を走らせ、部族の若者を集結させた。シャラブは自分はなんと運がいいのだろうと思った。新しい世界に渡る直前、理想の女に巡り会えたのだ。新しい土地にはもはや戦はない。これが最後になるはずであった。シャラブは精霊に勝利を祈り、目を閉じた。

5

砂漠の戦は、仕掛けた側のほうがずっと有利である。シャラブは風上に軍を進め、陽が昇ると同時にタンガータを襲った。夜明けとともに大地が揺れ、幕舎を飛び出したタンガータの民は目を細めて北の地平を見渡した。竜巻きのような砂塵が一直線にこちらに向かってくる。敵の襲来を知り、ボグドは馬に飛び乗り槍《やり》と弓を持った。幕舎の間を走り抜けながら危急を告げ、もとの場所に戻ると心配気な面持ちでファヤウが息子の手を引いて立っている。

「心配するな。オレには赤い鹿の精霊がついている」

ボグドはそう言い残して、巻き上がる砂塵の真ん中に馬を進めた。

態勢が充分整わないうちに、シャラブの先陣はタンガータの騎馬兵に襲いかかり、これを細かく分断してしまった。その上、強風に運ばれる砂粒は、風下に立つタンガータの目を苦しめる。弓が放たれ、人馬はぶつかり合い、石斧《いしおの》が頭を割る音があちこちから聞こえ、砂漠を血に染めてゆく。しかし、弓と槍の中をくぐり抜けても、ボグドにはかすりもしなかった。

勇名をはせたタンガータではあったが、周到な準備の上に戦を仕掛けたシャラブの前にあっては、とうてい守り切ることはできなかった。槍はついに折れ、矢も尽き、タンガータは敵の騎馬兵に一気に飲み込まれていく。

槍をよけそこなって馬から落ち、ボグドは気を失った。意識が遠のくその刹那《せつな》、彼は部族の法に背いた罰が今ようやく下されたことを知った。ボグドは大地に転がり、その身体をかすめて何頭もの馬が駆け抜けていった。

太陽が真上に位置する頃、シャラブはタンガータの女を一列に並べてセレンゲ川の支流で見た石の肖像と同じ顔を持った女を探した。しかし、わざわざ探すまでもなく、一際強い光を宿した目がキラリとこちらを射るのを感じ、シャラブはその方向に目をやった。ファヤウの美しい顔が激しい憎悪に燃えて輝いている。かつて、ファヤウのこんな表情を見た者がいるだろうか。いつも人に安らぎを与えた優しく魅力的な瞳《ひとみ》は、敵意と憎悪の冥い光をたたえていた。

シャラブは馬をファヤウの前にすすめた。シャラブはファヤウの怒りの表情に臆《おく》することなく平然と尋ねた。

「名をなんという」

ファヤウは口をぎゅっと結んだまま、答えようとはしない。三歳になる息子が殺されたばかりだった。シャーマンであるタフネを除いて、捕らえられたタンガータの男はすべて殺された。夫のボグドも殺されたに違いない……、ファヤウはそう思い込んでいた。今このときばかりは、女であることを呪った。男ならば戦を挑んで死ねる……、だが、女の身でこの恨みをどう処理しろというのだ？　馬上で陽差しを遮る屈強な男に対して、どうやって刃向かえというのだ。

「おまえの肖像を、セレンゲ川の畔《ほとり》で見かけたのだが、実物はもっと美しい」

シャラブは狙った獲物を手に入れてか、上機嫌に言った。この言葉の意味がわかったのは、タフネだけであった。タフネは天を仰ぎ、ボグドに対する呪いの言葉をはいた。

「……ああ、なんということをしてくれたのだ。部族の法を破るとは。

シャラブはタフネに聞いた。

「だれが描いたのだ、あの肖像は？」

「……ボグド」

「部族の者か？」

タフネは顎《あご》の先で、まだ暖かいタンガータの血で濡《ぬ》れた草原を指した。おまえたちがたった今皆殺しにした男のひとりがボグドだと知らせるためである。

「この女との関係は？」

「夫婦じゃ」

シャラブは厳粛な顔でこれを受け止めた。

「今からこの女はオレの妻になる。そして、オレとともに新しい土地で生きるのだ」

「新しい土地？」

タフネは聞き返した。

「そうだ。知っておるのか？」

タンガータには新しい土地に関する伝説はない。が、しかし、タフネはかすかに聞き及んだことがある。数百年に一度海底から姿を現すという北の回廊の伝説。

シャラブは、略奪した女と家畜を連れて北の草原に去っていった。あとに残されたのは、男たちの死体と焼けた幕舎、それに生きる屍《しかばね》と化したタフネだけであった。シャーマンであるタフネに手を下すと、悪霊を呼ぶことになるため、だれも彼を殺そうとはしない。いっそ殺されたほうがよかった。タフネはそう思う。年老いてすべてを失うのは、なにより も辛《つら》いことであった。

風の音を聞きながら、彼はもう一度失ったものを見回した。ほぼ六十年近く、タフネはタンガータの部族民として暮らした。育《はぐく》まれ、また愛したタンガータの土色の幕舎の群れ。何度か放浪の旅に出て戻るたびに彼は部族のありがた味を実感したものだ。妻も子もなかった。部族民すべてが家族も同然だった。風の音ばかりが聞こえる。なんと寂しい音か。遮るものはもはやなにもない。焼け落ちたテントの切れはしが揺れる様子が痛々しく、タフネは本当にたったひとり残されてしまったのかと生存者を探し回った。だれでもよかった。生きている者がいれば、生まれたばかりの赤ん坊でも構わない。タフネは杖《つえ》に頼ってよろめきながら、「おい、おい」と死体に声をかけていった。

風の音がやむと、うって変わって草原は静寂に支配されていく。砂粒が頬をさすり、ボグドはその中で目覚めた。身体のあちこちが痛み、いたるところに血が付着しているが、どれもみなかすり傷ばかりだ。立ち上がってあたりを見回しても、しばらくは眼前の光景を理解することができない。風に乗る血の臭いに、頭がずきずきと痛む。ボグドは死体を踏まないようにゆっくりと自分の幕舎に向かったが、そこにあるおびただしい死体の山を見るに及んで足は速くなり、ついにはファヤウと息子の名を叫びながら全力で疾走していた。

タフネは草原を走り来るボグドの姿を見てなんとも奇妙な声を上げた。絶望の底から湧き上がるわずかな希望……、たったひとり残されたわけではないという安堵《あんど》。悲しみとも喜びともつかず、悲鳴とも歓声ともつかず、ボグドを呼ぶタフネの声は草原に響いた。

だが、ボグドには、タフネの複雑な心境につきあっている余裕はなかった。目もくれず自分の幕舎に走ると、血眼になってファヤウと息子の姿を捜した。ほんの少し前までファヤウと暮らしていた幕舎は焼け落ち、その傍らで息子が頭を割られて倒れていた。ファヤウの姿は見当たらない。殺された様子もなかった。連れ去られたのだ。どこも皆同じような光景だった。それまでの生活は一瞬にして消滅してしまった。ボグドは、息子の身体を抱き締めて狼の遠吠《とおぼ》えのように叫んだ。

タフネは声もなくボグドを見ていた。自分以上に嘆き悲しむボグドの姿を見ているうち、混乱しかけていた感情も次第に落ち着きを取り戻し、タフネは長老らしい威厳をもってボグドに歩み寄った。こういったことすべてが一体だれのせいでもたらされたのか……、今更ボグドを責めてもしかたのないことであった。本人自身、充分罰を受けている。しかし、事実は知っておくべきだと、タフネはボグドに向かって悲しげな声で言った。

「なぜ、部族の法を破った」

ボグドには、こんなときどうしてタフネが部族の法を持ち出すのか、その理由がわからなかった。

「セレンゲ川の支流にファヤウを描いたのは、おまえだろ」

「どうして、それを？」

ボグドは驚いて聞き返した。タフネから事の次第を聞かされると、ボグドは衝撃を受けた。世界はこのようになっていたのかと……。人智の及ばない天の力が罰を与えたのではなく、同じくファヤウを手に入れたいと望むあるひとりの男の欲望がこういった結果を生んだのだ。

ボグドは立ち上がり馬を捜した。だが、これも北の部族に略奪され一頭も残ってはいない。しかたなく、ボグドはシャラブの去った北の草原に走り出そうとした。

「どこにゆく？」

「もちろん、ファヤウを取り戻しに。タンガータを再興するのです」

天が与えた罰ならば、ボグドはファヤウを諦《あきら》めたかもしれない。しかし、シャラブというひとりの男がもたらしたものとすれば、彼は黙ってこの現実を受け入れることはできない。もし、天がシャラブという男を使って間接的に罰を下されたのなら、そのことを確かめなければならなかった。

「無駄だ。おまえひとりの力で北の部族を倒すことはできぬ」

「倒すとは言いません。ファヤウを取り戻すだけです」

「同じことだ」

ボグドは走りかけた。

「待て！　北の部族は、新しい土地に行くと言っておったぞ」

ボグドは足を止めて振り返った。タフネの知恵は役に立つことが多い。

「言い伝えがあってな、ディンスルー山の雪が解けなければ、北の回廊が海底から姿を現すというのだ」

「北の回廊？　なんです、それは」

ボグドには初めて耳にする言葉であった。

「新しい土地に至る道だ」

「北の部族はファヤウを連れて新しい土地に行ってしまうというのですか」

「そうだ、もう遅い。北の回廊が地上に姿を現すのは、ほんの短い間だけだ」

「では、急がねば！」

一刻の猶予もならなかった。こうしている間に、ファヤウを含む集団は北の彼方《かなた》へと消えつつある。

「ファヤウのことはもう諦めよ。ここに残された者たちはどうする。ネズミや野兎の霊どもに弄《もてあそ》ばれるがままだ」

タフネは手を広げた。ボグドには声が聞こえた。折り重なって大地に倒れ、砂に埋もれてゆくタンガータの民の呟《つぶや》きが……。しかし、それすらも彼の気持ちを動かすには至らなかった。

「オレは必ず帰ってまいります。今は行かせてください。ファヤウを取り返すや、きっとここに戻り、死者の霊を弔い、タンガータを再興いたします」

ボグドは走った。陽は西に沈もうとしている。完全に暗くなる前に追いつき、これにつかず離れずして従い、チャンスを見てファヤウを奪い返すつもりであった。

……まあよい。

タフネはボグドの後ろ姿を見て思った。

……奴は必ず戻ってくるだろう。血気にはやる二十歳の若者を引き留めるのは、引いてゆく潮の流れをせき止めるようなもの……。引いた潮はまた必ず満ちてくる。ボグドもまた帰ってくるに違いない。今は何を言っても無駄であろう。

北の草原に小さくなるボグドの後ろ姿を見ているうちに、タフネの胸には過去を懐かしむ思いが湧き起こり、張り裂けんばかりに膨らんでいった。災厄をもたらした張本人たるボグドを恨む気はなかった。悲しみを克服し、すぐに行動へとひた走る彼の若さと情熱が羨《うらや》ましかった。遠い昔、自分にもそういった時代があったのだ。

そして、聞こえないのを承知でタフネは叫んだ。

「ボグド！　北に向かっても無駄だ。殺されに行くようなものだぞ。まだ、おまえは知らんのだ、この世界がどうなっておるのか」

薄闇に包まれた地平線の向こうにボグドの姿が見えなくなると、タフネは人生で初めての寂寥感《せきりょうかん》を味わい、長い嗚咽《おえつ》を漏らしながらたったひとりの眠られぬ夜を過ごしたのだった。

6

夜になると砂漠はずいぶんと冷え込む。昼の強烈な陽差しが嘘のようだ。北の部族の一団は小さな湖の畔《ほとり》にテントを張り、略奪したばかりの牛を殺して満足な一夜を過ごしていた。戦士たちは肉をたらふく食い、勝ち戦に酔いしれている。シャラブはそうそうに皆の前から引き上げると、自分のテントに戻りファヤウを抱いた。意外なことに、ファヤウの抵抗はほとんどなかった。全身にみなぎる怒りから察して、不意をつかれて命を奪われないよう、シャラブは気を緩めることなく思いを遂げたが、終わってみれば拍子抜けがするほどファヤウの身体は従順だった。だからといって、シャラブはファヤウの心をすべて手に入れた気はまるでしなかった。身体の底から湧き上がる強い怒りを感じるのだ。心を閉ざしたまま身体を開くといった、矛盾した心理の秘密に少々苛立《いらだ》ったが、シャラブは、「まあ、よい」と満足気な眠りに入るのだった。ファヤウの肉体の奥に生じた変化を、シャラブは気付くはずもなかった。

今、ファヤウの身体の中にはポッポッと燃え上がる炎がある。ファヤウはほんのちょっと前、そう、ちょうどシャラブたちの宴《うたげ》の声をこのテントの中で聞いている時、自分の身体の中で進行している異変にふと気が付いた。それはかつて一度経験した感覚でもあったし、女のしるしから判断しても間違いないものと思われた。新しい生命が誕生しつつあるのだ。母親の直感は正確にそのことを感じ取っていた。間違いなくボグドの子である。そのことを知って、ファヤウはシャラブに逆らうことをやめた。草の葉のしなやかさを装い、なるべく早くシャラブに抱かれ、機会を待つのだ。ボグドの子だと悟られてはならない。もし、そうと知られれば、生まれると同時に殺されてしまう。この子はシャラブの子としてりっぱに育てる。恨みを晴らすよりなにより、まず母としての本能を全うしようというのが、ファヤウの考えだ。戦の絶えない遊牧民の中にあって、ファヤウの持つ穏やかな母性は珍しい。ファヤウは、愛するボグドの子孫をこの世に残すことを第一とした。

腹に手を乗せ、小さな細胞分裂に手の温《ぬく》もりを与えながら、ファヤウは身体を横にした。そうやって、寝息をたてるシャラブに背を向ける格好で、亡きボグドのことを思う。共に赤い鹿を石に描き続けたここ数年の幸福な生活は、どうやっても取り返せないのだ。片方の目からあふれ出た涙がもう一方の目に入り、太い筋となって敷物に染み、冷たい大地へと飲み込まれてゆく。ファヤウは、嗚咽を漏らさぬよう、両手で口のあたりを押さえた。なりふり構わず悲しみを表現できないのはなんとつらいことか。ふと、テントの骨組みとなる梁《はり》を見上げると、戦闘用の石斧《いしおの》がぶらさがっていた。背後からは豪快な寝息……。今、シャラブを殺すのはたやすい。そんな誘惑が頭をよぎる。だが、冷静に考えれば、そのあとどうやって生きていけというのか。どうやって、おなかの子の命を守っていけというのか。どうしようもないほど悔しいけれど、シャラブの庇護《ひご》に頼る以外ファヤウはこの砂漠で生き残る手段を持たなかった。

こうして、一晩中シャラブに背中を向け、感情を抑え、しかし身を震わすような涙を、ファヤウは静かに流し続けたのだった。

ボグドは丘の上に立って夜の闇に目と耳を凝らし、燃える炎と宴の声を探した。どの部族も勝ち戦の夜は必ず略奪した家畜を殺して食うからだ。炎は見えない。しかし、どこからともなく、男たちの歌い騒ぐ声が聞こえる。谷の底からゆるやかな夜風に運ばれるのか、方向を絞り切ることができない。ボグドの回りで宴の声は浮いたり沈んだり、かと思うと急にまったく違った方角から聞こえてくる。まるでいたずら好きな野兎の霊が群れをなして彼をからかっているようであった。ボグドはうるさそうに手を振り、耳を澄ませた。音は一旦《いったん》谷底からふわりと上空に舞い上がり、いくつもの丘を越え、ここに降り注いでいるのだ。そうとしか思えない。手を伸ばせば届く距離にファヤウはいる。ボグドは苛立ちのあまり空を見上げ、北斗七星の輝く方向に歩き始めた。夜はまだまだ冷えつつあった。

翌朝、ボグドは湖の畔で目覚めた。喉《のど》の渇きをいやすことはできても、空腹を満たすことはできない。彼は七年前の精霊を求めての旅を思い出した。あの時は、見事に狙った獲物を手に入れることができた。飢えに苦しんだが、最後には勝利を得たのだ。今度もきっとそうなるだろう。それに、第一赤い鹿の精霊が見守っていてくれる。ボグドはそう自分に言い聞かせた。

湖の向こう岸に、一頭の馬が見える。野生のものか、飼い慣らされたものか、まだわからない。ボグドはそうっと近付き、これを観察した。もし野生の馬なら、手懐《てなず》けるのはとても無理だ。馬は優雅に水を飲んでいる。ボグドが近付くのを見て、馬は顔を上げた。逃げようとはしない。皮で編んだ馬具に見覚えがあった。

……なんと運がいいのだ！

ボグドは精霊に感謝した。馬はタンガータ族のものであった。群れから離れ、迷ってしまったに違いない。

　ボグドは馬の力を得てようやく、昨夜はどうしても発見することができなかった宴の跡を見つけることができた。火はまだ少しくすぶり、あたりに投げ捨てられた牛の骨には肉が残っている。ボグドはこれをむさぼり食った。

　シャラブの部族は真北ではなく、北北東を目指して進んでいた。それさえわかれば、先回りすることなどたやすい。ボグドはその日の午後遅くには北の部族に追い付き、これを抜き去って夜の来るのを待った。そこはもう草原ではなかった。針葉樹の茂る大森林地帯は夏の昼でも陽の光が弱く、冷え込みは厳しい。しかし、何もない草原の真ん中よりも、こういった森林地帯のほうが、夜陰に乗じて忍び込むのには都合がよかった。丈の高い大木は身を隠すのにちょうどよく、ボグドは木々の間をすり抜けながら森林の切れ間に張られたシャラブのテントを探した。族長らしい立派なテントを探せばいいのだから楽なものだ。男どもが宴に興じている間にファヤウを奪い、立ち去るだけだ。何も難しいことはない。できればシャラブを殺したかったが、それはチャンスがあった場合のみだ。失敗すれば確実に殺される。

　ボグドは目当てのテントに這《は》ってゆき、裾《すそ》を持ち上げて中を覗《のぞ》いた。中央で火が小さく燃えている。その向こうの毛皮の敷物の上には、こんもりと盛り上がった影があった。ファヤウが横たわっているのか……。ここからでは顔を確かめることができない。ボグドはテントの中に入り込むと音をたてないで近づいた。そこに眠るのは間違いなくファヤウであった。ところが隣に男がいる。シャラブがファヤウに折り重なるようにして眠っていたのだ。外からは宴の声が聞こえる。

……なぜ、宴に加わらないのだ、こいつは。

ボグドはシャラブを見下ろしていた。めらめらと怒りが湧き起こる。今にも自分を見失いそうな、血が沸騰するほどの感情の高まり……。部族と息子の仇《かたき》……。愛するファヤウの寝顔をその向こうに見て、ボグドはどうにか冷静さを取り戻すのだった。

ボグドは石斧を手に持って考えた。

……ファヤウを起こすのが先か。いや、シャラブまで起こしてしまってはまずい。

ボグドはシャラブの頭に狙いを定めると、石斧を頭上高く振り上げた。

ファヤウはその一瞬、夢を見たと感じた。石斧が自分めがけて振り降ろされ……、そして、なんと斧を持っているのは死んだ夫であるという悪夢。ファヤウは悲鳴とともに寝返りをうった。生まれついての戦士の血がその声に素早く反応し、シャラブはさっと飛び起きて身をかわした。石斧はファヤウとシャラブの間の敷物を突き破って勢いよく土にめり込んだ。

「だれだ、おまえは」

シャラブは言いながら低く身構えた。

名を名乗る必要はない。時を与えたら相手の思う壺《つぼ》だ。ボグドは拳《こぶし》を振り回して突進した。拳は右肩を打ちつけたが、シャラブは微動だにせず、表情には余裕が窺《うかが》える。ボグドが絵の才能を持つと同じく、シャラブは優れた戦闘能力に恵まれていた。シャラブはボグドの頭を上から抱え込むと、裏返しに投げ飛ばして馬乗りになった。今や、ボグドの命はシャラブの手に握られている。ファヤウはこらえ切れず、ボグドの名を呼んだ。シャラブはファヤウを見た。表情は一途《いちず》に訴えている。ファヤウが何を言おうとしているのか、シャラブはすぐにわかった。

「こやつ、おまえの夫か？」

ファヤウは答える代わりに、シャラブの頭に飛びついて顔中をひっかいたが、あっという間に弾《はじ》き飛ばされて土の上に転がった。

すぐ横にはボグドの顔があった。死んだと思っていた夫がここにいることが不思議でならない。たとえ短い時間であってもこうやって再び会えたことはうれしいが、この後、ボグドにはどういった運命が待ち構えているのか……、それを考えると恐かった。

……でも、あなたには赤い鹿の精霊がついている。

ファヤウはそう考えて自分を安心させた。ファヤウは、組み伏せられたボグドに手を伸ばし、どうにか頬に触れることができた。しかし、かつての夫の肌のぬくもりが伝わる間もなく、音を聞きつけてやってきた部族の男たちによって再び引き離されていった。

これを機会に、消えようとしていた宴の火はまた燃え上がった。ボグドが油を注いだのだ。腹一杯肉を詰め込んだ男たちは、ボグドがどんな余興を見せてくれるのか期待した。皮紐《かわひも》に縛られたボグドが火の前に引きずり出されると、男たちは歓声を上げ、口々に罵《のの》り、様々な殺し方を提案し合った。ボグドは赤々と燃える炎を背に受けて、顔を汗で濡《ぬ》らしている。身体中を暗紅色に輝かせて、ただ一心に精霊に念じていたのだ。もし、このまま皆の見せ物になって殺されたなら、きっと悪霊と化してつきまといこの部族を滅ぼさんことを……。ひとりではなくファヤウとともに死にたいとボグドは思った。ボグドはまだファヤウの腹の中に自分の分身が誕生したことを知らない。

シャラブは少々困った立場に立たされていた。部族一の勇者にもかかわらず、さっきからファヤウの目ばかりを気にしていた。ボグドをこの場で殺せばファヤウは嘆き悲しみ、一生自分を恨んで生きるだろう。今この時だけでも寛大なところを見せ、ファヤウの気持ちを少しでもこちらに向けさせたかった。ここでボグドを殺せば、永遠にファヤウの心を手に入れるチャンスはないように思われた。これまで何人もの女を略奪したが、こんなふうに感じたのは初めてだ。シャラブは、ファヤウの身体だけでなくすべてを手に入れたいと望んだ。しかし、もしこの男を許せば、ここにいる民は一体どう思うだろうか。これまで例外がないだけに、民は不満に思うだろう。みんなはこの男がもがき苦しんで死ぬところを見たがっているのだ。

したがって、シャラブにとってシャーマンの言葉は救いであった。彼は厳かな声でこう言ったのだ。

「殺してはならない。この男は強い精霊を持っておる。殺せば必ず悪霊と化し、我が部族を滅ぼすに違いない―

どんな勇者もシャーマンの言葉に逆らうことはできない。人々の歓声は、水を打ったように静まった。

「北の海に連れて行き、海に流すのじゃ。運が良ければ岸に流れつく。また、運悪く海の藻屑《もくず》と消えても悪霊は海を漂い、我々に害を及ぼすことはなかろう」

シャラブは即座に決定を下した。

「皆の者、聞いた通りだ」

言い終わってシャラブは、ちらっとファヤウを見た。ファヤウはほっとした顔で胸に手を当てている。ファヤウの心がいまだボグドのもとにあるのは明らかであった。しかし、シャラブはボグドを憎く思わなかった。むしろ、戦を生きのびてここまで追って来た勇気とファヤウへの想いの強さに敬服したい気持ちであった。殺す必要などなかった。新しい土地に渡ってしまえば、もう追って来ることはできないのだ。北の回廊のすぐ手前でこの男を海に流そう。ファヤウに対して同じ気持ちを抱いているだけに、シャラブはボグドを哀れに思った。

北に行くに従って地形は変化した。標高が高くなって針葉樹林がふと消えたりすると、あたり一面は高山性の植物に被《おお》われる。陽の沈む数を百近く数えるうちに北の部族の暦では夏になっていった。

そうしてとうとう針葉樹林がなくなると、代わって現れたのは荒れ果てた灰色の大地であった。不毛の土地らしく、樹木の類《たぐい》は見られない。それもそのはずで、一メートルばかり土を掘るとそこはもう凍っていた。解けた氷で大地は湿り、地表は苔類《こけ》で被われている。そして、雨も降らないのにあちこちに水たまりが点在していた。起伏の少ない平野部に至ると、あたりは大小様々な水たまりに埋め尽くされ、弱く長い夏の陽差しを鈍く照り返していた。この季節、夜は短く、昼は長い。ボグドは手首を縛られたまま馬に引かれ、水たまりに足を取られないように歩いた。

一体何日が過ぎただろう、夏の盛りを過ぎ、気温は下がってゆく。季節感がうまくつかめなかったが、太陽の辿《たど》る道は日に日に高さを失い、夏は終わる気配を見せ始めた。シャラブは急いだ。夏の終わりと同時に北の回廊は海底に没してしまうからだ。

突然、視界が開けた。なだらかな山岳地帯を越えると東へと続く回廊が現れ、もやの向こうに飲み込まれている。伝説の回廊はいよいよ姿を現した。その手前では岬が寒々とした海に突き出て、東に一直線に伸びた回廊へと続いている。陸の小道の行き着く先はここからでは見えない。伝説が正しければ、果ては肥沃《ひよく》な大草原へとつながっているはずだ。

岬の突端に辿り着いた北の部族は海の中をまっすぐに伸びる陸の廊下を目にして、歓声を上げた。もはや、寒さに苦しめられることはない。獲物が獲《と》れず、互いの肉をむさぼり合うほど飢えることもない。あの回廊を渡れば別天地が待っている。飢えや寒さのない楽園……、まだ見ぬ新しい世界が沖のもやの彼方《かなた》に待っているのだ。

「間に合ったぞ！　皆の者、さあ、渡るのだ。今こそ、新しい世界に至らん」

シャラブはそう言うとすぐ、手際よく指図して次々と民を細長い陸の廊下へと押し出してゆく。

「お別れだな」

シャラブはボグドの縄を解き、シャーマンに作らせた丸木舟を海に浮かべた。ファヤウはボグドのすぐ近くに立ち、涙をためていた。ファヤウは永遠の別れを予感しかけ、じっとボグドを見つめた。ファヤウは手を自分の腹に当ててから、小さくボグドを指差した。その意味をボグドはすぐに悟った。

……オレの子供がいるというのか、そこに。

ボグドは目に力を込めた。必ずおまえと子供を連れ戻すと、その目が語っている。そして、彼はシャラブに気付かれぬよう、手に握り締めていた平べったい石を足もとに落とした。ファヤウは、ボグドが牛の乾燥肉と水を与えられた上で丸木舟に押し込まれるとすぐ、その石を拾った。石には鹿の絵が彫られていた。ここに至るまでの百数十日の間、彼は手首を縛られた無理な姿勢のまま、見張りの目を盗んで石に鹿の絵を彫りつけていったのだ。一頭の鹿が前脚を高く上げ、太陽に向かって飛び立とうとしていた。強い意志の力を感じる。ファヤウは鹿の絵を握り締め、潮の流れに乗って遠ざかるボグドを見送った。ファヤウは信じ始めていた。これが永遠の別れにならないことを……。きっとボグドはファヤウの許《もと》に戻るだろう。太陽に向かう鹿の絵がそのことを告げている。

ボグドにはなす術《すべ》がなかった。舟の行方は流れに任せる他なく、砂漠の民であるボグドには泳ぐという方法など考えつかなかった。また、もし泳いだとしても、この流れの速さと水の冷たさの中にあっては、とうてい陸まで辿り着くことはできなかっただろう。舟はそのまま寒流に乗って南下し、とうとうファヤウの立っていた丘の頂も水平線の向こうに見えなくなってしまった。

二十日ばかりたったある朝、丸木舟の底で目覚めたボグドは海の様子がいつもと違うことに気がついた。揺れは少なく、どこからともなく土の匂いが漂ってくる。彼は起き上がった。朝もやのために遠くまでは見渡せなかったが、海は凪《な》いでいた。陽が昇り、もやが晴れるとようやくなぜ海が凪いでいるのか、その理由がわかった。舟は湾の奥深くへと入り込んでいたのだ。すぐ目前に岸が迫り、懐かしい土の匂いが次第に強くなっていった。そこは緑が多く、ボグドの生まれ育った土地と同じくらいに暖かかった。おそらく、ここを西南の方向へ進めば砂漠に出るのだろう。

ボグドは岸に立つとすぐ、休む間もなく北に向かった。北の回廊を渡り、ファヤウの後を追うためである。以前と同じ道ではあるが、条件は今度のほうが少々悪い。かつては夏の盛りであったが、今や季節は秋。ボグドは雪に身動きが取れなくなるのを恐れて、ひたすら先を急いだ。

彼は再び同じ丘に立った。自分が海へと流され、ファヤウが遠く東の果てへと連れ去られた北端の岬。しかし、目にする光景はかつてのものとはまるで異なっていた。岬の先端から水平線に向かって一直線に伸びていた陸の廊下は影も形もなく、そこには以前よりも凄《すご》みを増した海が横たわっている。いろいろな形をした白い氷の固まりが、かなりの速さで北から南へと流れ、それ以外のものは何も見えない。間に合わなかったのだ。恐れていたことが現実となった。伝説の北の回廊は海の底に没して、ボグドとファヤウを結ぶ糸は完全に途切れた。

ボグドは大地に跪《ひざまず》き、天を仰いだ。

……新しい世界とは一体どこにあるのだ。

手が届きそうでいて、それは逆に一歩一歩遠のいていく。人智を超えた大きな力が邪魔をしているとしか思えない。やはり、オレは天の怒りを買ってしまったのか。部族の法は破るべきではなかったのだ。

……戻ろう、タンガータの地へ。

ボグドはこの時タフネとの約束を思い出した。タンガータの戦士たちはまだ砂漠に眠ったままだ。一旦《いったん》戻って死者の霊を弔い、その先のことはタフネに相談しよう。

ボグドはこの世界がどうなっているのかまだわからなかった。わかっていること……、それは決してファヤウを諦《あきら》めないということだけだ。

7

ここ半年の間に、タフネはずいぶんと年をとってしまった。生きる目的といえば、大地に穴を掘ってはタンガータの民の死体を埋めてゆく……、ただそれだけだ。風化により死体は幾分軽くなるが、それでも老人にとってはかなりの重労働である。ボグドがタフネの前に立った時、まだ大半の死体は草原に残されていた。

ボグドはタフネとともに死者を埋葬し、夜は火のそばで大きな石に鹿の絵を彫った。死んだ人数分の鹿の絵を彫り上げ、大地に置いて人々の霊を守るためだ。ボグドは熱心に仕事をこなしながら、タフネに様々な質問を投げ掛けた。彼は世界の仕組みを知りたかった。タフネは自分がこれまでに得たすべての知恵をボグドに授けようと、たったひとつの質問を除き、順次これに答えていった。答えることのできない質問……、それは如何《いか》にすればファヤウを取り戻せるかということ。もし方法を教えればボグドは仕事半ばにしてここを立ち去ってしまうだろうと、タフネはすべての死者の霊を弔った後にこの問いに答えようと心に決めていた。

来る日も来る日も太陽に向かって空を駆ける鹿の絵を彫りながら、ボグドは鹿にファヤウの姿を重ねていった。二度と人間の絵を描こうとは思わない。思いを込めて鹿を描く以外に、ファヤウに近づく手段はないのだ。彼の描く鹿はみな太陽に向かっている。なぜ、こういった図柄を描くのか、自分でもわからない。空を飛ぶ鹿がこの世にいるはずのないことくらい、彼はよく知っていた。

三年が過ぎ、ふたりの仕事もおおかた終わろうとしていた。穏やかな日々を過ごしながらも、タフネにはボグドの心に燃える執念が手に取るようにわかっていた。彼をここに引き留めることなど、到底できそうにない。ボグドこそ、まさに空に向かって飛び立とうとする鹿なのだ。だれもこれを止めることはできない。タフネは自分の命がもうあと僅《わず》かなことを知り、ボグドを呼んだ。

「まあ、座れ」

ボグドが枕もとに腰を降ろす気配を察すると、タフネは肘《ひじ》をついて上半身を持ち上げた。視力はほとんどなくなろうとしている。彼は地面に手を這《は》わせて細い棒切れを探した。タフネは手にした棒の先で、やや上下につぶれた円を地面に描く。そして、円の内側の左の端と右の端にそれぞれ獣の皮の小片を置いた。

「よいか、世界はこうなっておる。我々が今いるのはここだ」

タフネは左側に置かれた毛皮の中央を棒の先で示した。

「ここが新しい世界」

タフネは右側に置かれた毛皮を指した。

「そして、このふたつを隔てているのは、かくも巨大な海なのだ」

その通り、ボグドが今いるという大地と新しい世界を示す毛皮の間には、円の大部分を占める空白が横たわっていた。タフネはその円の上部に薄く線を引いた。

「これがおまえが見たという北の回廊だ。伝説によれば、この回廊が海の底から姿を現すのは数百年に一度……。この回廊を渡れば、我々は、ここ、新しい土地に行くことができる。しかし、どうだ、北の回廊はもう沈んでしまった」

ボグドは、ただ黙ってタフネの言葉を聞いていた。この世の仕組みを知っているのは、タフネだけだ。タフネは北の部族、山の民、海の民など、この砂漠を取り巻くすべての民と出会い、交流を持ち、知識を集積してきたのだ。ボグドは彼の言葉をひとつも聞き漏らすまいと、耳を傾けた。

「新しい土地はな、気候も温暖でいつも陽光に溢《あふ》れておる。獣は野を飛び跳ね、穀物は緑の大地にたわわに実る。わかるか、緑の大地だぞ。湖を求めて砂漠を放浪することもない。しかも、部族どうしが殺し合うこともない」

あたかも、その世界を見たことがあるような言い方だった。死を意識した彼の脳裏では自分だけの理想郷が絵巻き物となって繰り広げられていた。死んだ後にゆくところ……、そこも彼にとっては新しい世界であった。

「オレは、その新しい世界に行きたいのです。どうやったら行けるのでしょうか?」

ボグドは強くタフネの腕を握った。新しい土地がどんなところであろうが、ボグドには関係なかった。知りたいことは、たったひとつ、そこにどうやって渡るのか、その方法だけだ。

ボグドの問いによって現実に引き戻されたタフネは、弛《たる》んだ頬の肉をピクピク動かして閉じていた両目を開け、もう一度自分の描いた世界地図を見た。彼は手に持った棒の先を下のほうに降ろした。

「南だ、南に行くのだ」

タフネは言った。

「南に行けば新しい土地に通じる回廊がある、というのですね」

ボグドは勢い込んで尋ねたが、タフネは弱々しく首を振った。

「確かではない、だれも見た者はおらぬ。しかし、おまえは伝説の赤い鹿の精霊を手に入れた男。おまえなら……、やってみる価値があるかもしれぬ」

タフネに確信があったわけではない。彼の描く地図では、北と南の端が新しい世界に一際接近している。真東に向かえば果てしなく広がる大海原に出るだけだ。北の回廊は没してしまった……、となると、残るは南のみ。いとも簡単な消去法を展開したわけだが、ほかに方法があるとも思えない。以前から考えていたことだが、言うだんになると、タフネは弱気になった。知れば知るほど、彼の手から遠ざかるように、逆に世界は謎に満ちてくる。将来に関して、確実なことはなにも有り得ない。タフネはそれを知っている。だがボグドは知らない。彼は、タフネこそすべてを知っていると思い込んでいる。

ボグドは地図を見ていた。ファヤウは北の端から海の向こうに渡ったのだ。まったく逆方向である南に下るには勇気がいる。ファヤウから遠く離れていくように思える。ボグドは南に行けば必ず新しい土地に渡れるという確証が欲しかった。押し黙ったままのボグドの心を察して、タフネは言った。

「それとも、おまえは、北の回廊が再び海の底から姿を現すのをじっと待つつもりなのか。あと何百年先のことやら……。第一、気長に待つことなど、おまえにできるものか。南へ行け！　南こそおまえの目指す方角なのだ」

言葉は次第に強さを増してきた。確固たる行動の規範をボグドに与えてやろうと、タフネは思い直していた。世界の仕組みが不可知なことなど、年をとればわかるものだ。今は悟る必要はない。困難に立ち向かい、未来を切り開けば、世界は徐々にその姿を現してくる。ファヤウを追うという行為の遂行は、素朴な世界観を持って初めて可能になる。

ボグドは心に決めた。タフネの言う通りだった。

……オレは自ら動くことによって人生を切り開いてきた。戦うことによって運命を手に入れてきたのだ。運に任せて無為な時間を過ごすよりも、朽ち果てるまで巨大な獲物を追い続けていたほうがいい。

「わかりました。オレは南に向かいます」

ボグドはタフネの手に自分の手を乗せた。タフネはそれから、今にも消えそうな命の炎の中で、南に至る道の取り方を教えた。北斗七星をはじめとする星座の読み方、南に下るほど陽は高くなり南の夜空には南十字星が見えてくること、季節との係わりから現在自分がいるおおよその場所がわかることなどであった。

「おまえを正しく導くもの……、それは太陽であり星であり月である」

タフネの身体はこの言葉を最後に動かなくなった。

ボグドは泣きながら、徹夜で石を彫った。こんな泣き方は初めてだった。ファヤウが連れ去られ、息子が殺された時に味わったのは悲しみというよりも怒りであった。今は違う。

悲しみは細く長く、涙は一筋の線となって頬を伝い続けた。とうとうたったひとりになってしまったのだ。

夜明け頃、ボグドはタフネに捧《ささ》げる赤い鹿の絵を彫り上げた。タフネを土に埋葬し、その上に石を置く。出発の準備は整っていた。この土地に移ってきた時、湖はこの丘のすぐ西側に広がっていた。今、それは以前より小さくなり、より西のほうへと移動しつつある。二度とこの地に戻ることはないだろう。丘の上には鹿を描いた石がいくつも並んでいる。半分はタフネとともに描いたものだが、残りの半分はファヤウとともに描いたものだ。ファヤウと暮らした五年間が懐かしかった。石に絵を彫る時、彼女はいつも傍《そば》にいて、じっとボグドの手もとを見つめていた。見よう見真似でファヤウ自身、なんとか絵が描けるようになったくらいだ。どうしてもあの生活を取り戻さねばならない。ボグドは南に向かって一歩を踏み出した。東の、ファヤウのいる方向から陽が昇りつつあった。

8

そして、世界の反対側、新しい世界では陽が沈もうとしていた。ファヤウは沈む夕陽に跪《ひざまず》いて、声にならない祈りを捧げた。いつの間にか一日の終わりの習わしとなっていた。すぐ横には母親の姿を真似る小さな女の子がいる。その子は、名をウォリバといった。ボグドとファヤウの子である。

丘陵をなす荒れ果てた大地におおいかぶさり、ウォリバは夕陽と左手の平を交互に見ながら大地に絵を描いている。左手に握っているのは北の回廊の手前でボグドがファヤウに渡した石であり、表面に彫られた鹿の絵はまだはっきりと残っていた。ウォリバは石と夕陽を見比べ、似た図柄の絵を大地に描いた。夕陽を追いかけて飛び立とうとする赤い鹿は、身体よりも大きな角を持ち、その角で羽ばたいているようであった。やはり血はあらそえない。ファヤウは娘の描く絵にはいつも感心させられてしまう。ウォリバの描く赤い鹿の絵には魂が込められていた。未熟な絵ではあるが、ファヤウにはそのことがよくわかる。父の精霊の力は娘にも伝わったのだ。

その精霊の力に守られてか、ファヤウとウォリバは今ようやく新しい世界で安住の地を得たのだった。故郷を彷彿《ほうふつ》させる乾いた大地の風景は、安楽な生活を保証するものではなかったが、どことなくほっとさせる。北の回廊の渡り口でボグドと別れてから、優に千回以上も陽は沈み昇っていた。

実は、伝説の北の回廊を渡ったからといってすぐに肥沃《ひよく》な大地に至ったわけではない。厚い氷床に被《おお》われた白銀の大地に前進を妨げられ、シャラブに率いられた北の部族は飢えと寒さで半数以下に減るほどの打撃を受けたのだ。行く手に立ちはだかる氷壁は砂漠の民を圧倒し、人々は進むべき道を失って失意のうちに倒れていった。南に抜ける道は存在しないのか、それとも、ただ発見できないだけなのか……、彼らにはなんとも判断のしようがない。唯一精霊と交信が可能なシャーマンも老齢に追いうちをかける様々な苦難に耐えられず、ついに屍《しかばね》と化した。悲嘆が部族民の頭上を覆いかけた。絶望は、より以上の被害を人にもたらす。そんな時、ある男がふと、「こうと知っていたら、故郷を離れるんじゃなかった……」と漏らした。その声がシャラブの耳に届くやいなや、シャラブは激怒のあまり不平を漏らした男を皆の眼前で殺した。

「おのれの意志で選び取った道をあとになって後悔するな。あと戻りはできない。死ぬか、進むか、そのどちらかだ。残りたい者は残れ。オレは進む」

シャラブはそう言って、部族民を奮い立たせた。

そうして、三年ばかり氷の中でさまよった末、シャラブたちはようやく東西に長く続く山脈の東麓《とうろく》に氷のない狭い回廊を発見した。発見のチャンスをもたらしたのは、なんと三歳になるウォリバだった。ウォリバは風の音を聞き分けたのだ。

この小さな女の子は、絵の才能の他に驚くべき聴力を天から与えられていた。彼女は遥《はる》か彼方《かなた》を走る動物群の足音から、その方向まで正確に聞き取ることができ、部族の生存に一役も二役も買っていた。ために、自分の娘とばかり信じ込んでいるシャラブはことの他ウォリバを可愛がり、他の部族民もウォリバを丁重に扱った。

ばたばたと寒さに倒れてゆく部族民を目の当たりにして、シャラブの統率力もさすがに陰りを見せ始めたある日のこと、ウォリバは氷の上を滑るように吹き寄せる一筋の風の音に、普通とは異なった響きを感じ取った。その音だけが、滑ってはいなかった。ヒュルヒュルと氷を滑る軽い響きを持っていないのだ。湿った土の肌を撫《な》で、石を転がし大地を乾燥させながらやってくる風は、生命の重みを感じさせた。春先の、草の葉が芽吹く時の感覚に似ている。まだ一度も春の到来を経験したことのないウォリバであったが、予感だけは抱くことができる。

ウォリバは南東の方角を指差した。シャラブはその理由を問うた。

「だって、風が歌っているもの」

絶望的な状況にあってもウォリバは無邪気さを失わなかった。彼女の耳には、一筋の異なった風の音は歌に聞こえたのだ。シャラブもファヤウも娘の耳を信じ、民をその方角に導いた。そして、数日間歩きつめてようやく山脈の麓《ふもと》に開かれた氷のない細長い回廊を発見した。ウォリバの驚くべき聴力は、正確に方向を察知していたのだ。初め、彼らはこの回廊が本当に肥沃で温暖な大地に導くのかと疑った。だが、進むほどにトナカイやジャコウウシの群れが前方を横切るようになり、その数が増えるにつれて希望が湧き上がっていった。あたりの風景から氷はいつしかなくなり、それに代わったのは緑の草原だった。ここに至って、北の部族は伝説が正しかったことを初めて知った。

生き続けることは苦しく、何度も死にそうな目にあいながらも、窮地から抜け出すたびファヤウはボグドと彼が手に入れた赤い鹿の精霊に感謝することを忘れなかった。遠く離れていても、守られているとはっきり実感できる。彼女はまだ知らない……。遥か未来の再会を手助けするのは、この赤い鹿の精霊であり、ウォリバが天から与えられた音に対する鋭敏な感性であることを。その日がいつ到来するかわからなくとも、ファヤウはボグドを待ち続ける覚悟だった。巨大な意志が海をも動かし、波立たせ、そびえる津波となって東へ東へと迫ってくる、その気配。山脈の中腹から見渡せる海は南に下るに従って明るさを増し、〝気配〟をより濃厚にしていった。

しばらくの間、部族の者は一致団結して動物群を追った。最初は、一頭ずつ狩猟していたが、やがて彼らは穴や谷間に追い込んで動物を仕留める方法を思いつき、彼らの未来には豊富な食料が用意されたかに見えた。種子《たね》や食用となる植物などもたわわに実っている。南に進むほどに気候は温暖になり、もはや寒さと飢えに苦しめられることはなくなった。

しかし、それで安寧の生活が手に入ったかといえば、そうではなかった。まるで予期しないところに落とし穴があった。旅の途中、部族民のひとりが土の中から掘り起こした草の根を焼いて食べたのがことの起こりだった。球形の根は香ばしく、すぐにこれをならって食べる者が十数名出た。やがて、そのうちの半数が身体に褐色の病斑《びょうはん》をつくって高熱を出して死んでいった。シャラブはすぐこれを食べないよう、部族民に触《ふれ》を出した。ところが、それで疫病が治まったわけではなかった。根を食べたことによってではなく、実はその茎から飛散した胞子が病気を伝染させていたのだ。目に見えぬ災厄は次々に人々に伝播《でんぱ》し、あっという間に約半数が死に絶えた。シャラブは、部族の滅ぶ模様をなす術《すべ》もなく眺める他ないのかと天を恨み、氷に閉ざされた間に亡くなったシャーマンを呼び戻そうとして果たせず、自分の無力を悟った。シャーマンでないシャラブには天の怒りを鎮めることができないのだ。

人々はばたばたと肥沃な大地に倒れて土と化し、皮肉なことに大地の肥やしとなっていった。死がこうも簡単に人間に襲いかかる様は、拍子抜けするくらい荘厳さを欠く。数々の戦を生き延び、寒冷の地から肥沃な大地へと部族を導いた屈強なシャラブでさえ、いつしか病魔に襲われて衰弱していった。彼は助からないと知ると、ファヤウとウォリバを傍らに呼んで手を握った。ファヤウは妙な気分だった。愛するボグドの宿敵……、そして愛する息子を殺した男の最期にしてはあまりにあっけなさすぎた。いとも簡単に、身体をくの字に曲げ、シャラブは胎児の格好で死んでいった。ファヤウは、死を喜ぶ気持ちもなく、悼む気持ちもなかった。もし愛するボグドがいなかったら、彼の死を悼む気持ちはもっと強いのだろうと思う。

その後も疫病は猛威をふるった。そして、とうとうウォリバにまで病魔の手が伸びた。小さな身体が褐色の病斑に被われるのを見て、ファヤウはただひたすら西の地平を仰いでボグドの赤い鹿の精霊に祈りを捧《ささ》げた。ボグドの情念に応《こた》えるためには、ウォリバを失ってはならない。ファヤウには待つことしかできないのだ。ウォリバを立派に育てながら、ボグドの到来を待つには気の遠くなる年月がかかる。果てしない月日。数えるのも不可能なほど季節が巡らなければ、その時は訪れない。しかし、ファヤウの娘のウォリバは子を産んで、子孫を次々とこの世に送り出すことができる。何世代かけても構わない。今ここでウォリバを失えば、ボグドの意志は目標をなくして宙をさまよう他ない。

ファヤウは来る日も来る日も西に向かって祈った。その甲斐《かい》あってか、ウォリバの肉体は壮絶に病と戦った。彼女は他のだれよりも長く持ちこたえ、やがて熱も病斑も引く様子を見せた。ウォリバを筆頭に、病にかかったうちの何人かが病を克服し始めた。そうして、どういう経路であれほど猛威をふるった疫病が消えるのか、部族を死に絶やすまでは絶対に力を緩めるとは思えなかった疫病がすうっと消えるように通り過ぎていったのだ。北の回廊を渡った時と比べると、北の部族は約五分の一に減っていた。

ファヤウとウォリバに率いられて、一行はさらに南へ南へと下った。すると、ファヤウにとっては懐かしい風景が目につくようになった。生まれ育ったタンガータの故郷とどことなく地形が似ているのだ。砂漠……、故郷よりもはるかに暑いが、大地の起伏と土の色はそっくりだった。稀《まれ》に降る雨の粒は大きく、降った後は砂漠に巨大な水たまりをつくった。水の畔《ほとり》には緑も多く、生活には困らない。

族長の妻としての権限で、ファヤウはそこを長かった旅の終点と決めた。まったく皮肉なものである。夥《おびただ》しい年月の末、大量に積み重ねられた死体。そのあげく辿り着いたのが、出発点とあまり変わらぬ大地とは……。

ウォリバが産むであろう子にもボグドの強い意志を伝えようと、ファヤウは赤い鹿の絵を毎日大地や石に描くことをウォリバに命じた。代々この図柄を伝えようとする母の意志はウォリバを動かし、彼女は鳥や小動物の鳴き声を真似て歌いながら一心にこれを描いた。描きながら、彼女は歌うのを忘れなかった。大地から染み出すように、あたりの空気には美しい音が充満している……、ウォリバにはそんなふうに感じられた。自分の身体に流れる血がなにかを求めているのなら、感覚を研ぎ澄ませ求める対象に向かって歩み寄る他ない。

ファヤウはウォリバとともに丘に立ち、西の地平を見渡している。沈む夕陽がボグドのいる大地で朝陽となるのを知っているのか、ファヤウは太陽に向かって語りかけた。その言葉を彼に届けるのは太陽がふさわしい。やがて、沈み切ると、ウォリバは大地に鹿を描くのをやめ、母に引かれて自分たちの幕舎に戻った。こうして、ふたりの一日は終わってゆくのだった。

9

南に下るに従って土の色が変わった。栗色から褐色、そして、赤い色に……。太陽の位置も高くなり、青く茂った丈の長い草はより青さを増していった。食料に窮することも、寒さに凍えることもなく、南への旅は北と比べるとずいぶんと楽なものに感じられた。タンガータの暦では冬に向かっているはずであったが、気温は徐々に上がっていたのだ。ボグドは旅の行く末を楽観的に考えていた。このまま進めば、たいした障害もなく南の回廊に至り新しい土地に渡ることができるだろうと。

冬は終わり、春になろうとしていた。裸のボグドの身体からは汗が流れ落ちる。初めて経験する暑さであった。砂漠とはまったく異なる湿った空気が、ねっとりとまとわりついて不快感を与える。しかし、飢えや寒さよりはずっとましであった。

空気に潮の匂いが混ざり始めた。北の海に流された数十日間、ボグドはこの匂いを嗅《か》ぎ続けたのだ。間違えるはずはない。彼は見晴らしのいい丘の上に馬を駆った。東の地平を眺めると、ぼんやりと照り返す平面があった。水平線だ。ボグドは丘の斜面を駆け降りた。海は一旦《いったん》見えなくなったが、再び視界に現れた時には一段と色を濃くして、遠くに波の音さえ響かせていた。とうとう南の海にやって来たのだ。ボグドは左手に海岸を見ながら、すぐ手前の丘に上った。高みから新しい土地に至る回廊を探すためである。彼はすぐに見つかるものと思っていた。

三日が過ぎた。沖には小さな島影ひとつ見えない。北とは色合いがずいぶん異なり、澄んだ海はその明るさのせいか見る者を楽天的な気分にさせてしまうようである。北の回廊は突き出た岬の突端から海の中に伸びていたが、ここにはそれらしき岬は見当たらない。まっすぐな海岸線がいつ尽きるともなく延々と南に伸びている。砂浜の美しさと、打ち寄せる波頭の白さが、普通ならばとっくに襲っているはずの絶望感を押し止めている。ボグドはさらに南へ南へと海岸線を下った。

十日が過ぎた。風景は以前となんら変わらない。ボグドは海岸線が南に伸びているものと思っていたが、なんとはなしに目に入った夕陽は、海と陸の境目に没しようとしていた。いやな予感がした。それでもボグドは海岸線に沿って進み続けた。

二十日が過ぎた。夕陽は海の真ん中に沈み、朝陽が陸のほうから昇り始めた。ここに至って、ボグドはようやく馬を止め、これが一体何を意味するのか考えた。もちろん、わかりきっていた。ただ、認めたくなかっただけだ。南に向かっているとばかり思っていた海岸線は、いつの間にか向きを西に変え、そしてとうとう北に向かい始めたのだ。北……、そうボグドがやってきた方向である。つまり、ここはもう南の突端なのだ。ボグドは馬から降りた。

……ああ、なんということだ。南の回廊などどこにもないではないか。

彼はもう一度、タフネが教えてくれた世界地図の略図を砂の上に描き、方向を確かめた。間違いない。南端はとっくに過ぎている。ボグドは今来た道を戻ることにした。ファヤウのいる東の新しい土地に少しでも近づくためだ。馬の背に揺られながら、ボグドは何度も何度もタフネに訴えかけた。

……長老、回廊などどこにもないじゃないか。

待てよ、ボグドは考えた。タフネが一度でも南の回廊のことを口にしただろうか。いや、彼はただ南の端に行けばどうにかなる、としか言わなかった。ボグドは答えを知りたかった。一体自分はどうすればいいのか。どうすれば再びファヤウを手に入れることができるのか。回廊はこうしているうちにも海の底から姿を現すのだろうか。ボグドは沖の様子を探りながら波打ち際を進んだ。北の海は黒っぽく、岬は突き出て、奇跡がいつ起きても不思議ではない雰囲気があった。しかし、ここにはまるでそういったものがない。何千年待ち続けても、おそらく茫洋《ぼうよう》たる大海原はこのまま何も変わらないだろう。変化を拒む強い意志の力さえ感じる。ボグドの呼吸は乱れていた。

……どうすればいいのだ。

さっきから同じ問いばかり繰り返している。

……この海の向こうにファヤウがいるというのにオレは何もできない。精霊よ、教えてくれ。オレはどうやってこの海を征服すればいい。

波打ち際に一本の木の枝が浮かび、寄せては返している。海からの風が頬を撫《な》でた。一瞬、ファヤウが呼んだような気がした。それとも、内なる精霊の呼び掛けか……。脳裏に閃《ひらめ》くものがあった。

……なぜ、このことに気付かなかったのだ。

彼は膝《ひざ》を打ち、砂を摑《つか》み、大いに笑った。

……海は行く手を遮るものではない。これ自体巨大な回廊なのだ。

ボグドは北の海から丸木舟で流された時のことを思い返した。

……百数十日かけて辿り着いた北の果てから、海流は僅《わず》か数十日でオレの身体を元の場所に連れ戻したのだ。しかも、夜、舟の底で眠っている間も、海はオレを運び続けた。陸を進むよりもずっと楽ではないか。

ボグドは陸に走ると、太い木を探して目印をつけていった。船を造ることに決めたのだ。北の部族が用意したのと同じものを造るつもりはなかった。目指すはもっとずっと大きなものである。なにしろ、眼前に横たわるこの大海原を乗り切らなくてはならないのだ。失敗は許されない。

ボグドは来る日も来る日も海の様子を眺め、そこにひとつの法則があることを読み取っていた。こうやって一所にじっとして観察していると、海は波よりもずっとゆったりとしたリズムで引いたり、満ちたりしているのがわかる。彼はタフネの言葉を思い出した。

……海はゆっくりと呼吸をしておるのだ。

なぜこういった現象が起こるのか、その理由は言わなかった。大地と月の引力のせい……、太陽と星々の位置のせい……、目にはっきりと映る事象の裏にある因果関係をボグドもタフネも知らなかった。そして、この大地の下で働く重力が人間の生命すら左右していることも……。

潮の満ち引きは今の彼にとって、重要な発見であった。というのも、巨大な船を造るのはいいが、それをどうやって自分ひとりの力で海に引っ張っていき、水の上に浮かべたらいいのか、そのことに頭を悩ませていたからである。潮の満ち引きが、その答えをもたらした。潮が引いている間に砂浜の上で素材を組み立て、あとは潮の満ちるのを待てばいいのである。

ボグドは来る日も来る日も密林にわけ入って、船の骨組みとなるべき木材を探した。船に関する知識はあまりなかったが、どうイメージを展開させても、背骨にあたる丈夫な木材が最低二本は必要な気がした。伐《き》り倒す道具としては石斧《いしおの》しかなく、たった一本の木を倒すだけで数十ヨを要する。それでも焦りはなかった。粗末な船を造り、結局海の藻屑《もくず》と消えたら元も子もないからだ。

　ボグドは馬を使って木材を海岸に運ぶと、長い木材を縦に二本並べた。それと垂直に交えて数本の木を上に載せて並べてみる。一旦離れて四方から眺め、木と木の間隔のまずいところを直し、実際に木の上に乗って飛び跳ね、もっとも強度が高いと思われる位置で固定して切り込みを入れていった。切り込みがあれば組み立てるときに楽だ。

　こういった骨組みとなる素材を揃え終わる頃、ボグドは百回目の朝を迎えた。腹が減れば海に入って魚や貝をとり、砂漠の民であるボグドは日に日に海の生活者としての知恵を身につけていった。そうして、彼は引き潮を待った。引いているうちに骨組みを組み立ててしまわなければならない。時間内に組み立てる練習を充分積んでいたので失敗はなかった。次に潮が満ちたとき、木材の骨組みは長方形の形となって海に漂っていた。ボグドはそれを少し沖に運ぶと、あらかじめ打ち付けておいた杭《くい》に繋《つな》ぎ止めた。この後の作業は海の上で行われることになる。

　ボグドは船の甲板を造り、その上にタンガータの幕舎を真似て小屋を建てた。何十年に及ぶかもしれぬ航海の、ここが生活の場となる。小屋が完成すると、ボグドはそこに寝泊まりして昼の間は狩りに出た。馬を駆って野生の猪を狩り集め、そのうちの数匹を生きたまま船に載せた。それ以外に載せた家畜は、鶏と犬であった。これらの家畜と、海でとれる魚が食料となる。飲料水として、川の水も積み込めるだけ積んだが、なくなればあとは雨水に頼るだけだ。だが、ボグドは恐怖を感じない。海に浮かぶ船の形が整っていくほどに、ファヤウへと近づく喜びを覚えた。赤い鹿を追い求めたときと、状況は似ている。

南の浜辺で過ごしてちょうど一年が過ぎた頃、航海への準備はあらかた完了した。ボグドは船に飛び乗り、太い棒を砂に突きたててこれを海の真ん中へと押し出した。陸は徐々に遠のいていく。ヤシの葉の帆が風をはらんで乾いた音をたてた。不安もなければ、心細くもなかった。ボグドはこの船が自分をファヤウのもとに運んでくれるものと信じていた。海の流れが変わり、目指す方向とは逆に向かったとしても、彼は自分の力で船を漕《こ》ぎ続ける覚悟であった。船の上では木の檻《おり》に入れられた数匹の猪や犬や鶏が鳴き喚《わめ》いている。ボグドはただひたすらファヤウのいる東の方向を見つめた。そのせいで、背後から陸が消えてしまったことにも気付かなかった。ボグドはまだ地球が丸いということを知らないのだ。いつの間にか船の回りすべてが海に囲まれたことを見ても、彼の勇気は挫《くじ》けることがなかった。

……オレは赤い鹿の精霊を得た勇者だ。

その自信が、ボグドをファヤウのもとへ一歩また一歩と近づけていった。ボグドは平らな木片を海水に差し込み、船の舳先《へさき》を東へと保った。

東の水平線からは、ボグドを招くように朝陽が昇ったところだ。彼自身、伝説の赤い鹿になりつつあった。

第二章　楽園

1

先史時代が終わり、歴史時代が始まると、世界は徐々にその姿を現してきた。それでも、地球が丸いと信じられるようになるまでは数千年という年月を要したのだ。十六世紀になると、コペルニクスは地動説を唱え、十七世紀になるとケプラーがこの説を受け継いで惑星運行の法則を発見した。地球は太陽の回りを楕円《だえん》軌道で公転していることが判明したのである。しかし、地球が丸いということは、それより以前から一部の学識ある人たちの間で言われていた。

十五世紀、イタリアの天文学者トスカネリは地球球体説に基づく世界地図を作成し、ドイツの地理学者ベハイムは地球儀さえ作った。しかし、トスカネリの世界地図は完全ではなかった。なにしろ、ここに描かれているのはヨーロッパとアジアとアフリカの旧大陸のみで、新大陸はどこにも置かれていなかったのだ。彼らにとって世界とは、自分たちの知識が及ぶ範囲内のことであり、そこより外側に〝世界〟は存在しなかった。従って、トスカネリは海を西に進めばインドに至るとばかり思っていた。友人であるトスカネリの説を信じたコロンブスは、一四九二年パロス港を出帆し、大西洋を西航した。そして、サン＝

サルバドル島に達し、彼もまたそこをインドの一部と信じた。持っていた世界地図に新大陸などなかったのだから無理もない。彼は死ぬまでそこをインドと信じ続けた。

人々はこのようにして大航海に乗り出し、大小様々な新しい土地を発見していった。発見という言葉を使うと、発見された土地にはだれも住んでいなかったような印象を受ける。そこにも独自の文化を持った先住民がいた以上、これは一方の立場からの高慢な表現と言わざるを得ない。ヨーロッパの帆船は世界の海をくまなく航海して、重要な拠点には総督府などを置き、これを貿易上の根拠地にしていった。

それから三百年ばかりたつと、ヨーロッパの航海者たちは太平洋の主だった島を探検し尽くしてしまった。キャプテン・クックなどの活躍した時期である。南太平洋、ポリネシアの島々には褐色の美しい肌を持った人々が住んでいて、来航者たちを様々な顔で迎えた。抵抗する者、また、歓迎する者。両者に共通な感情は、〝驚き〟であった。なかには、島に伝わる神話の神々がようやく姿を現したとばかり、これにひれ伏す者もあったが、来航者たちは彼ら独自の神々をいともたやすく取り上げ、共にやってきた宣教師たちはここにキリスト教を広めていった。神話を持っていても、島の人々には確立した宗教というものがなかったのだ。

果たしてポリネシア人はどこからやってきたのか……、広大な海に浮かぶ多くの珊瑚礁《さんごしょう》や火山島には、同様な文化を持ったひとつの民族が住んでいるのである。当然、共通の祖先があるはずだ。島で独自に進化した人間ではあり得ない。こんな説がある。昔、太平洋には大きな大陸があり、そこには文化の発達した民族が住んでいた。ところが、自然の大災害が起こって大陸は海の底に沈んでしまった。そして、かつて大陸の山脈であった部分が島として残り、生き残った人々が住みついている。高度な文明はどこに消えてしまったのか……、陽光に溢《あふ》れ、バナナやココヤシやパンの木が繁茂する熱帯の孤島では、文明を維持発展させる必要はまったくなく、次第に忘れ去られていった……。しかし、太平洋のどこを探しても、かつての大陸の痕跡《こんせき》は発見できない。太平洋に沈んだ大陸など、果たして伝説に過ぎなかったのか……。

さて、ここに大陸がなかったとすると、ポリネシア人はどこか別の地域から海を渡って移住してきたと考える他ない。その場所に関しては、諸説入り乱れている。南アメリカのインディオが祖先だと言う者もあれば、ユダヤ人だと言う者もいる。しかし、一般的に信じられているのは、モンゴル高原で暮らしていたある部族が南下し、中国の南の海岸から大航海に乗り出し、フィリピンを経てメラネシアを島づたいに東進、フィジーからトンガ、サモアに到達したという説である。歴史上こういった記述があるわけではなく、言語あるいは民俗風習などを手がかりとした推測に過ぎない。その後彼らは、トンガやサモアを足がかりに航海を繰り返し、南太平洋のすべての島に植民していった。しかし、彼らはなぜ故郷を捨てたのだろう。モンゴル民族がなぜ中国の南に下ったかという点も疑問であるが、それ以上にわからないのは砂漠の民であるにもかかわらずなぜ未知の大航海に乗り出したのかという点である。海を知らない民が、大海原を前にして尻込《しりご》みをしないとは一体どういうことなのだろう。そこには、ある強い決意があったはずであるが、それがどんなものかは謎である。おそらく謎は永遠に解かれることはない。

　時代は進み、十八世紀も終わり頃になると、アメリカは独立を成し遂げ、フランスには革命の嵐が吹き荒れた。そして、イギリスを中心に産業革命が芽生え、中国は農民の反乱に悩まされていた。世界がこういった状態にある時、未《いま》だに石器文化を続ける南太平洋の小さな島、タロファ島に一隻の短艇《ボート》が近づきつつあった。タロファ島は赤道よりも南、タヒチの少し北にある珊瑚礁を持たない半径二十キロばかりの火山島である。どの諸島にも属さず、火山の頂に立っても一かけらの陸地も目に入ってこない。絶海の孤島のせいか、ヨーロッパやアメリカの帆船がこれまでにタロファ島を訪れたことはなかった。島の住民はもちろんポリネシア人である。しかし、タロファ島には独自の文化があり、神話は他の島々のものとは少々異なっていた。ポリネシア共通の神から枝分かれしたものなのか、それともこの島にこそ新しい世界に渡った時代の神の姿が純粋なまま残されているのか、それはどちらとも言えない。火山の裾野《すその》は深く切れ込んだ谷になっていて、そこを流れる川は東側の入江に注いで海に至っている。海側から見ると、谷は濃い緑に被《おお》われて黒っぽく陰り、古代の神を祭るに相応《ふさわ》しい雰囲気があった。ここならば、神も姿を変えることなく、生き続けることができるのではないかと、そんなふうにさえ思わせる。

　東の海の、空と交わるあたりから、青白い光がぼうっと浮かびつつあった。西の水平線に飲み込まれた太陽が、真っ黒な怪物の腸《はらわた》の中を通り抜けて今まさに再び顔を出そうとしている。

早朝の入江。波のない入江の北東の方向で、ボートは動きを止めていた。人影は見当たらない。それとも急ごしらえのマストに張られた帆の陰に隠れているのだろうか。止んでいた風が吹き、疲れ果てたようにだらんと垂れ下がっていた帆は、はたはたと風を受けて膨らんだ。風といっても柔らかなものだった。薄暗い中、ボートは風向きに左右されながら、ゆっくりと入江に入りつつあった。十八世紀も終わろうとする五月のことである。

2

ライアは音もなく海の中に入っていった。夜の真ん中に三日月が昇っている。ここにいる者は皆、身体に何も着けてはいない。ライアは腰のあたりまで海水に浸《つ》かって、夜空を見上げ、波のない水面に目を落とした。三日月の影が映っている。その形は、男が海に出て漁をする時の釣り針に似ていた。足の下に貝の感触を感じ、それを踏まぬようライアは二歩沖のほうへと近づいた。

ライアは十八歳になったばかりだった。ここにいる十一人の男女は皆いずれ劣らず若く、美しい。年老いたハウが岸に立って自分たちを見ている……、ライアはその視線を感じたが、もうこわくはなかった。厳しい修業も今日で終わる。早く大勢の人々と語り合い、大勢の目の前で踊りたかった。いや、それよりも先に、姉の夫であるウィモに抱かれたい。

ライアは頭に手をやり、髪の間にティアレの花が差してあるのを確かめた。暗い海と黒い髪の中に咲いた七枚の白い花びらにだけ、三日月の弱い光が集まっている。花は魅惑的な香りを匂わせていた。今、ライアはこの花だけを身につけていた。そのためか、潮の流れを肌で感じることができた。

海に抱かれたまま、ライアは夜が明けるのを待った。月は火山の後ろに隠れ、星々の小さな瞬《またた》きが波に揺れたかと思うと、水平線にぼうっとした白い光が浮かび始めた。時の過ぎるのがずいぶんと速く感じられる。胸がわくわくした。陽が昇り、ハウの前で踊り、今までの成果が認められれば、名誉ある踊り子として島民の尊敬を得る地位に就けるのだ。沖のほうに雲はなかった。やがて海の彼方《かなた》から一際大きな太陽が顔を出した。不意に、ライアの目から、涙が流れ落ちた。自分が一人前の女になりつつあることが嬉《うれ》しくてならない。身体の内側で何かが変わっていく。潮が引いたために腰まであった海水は膝《ひざ》のあたりまで下がっていた。水平線のすぐ上に位置する太陽は、放射状に光を放ち、火の玉のように燃えていた。

ライアを含む十一人の男女は岸に駆け戻った。ハウが満足気にうなずいているのが見える。若者に取り囲まれると、ハウは砂浜を掘る許可を与えた。ライアたちは盛り上がった砂の回りに座り、表面の砂をどかし、中に敷いたバナナの葉を一枚一枚はがしていった。はがすごとにおいしそうな香りを含んだ熱い蒸気が立ち上る。穴の中では、数時間前に神に捧《ささ》げられた子豚が、ほどよい柔らかさで蒸し焼きになっていた。若者たちはそれぞれ手にバナナの葉を取り、その上に豚の肉を置いてハウの合図を待った。ハウはほんの少し頬をゆるめてうなずく。彼らは一斉に食べ始めた。みんな丸一日、何も食べていなかったのだ。

若者たちは肉を口にすると、ようやく声を上げた。胸につかえていた思いは言葉にならず、歓声となって静かな入江に響いた。食欲が先にたち、満足な会話などできない。彼らは豚の肉と一緒に言葉も飲み込んでいった。肉はココヤシの果汁が染み込んでいて、ほんのりと甘い。豚の肉を食べる機会は滅多になく、年に三回食べれば多いほうだった。ライアは、今口にしている豚肉がこれまでで一番おいしいと感じた。神に捧げられた聖なる肉は、彼女の肉体に新しい息吹を吹き込み、踊りの女神へと導いていくようであった。そういったエネルギーの充満を感じているのはライアだけではなかった。そこにいる十一人の若者は皆同じ感覚を手に入れ、腹が一杯にふくれると自然のおもむくままに立ち上がり、パンダナスの葉で作った腰みのを着けていった。

最初、彼らはゆったりとしたリズムに合わせて踊った。ここで、自然のビートとなるのは、さざ波のたつ海辺の音だけである。ライアはもっともっと激しく踊りたい衝動に駆られた。もっと強く腰を振り、大地を力一杯踏み締めたかった。若者たちの気持ちがひとつになろうとする頃合いを見計らって、ハウは太鼓を叩《たた》き始める。初めはゆっくりと……、そして次第に速く。ハウは、踊り子としての彼らの本能がよくわかっているので、うまく導いて十一人の男女を熱狂の渦へと誘い込むことができた。

ライアは酔いしれていった。祝いの踊り、喜びの踊り、性愛の踊り、戦いの踊り……、ライアはハウから教わった様々なテクニックを駆使して、踊りの女神が自分の肉体に入り込むのを待った。上半身をピンと伸ばしたまま、足を交差させ、両手を上げ、腰を振った。今食べたばかりの神聖な肉が体内で燃えてゆくのがわかる。女神が微笑みながら舞い降り、ライアの胸に入り込み内側からくすぐった。限りない喜びに圧倒され、一瞬頭の中が白くなったかと思うと、ライアは砂の上に倒れていった。倒れる直前、彼女の乳首は空に向かって誇らしげにそびえていた。ようやく踊りの女神と一体になれたのだ。これからは、いつどこでも踊ることができ、踊りは人々の熱狂とともに迎えられる。

目覚めると、他の若者たちも皆砂の上に転がっているのが目に入った。胸を大きく波打たせ呼吸は荒いけれど、どの顔にも満足気な表情が浮かんでいる。ライアのすぐ目の前で仰向けに横たわるカヘイヨは、腰みのの間から勃起《ぼっき》した性器をのぞかせていた。彼もまた神と交わったのだ。ふと顔をあげたライアの目に、入江の入口のあたりに浮かぶ黒い舟の影が飛び込んできた。遠く離れていたけれども、タロファのダブルカヌーでないことはすぐに見てとれた。珍しい光景であった。朝の入江に浮かぶ舟の影など、これまでに見たこともなかったからだ。ライアはカヘイヨを揺り動かした。上半身を起こしたカヘイヨに、ライアは沖を指差して示した。カヘイヨはいぶかしげにこれを見るばかりで、動こうとはしない。ライアはすっと立ち上がると、腰みのを落とし、海に入っていった。興奮が残っているせいか少しフラフラする。入江はすぐに深くなっているので、ライアはかなりの距離を泳いだ。彼女にとって泳ぐことは陸の上を歩いたり走ったりすることとあまり変わらない。泳ぎながらライアはタロファに伝わる神話を思い起こしていた。詳しいことは忘れてしまったが、入江に浮かぶ黒い舟は何かの先触れじゃなかったかしらと……。彼女はふと、一ヵ月前の大地の揺れを思い出した。地震にも何かの言い伝えがあったような気がしたからだ。入江に漂う黒い舟と、大地の揺れ。このふたつはライアの胸に眠るうろ覚えの神話を呼び覚まし、好奇心と不安の気持ちを同時にかきたてた。

舟は見たこともない形をしていた。ライアが知っている舟といえば、ふたつの丸木を平行に並べその上に甲板を張ったダブルカヌーとアウトリッガー付きのカヌーぐらいのものであった。目の前に浮かんでいるのは、黒く湾曲した舳先《へさき》を持つボートで、舳先から舷側《げんそく》にかけてねばねばとした脂肪のようなものがべっとりと付着し、その光を照り返す様子が不気味だった。

ライアはためらうことなく、ボートのへりに両手を掛け、反動をつけると、勢いよく水の上に躍り出た。

甲板には三人の男が折り重なるように倒れていた。生きているのか死んでいるのか、まだわからない。ひとりが薄く目を開いてこちらを見たように思う。ライアはおそるおそる手を伸ばしてその男の身体に触れた。冷たくはなかった。それどころか、肌は朝陽を吸って熱いとさえ言えた。一体どれくらい海を漂っていたのか……、容赦なく陽差しを浴びた彼の肌はライアと同じくらいに黒い。ライアはこの男の地肌が何色か知らなかったが、短期間の陽焼けによる黒さだということは勘でわかった。
水を分ける音が背後から聞こえた。振り返ると、先ほどまで砂の上に寝そべっていた十人の若者が泳ぎ寄ってくるのが見える。彼らはボートに辿り着き、ライアを真似て上半身を水面から出し、中を覗《のぞ》いた。そして、口々に驚きの声を上げた。気絶した三人の異邦人を恐れているわけではない。甲板の大部分を被《おお》う染みが異様な色彩を放っていたのだ。染みはドロッとした感触を持ち、赤黒く変色していた。彼らはすぐにわかった。この色が何を意味するのか……。三人の男は大量に流された血の中で眠っていた。

そのとき、三人の男たちの中のひとり、ジョーンズは夢を見ていた。空から美しい女神が舞い降りて、海の上でポツンとひとり横たわる自分を見守っていたかと思うと、そっと手を伸ばして胸のあたりに触れたのだ、感触は柔らかかった。肌は白くなかったが、女神の顔立ちは白人のそれと似ていた。髪は長く、先端がどこまで伸びているのか、寝たままの姿勢では確認できない。彼女は身を乗り出して、心配気にこちらを見ている。想像の中の女神は皆白いローブを白い肌に纏《まと》っているが、彼女は何も着ていなかった。形のいい褐色の乳房がすぐ目の上で揺れている。ジョーンズはとてもいい気分になった。二十日間に及ぶ漂流で、彼は様々な夢を見た。現実はすべて地獄であり、ほんの一時舟底に転がって見る夢はどれもこれも幸福なものであった。腹一杯おいしいものを食べ、水を飲み、涼しげな木陰で愛する人々に囲まれたりした。夢にはいろいろな女性が登場したが、その中でも今見ている女神がもっとも美しかった。しかし、不思議なことに、ジョーンズの愛してやまない神の姿は一度も夢に現れなかったのだ。

他のふたり、エド・チャニングは熱病に冒されて生死の境をさまよい、屈強な肉体の持ち主タイラーは穏やかな眠りから覚め、舟底に横たわったまま不敵な笑顔を浮かべて十一人の異教徒の顔を見回していた。この状況から救ってくれる者には、たとえ異教徒であっても天使を迎える笑顔で接しなければならないとばかり……。


十一人の男女は、それぞれ思い思いの格好でボートの横腹につかまり、足で水をけって岸のほうへとボートを進めた。ライアをはじめとする十一人の若者は、血の海に横たわる三人の男たちを、これもまた神と見做《みな》し、ボートをそのままの状態でうち捨てようとはしなかった。また、もし、潮の流れにだけ任せたとしても、ボートはいずれ入江深く入り込んでタロファ島の人々の目に触れ、石器時代から連綿と続いた文明に多大な影響を与えることになっただろう。

背後から昇る陽の光を浴びて、島の鬱蒼《うっそう》たる濃い緑がすぐ正面に迫っていた。急勾配《きゅうこうばい》の火山は山裾《やますそ》をなだらかにすることなく海の中へと分け入り、そのせいかこうやって海側から見上げる島の全景には威圧するほどの迫力があった。切り立った火山の谷底は黒っぽく陰り、雄大で神秘的な雰囲気を随所にちりばめている。海岸の、細くしなやかに伸びたヤシの木の上で、葉は花のように開き、その中央部を黄色に染めて朝陽を照り返していた。

花々は原色に咲き乱れ、香《かぐわ》しさは島全体を覆っている。ここにあるものはすべて、ありあまるほど、太陽の恩恵を受けている。自然の荒々しさと植物の美しさはうまくマッチしながら山裾を転がり、調和の取れた海へと雪崩《なだ》れ込んでいるのだ。ライアたちの引くボートの回りで、波は小さく、島の上空には朝の雲が速く流れている。この楽園は永遠に変わらない……、ライアはそう信じた。彼女を産み育《はぐく》んだ島の自然は、この十八年間まったく変わらなかった。だから、ライアがそう思うのも無理はない。これまでなんの変化もなく過ぎた時間は、これからも永遠に続く。今触っているこのボートの来航さえなかったら、ライアの思いは壊されることがなかっただろう。このボートにまつわる歴史を彼女は知らないのだ。歴史といっても、たった二十日間ばかりの出来事ではあるが、このボートの上で繰り広げられた地獄の一端を少しでもかいま見たなら、楽園の未来をそうは楽観できなかったに違いない。

ライアはボートのへりに置いていた右手を離し、海の中に入れて海水で洗った。指の先に付着した脂肪がベトついて、急に気になり出したのだ。しかし、指をこすり合わせても脂肪はなかなかとれない。ライアは指先の臭いを嗅《か》いだ。そこには、死の臭いがあった。

このボートが捕鯨船フィリップ・モルガン号のデッキを離れることになったのと、ライアが一月前に感じた大地の揺れとは無関係ではなかった。二十日前、ボートはフィリップ・モルガン号のデッキにちゃんと載っていた。そのボートが母船を離れることになった日、海の色は目まぐるしく移り変わったのだ。

3

二十日前の夜中……。

フィリップ・モルガン号は、舷側に抹香鯨《まっこうくじら》をくくりつけ、帆をおろし、舵《かじ》を風下に向けて夜の海を漂っていた。見張り役の二名のセイラーを除き、二十九人の乗組員は皆、船底のハンモックで眠っていた。

当直の見張りのひとり、エド・チャニングは暗い海面に目を落とし、鮫《さめ》の背ビレが洋上に現れないかどうか、じっと見守った。赤道からわずかに南のこの海域には、かなりの数の鮫がいると思われるが、今夜はまだその姿を見てはいない。ちょっとでも目を離せば、せっかく捕らえた鯨は鮫の餌食《えじき》となって骨だけになってしまう。鮫の影を見かけたら、専用の銛《もり》を使って攻撃をしかけ、その血の臭いに他の鮫たちの食欲を集中させるのが見張りの役目だ。鮫は、血の滴るものなら、なんだって構わずに口にする。それを囮《おとり》に、抹香鯨の肉を守る他ない。

月のない、星の光も弱々しげな夜で、甲板にぶら下げたカンテラの灯《あか》りだけでは、鮫の背ビレなどそう簡単に見つけられるはずもなかった。深夜を過ぎても暑さはいっこうに引かず、エド・チャニングは喉《のど》の渇きを癒《い》やそうとコップ一杯の赤葡萄酒《あかぶどうしゅ》を一気に飲み干した。

この時既に、フィリップ・モルガン号を取り巻く海の色は変わっていたのだ。しかし、エド・チャニングにそのことがわかるはずもない。彼が見ている海はいつも通りの夜の色で、その変化を知るには夜明けを待つ他なかった。

相棒が見張りに立つ間、エド・チャニングは一時間の休憩をとり、最後の見張り番に立つ頃には長い夜はしらじらと明けようとしていた。バウスプリットに手をそえて、ビークヘッドに立ち、ほとんど漂っているだけのフィリップ・モルガン号の進む先を見やった。彼は海面にじっと目を凝らした。なんともいえぬ不思議な感覚に身を包まれたからだ。鮫を発見したわけではない。それよりも、もっと異常ななにかをほのめかす臭いがあった。物心つくかつかない頃より海に生きてきた彼ゆえ、どこかヘンだぞという勘が働き、まだ薄暗いうちから海の変化を微妙に嗅ぎ取っていたのだ。彼は信じられぬ思いで、海面を見つめた。色が変わっている……。今までに見たこともない色が薄闇の中に浮かび上がりつつある。様々な天候の中で移り変わる海の色を彼は知っているつもりであった。しかし、この色だけは、経験のどこにもしまわれていない。そして、陽が昇るほどに色はますますはっきりとして、半信半疑であった彼の目もこの事実を認めざるを得なくなった。恐怖……、こういった種類の恐怖を感じたのは初めての経験だ。自分が今立っているところの地盤が急に崩れ出すような感覚。海は空の色を映し出してはいなかった。早朝の空の青さと徹底的に不釣り合いな具合いで、海は黄色く染まっていたのだ。エド・チャニングは何度も目をこすり、この事実を確認すると、足をがくがく揺らしながら船室に降り、悲鳴を上げた。

彼は、ヴァイオレット船長の船室のドアを叩《たた》き、海の色が黄色に変わったことをそのまま伝えた。船長はすぐに返事をせず、ベッド脇に置いたワインの空き瓶をドアに向かって投げつけてきた。そして、ワンテンポ遅れて、「てめえのたれたクソの報告など聞きたくもねえ！」という怒鳴り声が追いかけてきた。

エド・チャニングは報告すべき相手を間違えたことを悟り、一等航海士のマーティを今度は揺り起こした。生真面目なマーティは、エド・チャニングの言葉通り黄色という色を海に当てはめてみたが、イメージはどうしても形にならない。そのためか少々吐き気をもよおしたほどだ。しかし、はなから信じないわけではなく、彼はすぐに階段を上ってデッキに立った。

陽は一段と高く、空の色はますます青く、しかも、海一面に広がった黄色はオレンジの皮を煮詰めたような不透明な色に変わりつつあった。今まさに煮詰めているところか、ぐつぐつと沸き上がる気泡が海面ではじけ、深海のガスを空中に解き放っている様が一際不気味だった。

マーティはぞっとした。ふたりは声を上げることもできず、デッキに立ちつくし、天を仰いだ。

まだ子供だった頃、マーティは父の船でメキシコ湾を航海したことがあり、途中点在する無人島と無人島の間を泳いで渡ったことがあった。停泊中の船から飛び込んでの小さな冒険であったが、泳ぎの得意な彼もさすがに疲れて、戻るときには浅瀬を探して歩く結果となった。マーティは今見ている海の色から、あのときの足の感覚を思い出していた。海底の砂は薄茶で、そのために浅瀬全体は黄色っぽい底の色を映し出していた。膝小僧《ひざこぞう》くらいの深さがあり、足を上げたり下げたりするたびに水は濁って、彼の後ろに足跡を刻みつける。そのときの海の色というよりも、上げ下げしたときの足の感覚が今の気分と共通しているのだ。砂はどこかヌルヌルとした感触を残し、早く引き抜かないとどこまでも沈んでいきそうなほど、底が知れなかった。今、自分の立つ基盤が危ない……、とそういった薄気味の悪さがひしひしと地中からにじみ出てくる。砂というよりも、微生物の群れの中に足を踏み入れているといった不安感。いつ自分の足をパクリとやられるかわかったものではないといった恐怖。その気持ち悪さにがまんできず、マーティは浅瀬にもかかわらず泳いだ。しかし、水をかく両手足がすぐ底に触れるとあっては、前に進むどころではない。しかたなく、彼は今歩いた距離を戻り、浅瀬をぐるっとよけるようなかたちで遠回りをして船に帰り着いた。いくら疲れていても、あれほどの不安感をかきたてる海の底は、もう一歩たりとも歩く気はしなかったのだ。そして、ようやく船に辿り着くと、マーティはこの次第を父に話した。父親は目を丸くして、「おまえ、本当にあそこを歩いたのか」と浅瀬を指差し、驚きの声を上げた。このあたりの浅瀬は猛毒を持った海蛇の巣になっていて、一歩足を踏み入れればすぐに嚙《か》まれてしまうと言うのだ。だから、マーティの直感は正しかったといえる。本能的な不安感は生命の危険を警告していたのだ。

あのときがそうだとしたら……、マーティは黄色の海を見ながら考えた。今度の場合、一体どんな危険が我々に迫っているのか見当もつかない。なにしろ、あの時の比ではないのだ。……この不気味さ。ヌルヌルと果てしなくデッキが沈み込んでいくような感覚。見たこともない生き物が船底を無数に徘徊《はいかい》して、舐《な》め回っている……。我々がいるべき場所がなくなりつつあるのだ。

マーティは力なくエド・チャニングの肩を叩いた。

「もう一度船長を起こしてきてくれよ」

エド・チャニングは首を振った。

「オ、オレが言ってもよぉ、し、信じるわけねえよ。あの野郎、オ、オ、オレがクソをたれ、そのせいで海がこんなになったんだと思い込んでやがる」

恐怖に襲われると、いつも彼はどもりがちになった。しかたなく、マーティが船室に降り、片っ端から乗組員を起こしてまわった。理由は言わなかった。見ればすぐにわかることだし、エド・チャニングと同じ罵声《ばせい》を浴びる気にはならなかった。

4

黄色の海は凪《な》いでいた。そんな静けさに同化するように三十一人の船乗りたちは黙って四方を見つめていた。声を出そうにもなんと言っていいかわからない。時化《しけ》のとき、あるいは座礁の危機に直面したとき、船乗りたちはこんなふうに黙ってただ海面をぼうっと眺めたりはしない。命令や怒号が飛び交う中、自分の持ち場について決められた仕事をする。長い経験に培われた勘によって、動き方がある程度決定されているだけに、まったく思いもよらない事態に見舞われたりしたら、彼らは言葉と行動を失う他ない。経験による判断がきかないのだ。

たっぷりと時間をかけて今見ている光景が夢でないことを自分自身に納得させると、三十人の乗組員は一様にヴァイオレット船長の顔を見た。もちろん、指示を仰ぐためだ。ヴァイオレットはまだ信じられないといった表情を浮かべたまま首を振り、マーティ、クロード、タイラーの三人の航海士を近くに呼び寄せた。

「どうする？」

船長はドスのきいた低い声で聞いた。

「どうしようもない。このまま様子を見る他ないじゃないですか」

タイラーが即座に答えた。ヴァイオレットはタイラーの航海士としての腕を評価していたが、人間的には嫌っていた。一介の船乗りから船長にまでのし上がったヴァイオレットの目には、元英国海軍士官のタイラーの立ち居振るまいが自分を馬鹿にしているように映ってしまう。しかも、ヴァイオレットの父は、アメリカ独立戦争のさ中に英国艦隊の砲撃によって戦死していた。

「まず、原因を調べましょう。海の色が変わったのには理由があるはずです」

学者肌のクロードが言った。フランス生まれの彼は、船乗りにならなければ生物学者になっていたというほど、生物の世界に詳しい。プランクトンの異常発生によって海の色が赤く変わるように、微生物の生態異常がこの色の変化の原因となっているのではないかとクロードはふと思い及び、その考えを船長に告げた。

「で、もし、そうだったら？」

「タイラーが言う通り、……どうしようもない。別に危険な状態じゃないと思いますよ」

「マーティ、おまえはどう思う？」

実は、船長がもっとも信頼を寄せるマーティが一番怯《おび》えていた。少年のときの、浅瀬を歩いて渡ったヌルヌルとした記憶が、まだ意識の奥深くに残っていてどうにも落ち着かない気分になっていたのだ。あの時、彼は浅瀬をよけて泳いで帰った。そして、それが倖《さいわ》いして、海蛇に嚙まれずにすんだのだ。

「なるべく早く、この海域から脱出すべきです」

三本のマストには帆が張られてなく、時々吹く風はマストやヤードの間をすうすうと気持ちよく通り抜けていた。船は穏やかに洋上を漂っているだけだ。展帆して、素早くこの海域から逃げ出せ……、マーティはそう進言した。

ヴァイオレットは考えた。海水を汲《く》み上げて原因の究明にあたるのはよしとして、その間ただぼんやりと漂っていてもしょうがないじゃないかと。マーティの言う通り、帆を張ってこの海域を迂回《うかい》してなんの不都合があろう。そもそもオレたちは鯨を捕りにきたんだ。

船倉が鯨油の樽《たる》でいっぱいになるまで、故郷に帰ることはできない。ヴァイオレットには、黄色い海で鯨が捕れるとはとても思えなかった。しかし、どの方向に向かうべきか彼にはわからない。海図を見ても、黄色の海に関する記述などもちろんあろうはずもなかった。

船長の命令のもと、数名のセイラーがトップスルヤードにするすると上り、とすぐに、ロープが引かれて滑車がかたかたと鳴った。帆がいっぱいに張られると、フィリップ・モルガン号はわずかに傾いて船首を右に向け、幅の広いぼってりとした船体で水をかきわけ、不気味な航跡を残して進んだ。

約二十分が経過した。フィリップ・モルガン号はまだ黄色の海域にある。色はより濃さを増したように見受けられる。それにつれ、船長や航海士はじめ、すべてのセイラーたちの顔にも不安の影が濃く広がっていった。より危険な方角に我々は進んでいるのではないかという危惧《きぐ》が、皆の脳裏を占め始めた。マストに上って見渡しても、四方八方が同じ色で、一体どの方向に向かうべきかだれにもわからない。だから、色が濃くなっているのは気のせいなんだ……、実際はなにも変わっていない、ヴァイオレットはそう思い込もうとした。

「船長！」

クロードの鋭い呼び声がクォーターデッキから聞こえた。

船長が彼のもとに行くよりも早く、クロードが駆け寄ってきた。

「減帆したほうがいいかもしれない」

汲み上げた海水の入ったコップを手に持ったまま、クロードは真剣な顔で言った。

「どういうことだ？」

「プランクトンの異常発生なんかじゃないですよ」

クロードは、黄色の浮遊物の漂うコップを船長の鼻先に持っていった。異臭が鼻をついた。

「これがどんなものかはわからない。でも、海底でなにか異変が起こっていることだけは確かです」

ヴァイオレットはいぶかしんだ。

「だからこそ、オレたちはここから早く逃げ出そうとしてるんじゃねえのか」

「この海面の色……、この下がどうなっているのかまるでわからない。もし、仮に、我々が想像している以上にここが浅かったとしたら、どうなります？」

すぐに座礁という言葉を思い浮かべたが、ヴァイオレットはその考えを振り払うように頭を振った。

「島影も見えねえ太平洋の真ん中で、座礁なぞするわけがねえ」

「その通り……、でも、水深を確認しながらゆっくり進んだほうがいい」

もし座礁した場合、船の速度がゆっくりなほど被害も少ない。

いつの間にか、タイラーとマーティをはじめ、手のあいたセイラーたちが船長の回りに集まっていた。

「ルース！　測深しろ！」

突然、タイラーが傍らの銛《もり》うちに、水深を測るよう命令を下した。

「する必要はねえ」

ヴァイオレットは怒鳴り返した。彼はタイラーに対して腹を立てた。船長をさしおいて勝手に命令を下すとはなにごとだと……。セイラーたちの信頼を得ているからといって、嵩《かさ》に懸かった態度には我慢ならなかった。

「こんなところで座礁するわけねえだろ！　バカヤロー」

ヴァイオレットは、澱《よど》んだ目でタイラーをにらんだ。タイラーはいくら怒鳴られても罵《ののし》られても態度を崩さない。おどおどすることがないのだ。そこがまたヴァイオレットの気に入らないところでもあった。まったく、可愛げのない奴で、しかも何を考えているのか皆目わからない。

「念のためですよ」

タイラーは水深を測定するよう言い張り、クロードもその意見に賛成した。マーティは船長の顔色をうかがいながら、はっきりと意見を言わなかったが、言葉尻《ことばじり》からも、とにかく早くこの海域から逃げ出したいという思いが強く伝わってくる。だから、どちらかといえば、水深も測らず減帆もしないという船長の考えに賛成のように受け取れた。

「船長はこのオレだ！」

ヴァイオレットのその言葉で、言い争いにはすぐけりがついてしまった。命令系統の混乱が直接命に係わってくる海の上にあって、船長の命令は絶対であった。

そのとき、ホエールボートの漕《こ》ぎ手ジョーンズは、フォアトップスルヤードにはりつく格好で、船の進行方向を見やっていた。減帆せよという命令があった場合すぐ実行できるよう、帆桁《ほげた》にしがみついて宙ぶらりんの体勢を取り続けていたのだが、その間も帆は風をはらんで力強く船体を前へ前へと押していくだけで、命令はいっこうに出される気配がない。航海士と何人かのセイラーが船長の回りに集まっているのが見えた。今、全乗組員の中で、ジョーンズがもっとも見晴らしのきく位置にいる。彼もまた、海の色が少しずつ濃くなっていると感じているひとりだった。十八歳にもならないジョーンズには、まだ世界の仕組みがわかってはいない。この年になるまで様々な職業を経験したが、漠然と持ち続けていた海への憧《あこが》れは人一倍強かった。海を知るということ、それは彼の場合、世界を知ることにつながる。地球の分泌液がこんな色に染めているのかどうか、彼の目にする神秘の世界は今まさに刻々と変化しつつあった。オレンジ色は茶褐色に変わり、その向こうのまさにフィリップ・モルガン号の進む方角の海の下には黒々とした巨大な影が見え始めたのだ。ジョーンズはごくりとつばきを飲み込み、声を限りに叫んだ。

「前方になにか見えます！」

ジョーンズの声を聞くと、船長たちは船首のほうへと移動した。そして、黒い影を見るやいなや、またも船長より先にタイラーが操舵手《そうだしゅ》に命令を下した。

「面舵《おもかじ》、いっぱーい」

今度は船長も怒鳴り返さなかった。それよりもまず、身体の底から湧き上がる恐怖に我を忘れた。彼はかっと目を見開き、迫りくる黒い影の正体を見極めようとでもするかのように身を乗り出した。長年の経験でわかっているのだ。舵をいっぱいにきったところで、もう間に合わないことが……。フィリップ・モルガン号は間違いなくあの黒い影の上に乗り上げる。問題は、そのことが何を意味するかということ。またもや、座礁という言葉が船長の頭をかすめた。太平洋の真っ只中《ただなか》で座礁することの意味を、彼はわかり過ぎるくらい理解していた。もはや、ここまできたら、神に祈る他ない。この時、船上の人間は皆ほとんど同時に神に祈ったに違いない。

信仰心の厚いジョーンズもまた、トップスルヤードにつかまって、神に祈りを捧《ささ》げた。彼は衝撃を察知し、振り落とされないよう両手両足に力をこめ、ロープを身体にまきつけていった。

人々の視線が真下に注がれ、船底が黒い影の中に進入した瞬間、衝撃がフィリップ・モルガン号をかけ抜けた。デッキに立つ者はよろけてマストにぶつかり、悲鳴を上げた。船上はあっという間に阿鼻叫喚《あびきょうかん》のちまたと化し、人々は罵り、毒づき、泣き叫んだ。それは神に対する恨みの声ともとれた。

一回の衝撃で終わったわけではなかった。船はその後もズズッズズッといや・な音をたてて動き、二度三度と衝撃を繰り返し、そしてもっとも大きな音をたてたところで完全に動きを止めてしまった。海に落とされぬよう四つん這《ば》いになっていたセイラーたちは、立ち上がってようやく船が大きく右に傾いていることを知った。右舷《うげんそく》側にいたあるセイラーはすぐ間近に、海面に浮き上がっては消えていく気泡を見て、吐き気さえもよおした。潮は静かに流れ、湧き上がっては消えていく泡を船の後ろへ後ろへと流していた。

5

船としての機能を失ったフィリップ・モルガン号は無様に傾いでいた。右舷側が下がり、左舷側が持ち上がってしまったため、船体に縛り付けられた鯨が宙に浮いた格好となって、遠くから見るとなんとも不思議な姿であった。飛魚《とびうお》を彷彿《ほうふつ》とさせる鯨の重みが取り除かれたら、船はますます右に傾くのではないかと思われた。

船の動きが止まると、乗組員たちは茫然自失《ぼうぜんじしつ》の体で立ち上がった。彼らがいかに動揺し混乱しているかは、海上を見やる姿勢に端的に表れていた。ほとんどの者は卑屈に腰をかがめ、おそるおそる海を覗《のぞ》き込むばかりで、ホエールボートで鯨を追いつめる時の自信に満ちた胸の張りを失っていた。両手を力なくだらんと下げ、開かれた口もとからは溜《た》め息を漏らし、そのせいかいつもよりひとまわりも身体が小さくなったかのようであった。だが、手に負えなかったのだ。鯨はそれでもどうにか力でもってねじふせることができる。

半径五百キロの範囲に島影さえ見当たらない太平洋の真ん中で座礁するという現実には、ただひたすら身をこごめる他ない。

言葉を失った乗組員たちの中にあって、タイラーだけはいつもの態度を保ち続けた。顔色ひとつ変えず船長のもとに歩み寄り、これからまず第一にすべきことを進言したのだ。彼の言ったことは簡単だった。今すぐに船を軽くし、風向きの変わるのと次の満ち潮を待って南西の方角に抜け出すこと。タイラーが言えば、ことは簡単に聞こえる。声には一段と自信がこもり、まるで臆《おく》するところがない。ヴァイオレット船長は今更ながら、この男の神経を疑った。そして、狼狽《ろうばい》を読み取られないよう極力冷静を装い、わずかに震えを帯びた声でピントはずれのことを聞き返した。

「これから引き潮に向かうのか？」

定点を決め、海水の上下をじっくり観察しなければその場所の潮の満ち引きなどわかるものではなかった。タイラーはふんと鼻で笑って、答えようともしない。恐怖の感情に押しやられて、ヴァイオレットの怒りはこのときまだ小さかった。それでも彼は、十歳以上も年の離れた元英国海軍士官のふてぶてしい態度を許そうとはしなかった。

「これから引き潮なのかどうか、オレはそう聞いたんだ」

「わかるわけないだろ」

タイラーは事も無げに言ってのけ、近くにいたスパイスに潮の満ち引きを調べるよう命令を下した。タイラーは、船長の怒りなどには、まるで貪着《とんじゃく》しなかった。ヴァイオレットはむしょうにイライラした。目の前に立つこの男を海の中に投げ込んでやりたいほどの苛《いら》立《だ》ちであった。彼にしてみれば、現在自分が直面している不可思議な現実と同様、タイラーもまた御し難い存在であった。理解を超えた存在を前にすると人間は畏怖《いふ》の念とともに妙な苛立ちを覚えるものだ。

ヴァイオレットは憎しみを込めた目でタイラーをにらんだ。ひげもじゃの赤ら顔をぐっとタイラーのほうに寄せ、権力を誇示するかのように拳《こぶし》を顔の前で握り締めた。そして、胸の中で呟《つぶや》く。

……いつか、てめえを鯨なみに扱ってやるぜ。

タイラーは、そんな視線になんの興味も見せず、涼しげな表情を傍らのルースに向けると、「船底が浸水してないかどうか見てこい」と大声で命令を下した。

その言葉を合図としてか、座礁のショックで声も出なかった船乗りたちも力を取り戻し、一瞬船を襲った静寂もすっと引き、逆に喧騒《けんそう》を極めた混乱が船の上を支配していった。静から動への人々の動きはあまりに速やかで、まるで連続した時間の帯がスパッと切られたかのようである。

船乗りたちはデッキを走り回り、罵り合い、絶望の声を上げながら責任をなすりつけ合った。延々と泣き言を述べる者……、高飛車な態度に出て相手を威嚇する者……、神への言葉を落ち着いた調子で口にする者……、人はそれぞれ自分独自の方法でパニックを克服しようと努めた。静寂の中で交わされたタイラーとヴァイオレットの会話は嘘のように流れ去り、ふたりはそれぞれの喧騒に巻き込まれて自分の持ち場に帰っていった。

時間とともに潮は引き、船の喫水はますます浅くなり、それと比例して黄色の海の下に広がる黒々とした影はますます濃くなっていった。

デッキには人が集まっている。これからしなければならないことを早急に話し合う必要があった。話し合うといっても、船の破損状態もだいたいつかめた今となっては、とるべき選択肢はそんなに残されてはいない。船底から入ってくる海水をポンプで汲《く》み出さなければならなかったし、船の重量を少なくするため不必要なものはなるべく捨てなければならなかった。それは、フィリップ・モルガン号をもう一度航海可能にするためにどうしても必要なことであった。問題は、何を捨て、何を残すかということだ。この点に関して、乗組員たちの意見はふたつに分かれた。昨日の夕方捕獲した鯨はもちろんとっくに舷側《げんそく》から離れている。それ以外に、タイラーをはじめとする数人の乗組員は鯨油の入った樽《たる》をすぐにでも捨て去るべきだと主張し、船長をはじめとする何人かの乗組員は、次の満ち潮まで待ち、樽を捨てずに離堆《りたい》できればそれに越したことはないと言い張った。

「そんなことは不可能ですよ」

タイラーは言った。船底の破れ目から入り込む水は徐々に増している。なるべく早く重量を軽くして、喫水を浅くしなければ離堆もクソもない。とりかえしのつかないことになる。タイラーはそう言って船長に迫ったのだ。

ヴァイオレット船長や他の乗組員も、危険だということは百も承知だった。彼らは半狂乱になっていた。捕鯨船には、皆様々な目的で乗り込む。さしたる理由もなく、過去を忘れようとして荒海に乗り出すタイラーのような男もいれば、海に漠然とした憧《あこが》れを抱き海を征服することで世界を知ろうとするジョーンズのような若者もいた。しかし、もちろん、ほとんどの人間は純粋に金目当てであった。捕鯨船の場合、金とはすなわち船底に積み上げられた鯨油の樽の数を意味した。ニューベッドフォードの港をたって既に三年近く、その間に捕らえた鯨から剝《は》がした脂肪で、船倉が一杯になるほどの鯨油がとれていた。港に戻り、樽を売りさばけば、三年の労働に充分見合うだけの金を手にすることができる。船乗りの賃金は、とれた鯨油の量に応じて支払われる歩合制のため、獲物がゼロであったら一銭も手に入らないのだ。

だから、三年の労働を一瞬にして失うことにどうしようもない憤りを感じ、他の方法を探そうと血眼になるのも無理からぬことであった。ヴァイオレットは、今度の航海を最後に船を降りようとさえ思っていたのだ。

結局、ふたりの折衷案がとられることになった。樽を全部捨ててしまうのはあまりに惜しく、しかし船の重量は軽くしなければならない。このジレンマを解消させる案を出したのはマーティであった。彼のどっちつかずの優柔不断な性格がこういった案を思いつかせたのかもしれない。六つあるホエールボートに積めるだけ樽を載せて海に浮かべ、首尾よく離堆した後これをまた船倉にもどせばいいというのだ。だれもが、両者を納得させる素晴らしいアイデアと感じ、すぐに実行に移されることになった。しかし、これがまさにその後の地獄を生み出す芽になろうとは、まだだれひとり知る者はなかった。

樽をボートに移し、載り切らぬものを海に捨てると、船の重量はずいぶんと軽くなった。六隻のボートはロープでゆわえられ、傾いたフィリップ・モルガン号の回りで漂っている。そうして、万全の態勢で、フィリップ・モルガン号は次の満ち潮を待ったが、数時間の間に空の色は目まぐるしく変わり、激しい時化《しけ》を伴った夜へと突入していった。雨を含む横なぐりの風は南西の方角から吹き、フィリップ・モルガン号の船底はガリガリと不気味な音をたてるばかりで、離堆するどころではなかった。浸水も激しさを増した。汲み出しても汲み出しても海水は船倉に流れ込み、奔流した。それでも人々はポンプを動かし続けた。だれもが同じことを考えていた。……この船はもう助からない。脱出する方法は……、生き残る方法は……。皆それぞれ、自分が助かる方法を計算し始めていた。本船が難破したとしたら、ボートで洋上を漂う他ない。しかし、そのボートはみな鯨油の樽を積んで嵐の海に浮かんでいる！　もし、ボートが沈んでしまったら、いざというとき何に頼ればいいのだ。

タイラーは、デッキに立ってボートの無事を確認しようとした。しかし、六隻のうち三隻までしか目に入らない。残りは、樽の重みと浸入した海水に負けて転覆したか、あるいは波に翻弄《ほんろう》されてロープが切れ、流されてしまったかのどちらかであった。そして、一番遠くに見え隠れするボートもまた喫水を下げ、巨大な波に斜め後方から襲われたらひとたまりもない状態であった。タイラーは上着を脱ぎ、海に飛び込んだ。ジョーンズは見た。隆々たる筋肉の男が、黄色く染まった海に頭から飛び込む姿を、メインマストにしっかりとつかまった姿勢で見たのだ。今、確かに海は夜の色に変わりつつあったが、昼間見た色は強烈な印象でジョーンズのイメージの中に閉じ込められていた。こんな嵐の夕べ、しかも、神の怒りを象徴するかのような海の上に平気で身を躍らせる勇気を、ジョーンズは知らない。タイラーは見る間にボートに泳ぎつき、ボートの向きを波の方向にうまく合わせながら、二百五十ポンドはあると思われる樽を次々に海に捨てていった。ジョーンズはこの光景に目を瞠《みは》った。風に吹き飛ばされないようメインマストに抱きついているだけの自分とは力の差が歴然で、あまりのことに恍惚感《こうこつかん》を伴った目まいさえ覚えた。無口でとっつきにくかったタイラーの真の姿がそこにある。これまでジョーンズは、タイラーとあまり会話を交わしたことはなかった。育った境遇があまりに違う上、他の船乗りたちが噂するような底の知れない悪いイメージがあった。なぜタイラーが英国海軍を脱走してこんな捕鯨船に乗り込んだのか……、噂はそのことに触れている。噂である以上、ジョーンズはすべてまるごと信じているわけではない。しかし、火のないところに煙はたたないといった諺《ことわざ》通り、事件を起こす要因をタイラーの掴《つか》みどころのない性格の中に薄々と感じ取っていたことも確かだ。もし、噂通りだとすれば、タイラーは冷酷無比の殺人者ということになるが、今目にしているタイラーの姿からはそんなイメージはとてもうかがえない。彼は今、何のために海と戦っているのか。自分ひとり助かりたいためか……、いや、ジョーンズにはそんなふうには思えなかった。

結局、タイラーは二隻のボートを救った。そして、これもまた運命論的になるが、二隻という数が大きな問題を生むことになる。

さて、いくら汲み出しても手に負えぬ浸水との格闘に疲れ果て、絶望感に支配され始めた船乗りたちの耳に、タイラーが二隻のボートを確保したという情報はまたたく間に伝わった。彼らは素早く割り算をした。普通、ホエールボートには六人の人間が乗り込む。四人の漕《こ》ぎ手、舳先《へさき》に立つ銛《もり》打ち、そして艫《とも》を占める操舵手《そうだしゅ》。フィリップ・モルガン号の乗組員は全部で三十一人、二隻のボートに全員が乗り込むとすると、一隻あたり十五人から十六人乗らなければならない。果たしてそんなことが可能なのだろうか。人間だけを運べばいいってものじゃない。生きていくに必要な食料、水の入った樽も積み込まねば意味がない。よほどの馬鹿じゃない限り、ここまでの計算はたやすくできた。そして、この時ほとんどすべての人間は、フィリップ・モルガン号が沈むのも時間の問題であると思い込んでいたのだった。

三十一人の船乗りたちには、それぞれグループがあった。気の合った者同士が自然にくっつき合ったもので、船に乗ってから仲がよくなった者もいれば、信頼できる友人同士で同じ船に乗り込んだ者もいる。ウェザビーはハートフォードで人を殺し、フィリップ・モルガン号に逃げ込んだならず者であったが、そんな彼にも仲間がいた。彼は仲間のひとりを傍らに呼んでそっと耳打ちした。

「おい、オレは出し抜かれるのはゴメンだ」

言われた男は一瞬なんのことやらわからず、ぼうっとして見つめ返す。ウェザビーはイライラして男の耳を引っ張った。

「オレたちだけで脱出しようってんだよ、このバカ」

「や、やべえんじゃねえのか」

男はそう言って困った顔をした。

「このまま、三十一人でボートに乗り込んだらあっという間に転覆だ。そんなこたあ、おまえだってわかるだろ。全員がおっ死《ち》んじまうか、それともオレたちだけでも助かるか……、な、神様だって、オレたちが助かるほうをお望みってもんだ」

ウェザビーはヴァイオレット船長を信用していなかった。いざとなったら、きっと自分は捨てていかれる。割を食うのはごめんだった。

ウェザビーをはじめとする六人のグループはボートを奪って脱出することに決めたが、それにはどうしても、航海士を味方につける必要があった。六人のセイラーだけで、太平洋を乗り切る自信などない。経験を積んだ航海士の力を借りてようやく島にも辿《たど》り着けるってわけだ。タイラーを仲間に引き込むのは論外だった。学者肌のフランス人クロードは正義感が強く、そうそう話に乗ってくるとは思えない。可能性があるのは、優柔不断なマーティだけだ。ウェザビーはマーティに計画を打ち明け、仲間に入るよう勧めた。その結果、マーティは微妙な立場に立たされた。先に出し抜いたほうが勝ちというウェザビーの理屈には確かに説得力があった。二隻のボートに全員が乗り込んだら、まず間違いなく全滅する。マーティはウェザビーの手前もあって、とりあえず首をたてに振った。

ウェザビーを含む六人の男たちは、ポンプで水を汲《く》み出す人間たちの合間を縫い、目立たないようにひとりずつデッキに上がっていった。マーティは最後まで悩んだ。一旦《いったん》はOKの返事をしたものの、仲間を見殺しにする行為にはそう簡単には走れない。鯨を追うという、一種の戦いにも似た作業を共にしてきた仲間だけによけいその思いは強い。彼は後悔し始めていた。ウェザビーの誘いに安易に乗ってしまった自分が恥ずかしく、なぜ、逆に彼を説得できなかったのだろうと、自分の弱さを悔いた。突然、彼は思い直した。今からでも遅くない。彼らをとどまらせよう。しかし、ひとりで押しとどめることができなかったらたいへんなことになる。マーティはことの重大さ……、いや、というより、船長のとる行動の予測もつけず、ことの次第を船長に報告したのだ。ヴァイオレットは血相を変えて仲間を呼び集めると、手に銛を持ってデッキへと上った。ウェザビーたち六人は、まさにロープを伝ってボートに乗り移るところであった。ヴァイオレットは「裏切り者」と叫びながら銛を投げた。銛がウェザビーの胸を貫くと、彼の身体は荒れ狂う波間に落ち、あっという間に暗い海の底に飲み込まれていった。他の五人はまだデッキにいたが、ヴァイオレットは容赦しなかった。部下に命じて、五人の反逆者たちを次々と海に投げ込ませたのだ。ヴァイオレットたちの集団行動は、ちょっと見には怒りに裏打ちされたもののように見える。しかし、心理の奥深くに眠る行動原理はそうではなかった。ようするに、人減らし……、そのための大義名分……。回りを見回したとき、たったひとり、タイラーだけは人間の本能から湧き上がり、集団を呪縛《じゅばく》していくひとつのシステムに気付いた。というのも、この戦いの後、船に残ったのは二十三人の人間であった。六人は反逆者という汚名のもと故意に海に投げ込まれ、ふたりのセイラーは暴風雨にさらわれていつの間にか姿を消していた。……二十三人。この数字には意味がある。二隻のボートに乗って、どうにか安定を保てるぎりぎりの数字であった。淘汰《とうた》の結果、どうにか生き残れるだけの人数へといつの間にか移り変わっていたのだ。

ここに至ってようやく、ヴァイオレットは脱出を決意した。船大工のエド・チャニングに命じて食料や水を積み込む筏《いかだ》を造らせると、二十三人をふたつのグループに分けてそれぞれのボートに乗り込ませた。ヴァイオレット船長、マーティ航海士以下、十一人のグループ。タイラーとクロードの航海士以下十二人のグループ。ジョーンズはもちろん、タイラーの組を希望した。荒海に飛び込んで沈みかかったボートを助けたタイラーの姿は強烈で、彼のそばについていることにいい知れぬ心強さを感じたからだ。

二隻のホエールボートは食料と水とワインの樽《たる》をくり付けた筏をロープで引きながら、逆三角形の隊列を組んで嵐の海へと漕ぎ出した。寝るスペースもないほど人員を積み込んだ二隻のボートと、とても充分とはいえない命の糧《かて》を積み込んだ一隻の筏……。この構図もまた、先に待ち構える困難な状況をほのめかすものであった。

6

夜が明けて、嵐は鎮まった。いつも通りの深緑の海が二十三人の男たちのまわりに広がっている。こういった突然の変化に、だれもが同じ気持ちを抱いた。月並みな言い方をすれば、まさに夢を見ているような……。そして、再度フィリップ・モルガン号が座礁した場所に戻っても、船は無傷のまま幽霊船のごとく海を漂っているのではないかというイメージ……。ただし、このイメージは現実ではなかった。二十四時間経過した今でも、フィリップ・モルガン号は座礁したままであったし、そこの海域はやはり病的な色に染まっていた。船は沈没を免れていた。右舷《うげん》の上端を波に洗われるほどに傾き、完全な航行不能に陥ってはいたが、空を斜めに突き刺す三本のマストには生き生きとした精悍《せいかん》な表情があった。船底を一直線に走るキールは一体何に触れているのか……、湧き上がる断続的な震動にフィリップ・モルガン号は生き物のように痙攣《けいれん》していた。そう考えると、確かに三本のマストには巨大な昆虫の触角を思わせるところがあった。

二隻のボートに分乗した二十三人の男たちには、生き延びるという共通の目的があった。そこに集団があり、そして、集団があるひとつの目的のために動くとなると、彼らのとる行動は、個々の人間の本能から生じて体系的なものへと変化した〝掟《おきて》〟によって縛られることになる。状況が過酷なだけに、掟ははなはだ強い拘束力を持つ。それは二十三人の男たちだけに当てはまることではない。人類自体、「生き残る」という目的をもって将来に突き進んでゆく大集団と見ることも可能だろう。わざわざ掟という表現を用い、〝法〟という言葉を避けたのは、法には明文化されたものという印象と無機質な響きがあるからだ。掟は人間の本能のほとばしりを阻止するために存在するとは考えにくい。逆に、ぼやっとしたかたちで心の奥底にしまわれている生への衝動に合致した、複数の人間たちの暗黙の合意として捉《とら》えたらどうだろうか。つまり、もっと根源的で生々しい生き残るための掟が、数千年の歴史の流れとともに変化し制度化していったものが法となる。

だから、二十三人の男たちが最初にやったことは、まず第一に、水と食料を公平に分配するという規則を定めることであった。しかし、そのためには目的地を定めねばならない。たとえば、ある方向に何日間か航海すれば、水と食べ物の豊富な島に行き着くという見込みがある場合、その日数で全食料を割れば一日あたりのおおよその消費量がはじき出される。南赤道海流は西へと向かっているから、この流れに乗って漂流すれば、ツアモツ諸島に漂着する可能性が充分あった。潮の流れに逆らってボートを漕ぐことはできない。目的地はひとつと思われた。もちろん、漂流中、ヨーロッパかアメリカの帆船に拾われればそれに越したことはないが、地球の丸みはいともたやすく小さなボートを視界から隠してしまい、発見されることなどまず有り得ないと考えたほうがいい。ツアモツ諸島までは約八百キロから九百キロ、二ノットの速さで流されたとして、九日から十日はかかる。それに対して積み込んだ水の樽は四つ……、単純に割り算すれば、ひとり一日二リットル弱の水を飲むことができる。炎天下でなかったら、まず充分な量であった。しかし、計算通り、十日後にツアモツ諸島に漂着できる保証は何もない。風向きが変われば、まったく違った方向に流されてしまう。もしもの場合を考慮にいれ、一日の配給分は一リットルと定められた。水以外にワインの樽もふたつあったし、喉《のど》の渇きに関してはかなりの贅沢《ぜいたく》が望めた。

タイラーは、十年前英国海軍の軍艦で生じた反乱事件の経過をよく知っている。その事件に比べれば、確かに条件としては恵まれていた。十年前の事件で海上に放逐されたボートには、二十人がスシ詰めにされ、たった三十ガロンの水とわずかの食料で四十五日間、六千キロに及ぶ漂流に耐えたのだ。しかも、ひとりの犠牲者も出さずに……。タイラーは、今回の漂流に役立てようと、海軍士官の頃に読んだ記録を思い出すべく努めた。だが、よく訓練された英国海軍の船乗りの経験が、人殺しや海賊あがりでなりたつ捕鯨船の乗組員に当てはまるかどうか、疑問は残る。しかし、生き残ろうという本能に変わりがないことも確かだ。どのような結果に至るのか、タイラーには興味深かった。

潮の流れと風の向きがちょうど一致したときだけ、二隻のボートは帆を張って距離をかせぎ、風向きが逆になったときは帆をおろしてオールを漕《こ》いだ。その場合、風の抵抗を小さくするため、皆なるべく身を低くした。炎天下でオールを動かせば、体内の水分が失われて危険な状態に陥る恐れがあるので、だれもが逆風を恨んだ。

漂流を始めて三日目にちょうど十八歳になったジョーンズは、風向きだけでなく、自分をこんな目にあわせた海全体を恨んでいた。十五歳でフィリップ・モルガン号に乗り込むとき、彼はこんなこともあろうかと、船の難破する可能性とそうなったときの飢えと苦しみに充分に想像力を働かせたつもりであった。そうして、覚悟を決め、海の藻屑《もくず》と消えるかもしれない運命を納得した上で、取るに足りないそれまでの自分の生活を捨てた。逆風の中でオールを漕ぎながら、彼は想像の中の飢えや苦しみと実際に経験するそれの間にはどうやっても埋まらない開きがあることに気付いて文句ばかりたれた。非難すべき相手は船長であった。黄色の海域に船を導いたのも、鯨油のはいった樽を守るために残りのボートを失ったのも、もとをただせば船長の責任じゃないか……。船長の耳に届くのが恐くて、彼は口に出せないでいた。しかし、他の皆も、同じように感じていることはなんとなくわかった。ただ、タイラーだけはまったく別のことを考えているような気がした。彼の肉体は、他の二十二人の人間とは異なった衝動に支配されているらしい。疲労と飢えと渇きという困難な状況にあるにもかかわらず、いやその状態が続けば続くほど、タイラーは身体中に生命力をみなぎらせ、ときとして幸せそうな恍惚《こうこつ》の表情さえ浮かべるのだ。タイラーと同船した十一人の男たちは皆、タイラーを恐れ、一目も二目も置いた。タイラーは楽観し過ぎることも悲観し過ぎることもなく、常に現実にしっかり目を据えている。回りの人間は、タイラーをそう評価し、大きな信頼を置いた。ヴァイオレット船長のボートに同船したマーティ航海士が、根も葉もないオプティミズムで自分と他人を欺いていることと比べると、なんとも好対照をなしていた。

ここには、ふたつの世界がある。タイラーやジョーンズたちの乗るボートとヴァイオレット船長やマーティたちの乗るボート。二隻のボートはつかず離れずに食料と水を積み込んだ筏を引いていたが、それぞれのボートで交わされる会話が、もう一方のボートに聞こえるということはなかった。だから、タイラーたちは、船長のボートでどんな計画が持ち上がろうとしているのか、知るよしもなかった。

ヴァイオレット船長とマーティはみんなの無言の非難を浴びる結果となり、息苦しい気分を味わっていた。マーティは、おどおどとした目で男たちの視線を受け止め、視線に含まれた憎しみを見て取るとすぐ、怯《おび》えた表情を船長に向けて助けを求めるのだった。ヴァイオレットはマーティを無視した。彼は弱い男が嫌いだった。弱い奴は、いざという時足手まといになるだけでなく、へたにかかわり合っているとこちらの命さえ危なくなる場合がある……。

マーティはしかたなく海図に目を落とし、四分儀と羅針盤をもてあそびながら、「このまま進めばあと二、三日で島に辿《たど》り着くはずだ！」と、すっとんきょうな声を上げるのだった。まわりの人間の顔に浮かぶのは希望の色ではなく、「またか……」と馬鹿にする呆《あき》れ顔だった。五日前、マーティは同じことを口走って仲間たちをぬか喜びさせた。しかし、三日四日と漕ぎ続けても、それらしい島影ひとつ現れない。いたずらに希望を抱かせるのがどれほど士気の低下につながるか、マーティは考えたことがないかのようだ。というよりも、もし言った通りに陸が現れた場合、手柄をもたらしたのはこのオレだぞと主張したいがために、無駄な叫びを上げている。漂流からはや十一日が過ぎようとしていた。

「たとえ、陸が見えたってよぉ、オレたちが上陸できなかったら、意味ねえじゃねえか」

マーティの傍らにいた男がだれにともなく呟《つぶや》いた。

「どういうことだ？」

もうひとりが聞いた。

「どんな野蛮人が住んでいるのか見当もつかねえってんだよ」

「やめねえか！　そんな話」

いやな雰囲気が広がる恐れがあるとみて、ヴァイオレットは話にストップをかけた。

「いいから続けろよ」

男は船長の言葉を無視して相手を促した。フィリップ・モルガン号から降りた今となっては、もう船長の命令になんか従わねえよという含みがある。

「オレは聞いたことがあるんだ。やはりこんなふうにボートで漂流していて、ある島に流れ着いたふたりの男がよぉ、人食い人種たちに捕まって……」

まわりの人間は、ごくりと唾《つば》を飲み込み、オールの手を休めて話の先を待った。

「よさねえか！　このバカ」

ヴァイオレットは急に立ち上がり、ボートを揺らした。船乗りたちは話していた男の顔をじっとうかがうばかりで、船長にはなんの注意も向けない。

「そ、それでよぉ、そのふたりは、生きたまま手足を切断されたうえ、腸《はらわた》を引き抜かれて、く、く、食われちまったんだ」

どの男たちの顔にも嫌悪の色が広がった。痛みを伴わない、腰から下の力が抜ける感覚に襲われる中、自分がそんな目にあった時の光景がすさまじい勢いで脳裏を駆け巡った。ツアモツに辿り着けば助かるというこれまでの神話は崩れ去り、行き着いた先に待ち構えるものがより以上の苦痛とあっては、なんのためにボートを漕ぐのかまったくわからなくなる。不思議なことに、なぜ、今頃になって男がこんな話を始めたのかほとんどの人間は疑問に思わなかった。

突然、マーティは笑い出した。

「なあ、おまえ、その話をだれから聞いたんだ」

「だれからって……、一部始終を見た人間からさ」

「ふたりとも食われちまったんなら、一体だれが、その恐ろしい光景を目撃したんだ」

男はひるまなかった。

「きっと、もうひとりいてよ、そいつは、ダチが食われちまったんでびっくりしてほうほうの体で逃げ出したんだ」

マーティは無理に笑い顔を作って皆の顔を見回した。

「な、わかっただろ。こんなたわいもない話にだまされないで、西に向かって漕ぐんだ」

ところが、だれひとり漕ごうとはしない。言っていることの真偽は関係ないのだ。ようするに、より鮮明なイメージを頭の中にたたき込むこと……、ポイントはそこにある。ツアモツ諸島やマルキーズ諸島に関して正確な知識を持っている者はだれもいない。一体どんな恐ろしい未開人が住んでいるのか見当もつかないのだ。そこで食料とされているものは何か、そこで崇《あが》められているものは何か、考えれば考えるほど、残虐な殺され方のイメージが強まり、恐怖が色濃く支配していく結果となる。ツアモツに行こうと決めたとき、未開の地ではあっても、そこは生命の安全を保証する別天地に思えた。しかし、その地が近づくにつれ、〝未開の地〟という言葉によって喚起される映像が生々しい血の色に塗られてきたのだ。〝未知〟への恐怖は、どんな想像上の化け物だって生むことができる。

「オレはそんなところに行きたくねえ」

だれかが言った。皆の気持ちを代弁していた。あっという間に船長のボートの乗組員たちは、共通の幻想に縛られていった。

「行きたくねえって、じゃ、オレたちはどこに向かうってんだ?」

船長が聞いた。マーティはことの成り行きがどうなるのかに神経を尖《とが》らせ、頬の肉を痙《けい》攣《れん》させながら両目をせわしなく動かしている。のうたりんのバカどもと付き合っていたらとんでもないことになる……、そういった危機感がひしひしと迫ってくる。

「タヒチだ、タヒチに行けばいい……」

ひとりが言った。

「そうだ、タヒチだ。あそこはフランスと仲がいいから、オレたちに乱暴な真似はしねえだろう」

タヒチという島の名は次々に口にのぼり、この島への進路変更はヴァイオレット船長やマーティ航海士の力の及ぶ間もなく決議されてしまった。船乗りたちはタヒチに関しての知識はどうにか持っていた。フランスの軍艦はよくそこに寄港するし、アメリカの捕鯨船だって、そこで水や食料を補給する。未開の地にはためく文明国の旗を想像するのはいともたやすかった。ほんのわずかの知識でも限りない安心を与えるものだ。

ヴァイオレットは、船長としての権威がまったく失墜したことを知りつつ、抵抗を試みた。

「いいか、タヒチはツアモツよりまだ八百キロも西にある。オレたちはツアモツを目指して、飲んだり食ったりしてきたんだ。とてもじゃねえが、タヒチまではもたねえ」

「タイラーたちに相談してみたらいかがでしょう」

マーティが言った。

「あっちのボートに言うのはまだ早い」

すかさず、だれかが遮った。この言葉の意味を、ヴァイオレットとマーティは同時に悟った。なるほどそういうことか、こいつらはそんなことを考えているのか……。残りの水と食料を奪い、このボートだけでタヒチに向かおうって気だな。確かに、それならば可能性はある。

ヴァイオレットは最終的な目的地をツアモツに定めていたわけではない。当然最終目的は無事故郷に帰ること……、そのためには、まずツアモツに寄って水と食料を補給し、充分体力を回復した上でタヒチに向かう。そこでアメリカの船が寄るのを待って、乗り込めばいいのだ。タイラーたちを置き去りにして彼らの水と食料を奪えば、ツアモツに寄るという危険を冒すことなく、タヒチに直行できるかもしれない。

男たちは無言でヴァイオレット船長の顔を見つめ、意志の決定を迫った。ある男は手に銛《もり》を握ってさえいた。ヴァイオレットはもう一度現実を見つめる。

……こいつらが言うように、未開の地にはどんな危険が待ち構えているかわからねえ。それは確かだ。人食い人種のことは噂で聞いたことがある。できればタヒチに直行したい。それに越したことはねえ。

ヴァイオレットは立派な人間ではなかったし、なりたいとも思っていなかった。ただ、男らしくない行動には強い嫌悪を表す。座礁したフィリップ・モルガン号からボートを奪おうとしたウェザビーに銛を投げたのも、裏切りは絶対に許さないという気持ちからであった。

……こいつらはその裏切りをオレに強いようとしている。

ヴァイオレットは冷静になるよう自分を戒めた。

……タイラーたちに相談して二隻のボートでタヒチまで行くのはどうだ……、だが、それでは水と食料がもたない。

沈黙の中、いくつもの冷酷な顔がヴァイオレットを見つめている。雰囲気がヴァイオレットを圧倒して結論を急がせたが、彼はまだ裏切るという行為に踏み切れないでいた。……もし、このまま海に飛び込んでタイラーのボートに泳ぎ着こうとしても、オレは鯨のように銛を打ち込まれてくたばるだけだ。そして、残った連中はタイラーと戦うことになる。強靭《きょうじん》無比のタイラーとだ。数々の白兵戦をくぐり抜け、敵ばかりか味方をも震え上がらせたタイラーに立ち向かう勇気がこんなゴロツキどもにあるというのか……。

ヴァイオレットには予想できた。自分が海に飛び込んだ瞬間、二隻のボートは戦いを始め、自分とマーティを除いたこのボートの乗組員は鍛え抜かれたタイラーの剣によって葬られるのだ。水と食料を取り合っての仲間割れ……、なんとばからしいことか。ヴァイオレットは腹立たしかった。船長としての自分の権力がボートの上では少しも役立たないのが、なんとも空しい。陸には陸の掟《おきて》があり、船には船の掟がある。船の掟に裏打ちされた命令系統はことごとく崩れ去り、漂流するボートの掟は力ずくで再編されつつあった。この掟となるのは、力そのものだ。タイラーにはそれがある。もし、このボートにタイラーが乗っていたら、乗組員たちは絶対に裏切ろうなどと言い出さないだろう。老いたヴァイオレットには、ゴロツキどもを屈服させる力はない。彼はそれを実感して脱力感を覚えた。タイラーは嫌いだったが、彼と彼の乗るボートを羨《うらや》ましいと思った。

ヴァイオレットはどうにかジレンマに折り合いをつけた。無益な争いを避けるため、裏切りに加担しようという決意。大義名分がついたのだ。男としての価値をあまり失することなく、生き延びる言い訳であった。ツアモツはもう近い。充分な水と食料がなくてもタイラーたちなら辿《たど》り着くに違いない。ヴァイオレットはそう考えて自分を納得させた。

……いずれにせよ、タイラー、おまえとはもうこれっきり二度と会うことはあるまい。

ヴァイオレットは腰を降ろして皆の顔を見回した。と同時に、張りつめていた雰囲気はふっと引いて、それぞれの顔に安堵《あんど》の色が浮かんだ。

「……わかった。明日の早朝、実行に移そう」

ヴァイオレットは言った。

それにしても……、とヴァイオレットは苦笑う。たとえば、ぎゅっと握り締めていた銛を今離したばかりのビリーは、ヴァイオレットの知る限りふたりの人間を喧嘩《けんか》で殺していた。ひとりは割れたガラスの破片で首を切られて血の海に沈み、もうひとりは気絶させられた上で海に投げ込まれ、溺《おぼ》れた。そんな凶暴な男が、いるかいないかもわからない人食い人種に怯《おび》えて航路の変更を迫るとは、実に滑稽《こっけい》ではないか。人間はわからない。ちょっとしたはずみで形作られていった妄想が、こうまで強く肉体を縛っていく過程は、客観的に眺めるかぎりユーモアに満ちている。

夜が明けた。長身のルースは目をこすりながら立ち上がって、あたりを見回した。船足がやけに軽くなっている。彼はもう一度、ゆっくりと三百六十度顔を巡らせた。船長のボートが見えなかった。

「おい、起きろ。船長たちがいねえ」

ルースは皆を揺り動かした。ジョーンズもそしてタイラーも、眠りから覚めて上半身を持ち上げた。影も形も見えない。いなくなったのはヴァイオレットたちのボートだけではなかった。艫《とも》にくくり付けられたロープの先は海に沈み、その先にあるはずの筏《いかだ》も姿を消していた。みな茫然《ぼうぜん》として、なにがどうなっているのかすぐには理解できなかった。ワンテンポ遅れて、ひょっとしたら水と食料を奪われて置き去りにされたんじゃないかという不安が徐々に湧き上がってくる。不安などと悠長なことを言っている場合ではなかった。現実に一隻のボートと、水と食料を積んだ筏が消えている。他になにが考えられるというのだ。こんな凪《な》いだ海で、ボートと筏が同時に沈没するはずもなかろう。

タイラーはヴァイオレットたちが向かったであろう西の方角を見据えて叫んだ。

「裏切り者め！　覚えていろ。必ず貴様を殺してやる」

しかし、今燃え上がらせるべきは復讐《ふくしゅう》の感情ではない。タイラーたち十二人は舟底に飲みかけの赤ワインだけを残して、南太平洋の真っ只中《ただなか》に取り残されてしまったのだ。怒りに無駄なエネルギーを費やす前に、生き残るべき手段を考えねばならなかった。

7

なぜ急にヴァイオレットたちのボートが消えてしまったのか、エド・チャニングは釈然としなかった。ツアモツ諸島はそう遠くない距離にあることは確かだし、水も食料もまだ充分にあった。ここで人数を減らす意味はあまりない。島に上陸した場合、人手は多いに越したことはないのだ。船長たちのボートを妄想が支配していった過程を知るよしもなく、ただ単にたくさんの水と食料をひとり占めしたいという欲望から行動を起こしたとしか考えられない。そう考えると、よけい腹立たしかった。

「あ、あ、あの野郎ども、見つけしだい、たた、たたき殺してやる」

エド・チャニングはさっきから同じことばかり口走っている。よほど腹に据えかねるのか、身を震わせながら、どもりどもり……。

「うるせい、おめえなんかに、人が殺せるのかよ」

スパイスが言った。エド・チャニングはちびで痩《や》せていていかにも非力だった。フィリップ・モルガン号での彼の役割は、主に船の修理や鯨油を入れる樽《たる》の製作である。つまり船大工として、彼は捕鯨船に乗り込んだのだ。力はなかったが、大工としての腕は一流で、手負いの鯨の反撃を受けて破壊されたホエールボートを手際良く修理するのだった。その腕を人に認められても、エド・チャニングは常にコンプレックスを抱いていた。彼の父親は、フィリップ・モルガン級の帆船を何隻も造り上げた熟練工であり、どうしても追い越せない存在として目の前に立ち塞《ふさ》がっていた。父はもう亡く、兄が父の後継者として大きな船を造っていた。エド・チャニングは兄に対しては、コンプレックスを持たなかった。自分の本当の力を見せる間もなく逝《い》ってしまった父が恨めしく、いつか父の作品を超える船を造ってやろうという気持ちを持ちつつ、おまえなんかにはとても無理だぜという自分自身の諦《あきら》めの声を常に聞いていたのだ。

「ぶつくさ言ってる暇があったら、釣り針でも作ったらどうだ」

タイラーが、彼としてはずいぶん優しい調子で言った。

「か、か、金具がねえ」

「銛の刃のかけらじゃだめか？」

「わ、わかんねえ……、やってみねえことには」

「やってみてくれ」

タイラーは銛の刃先を折って、エド・チャニングに投げ与えた。エド・チャニングはちっぽけな刃先を見つめながら、つくづくと思う。……これで釣り針を作ること。父の造り上げた巨大な帆船に比べるとなんとまあ情けないことか。それでも彼はオールを支えるクラッチに刃先をこすりつけ、針の形になるよう削っていくのだった。

タイラーは刃の欠けた銛を持って立ち上がり、波間に見え隠れする魚の群れに突きたてた。広大な海に魚は無数に泳いでいるというのに、海水を飲むことも、自由に魚を捕ることもできないのがもどかしい。遠くで、今までの仕打ちを嘲笑《あざわら》うかのように鯨が潮を吹いていた。たった一隻の、疲れ果て飢えた人間を満載したホエールボートで鯨を追うのは自殺行為だ。銛打ちもセイラーも航海士も、皆一様に無力感に陥っていた。フィリップ・モルガン号のデッキにいた頃の、海の支配者としての自信はことごとく消え、魚にも劣る我が身が不憫《ふびん》でならないというように。しかし、タイラーだけはボートの上のみんなに自信に満ちた背中を向け、銛の先で何度も何度も海を切りつけるのだった。

再びボートの上の掟は再編された。分配すべき赤ワインはほんのわずかしかなく、食料の類《たぐい》がまったくないとなれば、生き残りをかけた新しいシステムが必要となるのは当然のことだ。グループの中で一際知性に富むクロードが、いくつかの掟を提案していった。たとえば、海水を飲む量を制限すること。海の上で水がなくなった場合、絶対に海水を飲むなとは昔から言われていることだ。飲めば喉《のど》の渇きがますますひどくなり、衰弱して死ぬことになると……。いや、そんなことはない、塩水であってもまったく飲まないよりは、飲んだほうが衰弱を多少でもやわらげる……。説はふたつある。ただ、無制限に飲み続ければ、内臓の機能に障害を起こすことは確からしかった。だから、クロードは、海水を飲んでもいいが、飲み過ぎないように制限しようと考えた。一日に両手三杯の海水、残りの水分は蓄えた雨水とワインで補給する……、それが決められた量であった。人の目を盗んで勝手に海水を飲まないよう、それぞれが見張り合うことになったが、掟を破った者にどんな罰が下されるかまでは決めなかった。決める必要などなかったのだ。というのも、早くも掟を破って海水を飲み過ぎたひとりの男がいて、その衰弱の激しさと苦しむ姿にだれもが恐れをなしたからだ。飲み過ぎたことによる罰は結果の中に自然と含まれている。

もうひとつ大事な仕事は、ワインを管理することであった。だれもが行く末に絶望を抱く精神状態にあっては、どのような事態が起こるか予測がつかない。つまり、ワインを独占しようとする反乱だって充分起こり得るし、錯乱に陥った男の手によって海に投げ捨てられないとも限らない。クロード、タイラー、そしてジョーンズがこの任に当たることになった。フィリップ・モルガン号の上で支配的な地位を占めていたクロードとタイラーが、なぜワインを守るのはわかる。しかし、十八歳になったばかりの若輩のジョーンズが、なぜこの役を仰せつかったか……、それはタイラーの鶴の一声であった。ふたりだけでワインを管理することに困難を覚えたタイラーは、十人の乗組員の顔を見回した。そして、視線をジョーンズに固定させると、彼を近くに呼び寄せた。

「おまえ、ワインの見張り役だ」

タイラーは、素っ気無く任命した。その言葉にジョーンズは喜び、他の九人のセイラーは不服そうな顔をした。ジョーンズが信頼できて、自分たちは信頼できないと判断されたと思い、ジョーンズに対して妬《ねた》みが集中した。決定を下したのがタイラーであるにもかかわらず、恨みを買ったのはジョーンズであった。だれひとり、タイラーには反抗できず、あからさまに不平をたれることもない。

ジョーンズは微妙な立場に立たされた。クロード、タイラーという支配者グループに加わったことにより、他の九人のセイラーたちからはっきりと隔絶されてしまったのである。もし、万一反乱が生じた場合、まっさきに血祭りに上げられる危険な地位に置かれたのだ。

もちろん、タイラーが元気な限り、反乱など考えられないのだが……。

このようにして、命の糧《かて》であるワインは三人の人間たちによって管理され、不公平なく皆に配給されることになった。これこそ、十二人の男たちが生き残るための基本的なシステムであった。クロードの知恵と人徳、タイラーの圧倒的な力、そしてタイラーの肉体に保護されるかたちで存在する使い走りとしてのジョーンズの役割……。こうやって眺めると、三人の個性がうまくからみ合って残り九人のセイラーの反抗心を別な方向に逸《そ》らしながら機能していくシステムは、計画的に生まれたかのような印象を受ける。しかし、これは、ある個人の意志とは関係なく、集団で過ごす時の流れの中から自然と生まれ出た。もし、このシステムが不完全なものであれば、つまり、このシステムに頼っていたら命が危ないと思う者がいれば、反抗したに違いない。ところが、それがなかったということは、とりもなおさず、全員がこのシステムを必要と感じ、共通の意識の中から自然発生してきたことを意味する。

チャンスがあればタイラーに聞こうと考えていたことを、ジョーンズは他の人間の目を盗んで聞いてみた。

「なあ、タイラー。なぜオレをワインの見張り役に選んだんだい」

タイラーはジョーンズの耳もとに口を近づけて囁《ささや》いた。

「オレの友達の弟に似てるからだ」

あまりに無意味な選考基準にジョーンズは拍子抜けがした。タイラーから、頼もしいとか信頼がおけるといった類の言葉が聞き出せると思ったのに、ただ単に友達の弟に似ているから……。

「それだけ、か？」

ジョーンズはもっと多くの言葉を引き出そうと、タイラーに迫った。

「それだけだ」

タイラーはふっと笑みを浮かべ、「それだけじゃ、いやか？」と聞き返す。

「いや、別に……」

「不服そうだな、おまえ。いいか、よく聞け。その友達ってのは、オレにとってとても大事な人だったんだ」

ジョーンズはふと思いついた。

「その人、女の人かい？」

「そうだ。オレはこんな言い方をするのは好かんが、まあ、わかりやすく言えば、……恋人だった」

恥ずかしそうに恋人という言葉を使うタイラーが、ジョーンズには新鮮に感じられた。大切な女性のことを恋人と言わずに友達と表現する感性は、彼の回りの船乗りたちの中にはまず見当たらない。彼らにとって、女は淫《みだ》らな想像の対象にしか過ぎず、海の上で思い浮かべることといったら、精神的な結びつきなどかなぐり捨てた肉体だけの交わりの光景であった。

「その人の弟さんって、どんな人？」

未知の人間のイメージをはっきりさせることは、タイラーに認められたいという気持ちの表れでもあった。これからなるべき自分の真の姿がそこにある。きっと、その弟は、男らしく強く信頼できるに違いない……。しかし、タイラーはジョーンズの気持ちなどまるで考えずに、平然と言った。

「泣き虫で嫉妬《しっと》深くて弱っちく、しかもオツムの弱い最低の男だった」

ジョーンズは混乱をきたした。どういうつながりがあるのか、まるで飲み込めない。最低な男を彷彿《ほうふつ》とさせる自分が、なぜワインの管理役に選ばれたのか、筋が通らないじゃないか。

「おい、なんて顔してやがる。別におまえのことを言ったわけじゃねえぞ。実を言うとな、オレ、そいつのことあまりよく知らないんだ。二回しか会ったことがない。そして、二回目に会った直後、その最低の男は殺されちまった、……犬コロみたいに」

タイラーは遠くを見つめ、付け加えた。

「生きた身体より、死体のほうがずっとカッコよかったし、意味がある……、そんな程度の男だった」

ジョーンズは鈍いほうではない。捕鯨船の乗組員としては、かなり頭のいいほうであった。だから、タイラーの話をそのまま受け取らず、なんらかの比喩《ひゆ》として聞くほうに転じようとした。

とその時、舳先《へさき》にいた男たちの間から声が上がった。

「釣れたぞ！」

歓声とともに、銀色に輝く魚を摑《つか》み合う男たち……。エド・チャニングがこしらえた釣り針に、今ようやく一匹の獲物がかかったのだ。男たちは我先に釣った魚を口にもっていこうとしたが、他の手に邪魔をされ、そうこうしているうちに魚は身をくねらせながら十数本の手の上を跳ね回ってもとの海へ逃げてしまった。しかも、エド・チャニングが苦心して作った釣り針を口に含んだまま……。男たちはせっかくの獲物を逃した罪を互いになすり合い、無益な争いに走りそうな険悪な気配を見せた。

「やめろ！」

タイラーがどなった。男たちはタイラーのほうに顔を向け、動きを止めた。何人かはへなへなとその場に崩れ落ち、空腹と喉の渇きに耐え切れないのか泣き出した。みじめな姿だった。獲物への期待とばかばかしい当てはずれは、生へのエネルギーを奪い取る恐れがある。今度獲物がかかったら、これもしっかり管理しなければならない……、タイラーもクロードも同じことを考えた。

ひとりの男が錯乱状態に陥った。彼は舟底に転がっていた銛《もり》をいち早く拾うと、目の色を変えて叫んだ。

「もういやだ。これ以上我慢できねえ。なあ、お願いだ。オレの分のワインをわけてくれよ。死ぬまえに、たっぷりとワインを飲みてえんだ」

男は、残っているフィンをきっちり十二等分してくれ、そうしたら、オレは一気に飲み干してほろ酔いかげんで海に飛び込む……、とそんなふうなことをみじめったらしくべそをかきながら言った。

「どうせ死ぬなら、せめて、最後くらい気持ちよくいきてえもんだぜ」

なかなか魅力的な誘惑らしく、「そうだ、そうだ」とこの考えに同調する者がすぐにふたり出た。彼らは、銛を持った男を先頭にたて、タイラーに迫った。タイラーに刃向かう以上、よほど覚悟を決めてのことだろう。どの顔にも命がけの表情があった。しかし、これから死のうとして命をかけるのもおかしな話だ。

「だめだ。ワインはやれない」

タイラーは迫ってくる銛の刃先にピタリと視線を合わせたまま、微動だにしない。

「てめえらが死ぬのは勝手だ。そんなに死にたけりゃ、塩水腹一杯飲んで死ね。この期《ご》に及んで酔っぱらって死にてえなどと贅沢《ぜいたく》をぬかすんじゃねえ」

銛を持つ男の目に、獣じみた凶暴な色がきらめいた。強烈な飢えに理性が麻痺《まひ》しているのか、それとも、自殺願望が肥大し過ぎたのか、男は無謀にもタイラーの顔面に銛の刃先を突き出したのだ。タイラーはこれを軽くかわし、銛の柄を掴んで手前に引いた。男はバランスを崩して前のめりになり、タイラーの額に鼻先をぶつけて血を流した。タイラーは男の首筋に太い両腕を回し、絞めつける。十数秒で男の身体は動かなくなった。タイラーはしばらくの間、うつ伏せに反り返った男の首に両腕を回したまま抱き締めていた。回りのだれもが、固唾《かたず》を飲んでこの光景に見入った。一種神々しい静寂の中、タイラーは動きを止めた男の耳もとでなにかを囁いた。そばにいたジョーンズでさえ聞き取れぬほどの、ごく小さな声であった。そして、次の瞬間、タイラーは気絶した男の身体を空中に放り投げた。男は水しぶきを上げて背中から海に落ち、波間に見え隠れしていたかとおもうと、まもなく沈んでいった。一同あぜんとする中、タイラーは無表情で男の沈んだ海上を眺めた。ジョーンズは背筋に冷たいものが走るのを感じた。ひょっとして、タイラーは狂ってしまったのではないかと……。タイラーのとった行動は攻撃に対する防御であった。だが、男の首を抱き締め、その耳もとで囁くといった行為が、なんとも不可解な印象を与えたのだ。飢えと渇きと錯乱……、そして直後に見せたタイラーの狂気の一端……、それは不思議なことに、混乱に陥りかけたボートの上の小さな社会に一時的な安定を与える役割を果たした。タイラーに迫ったもうふたりの男は、力なくその場に座り込んで現実感覚を取り戻し、少なくともその日一日は、ワインをたらふく飲んで死にたいなどとは口走らなかった。しかし、正常な感覚を保てたのもどうにか昼間のうちだけであったらしい。というのも、夜が明けると、ボートからそのふたりの人間がいなくなっていたからだ。皆は複雑な思いにとらわれた。これでワインの分け前が増えたぞという束の間の喜びと、死への誘惑にいつ自分がやられるかわからないといった絶望感……。

「へへ、夜が明けたら……、夜が明けたら……」スパイスは複雑な思いを抱いたまま、ヘラヘラと笑った。「夜が明けたら、海の色が黄色くなっていた。夜が明けたら、船長たちのボートは水と食料ごといなくなっちまった。そして、夜が明けたら、ふたり消えていた。

へへ、おい、明日の朝はなにが起こる？」

スパイスは傍らのルースの顔をのぞき込んだ。「なあ、ルース、朝起きたら、おめえの肌が白くなってるかもしれねえな」

黒人のルースは笑った。そうすることによって少しでも皆の気を紛らせようという笑いであった。

明日はどんな変化が起こるだろう、世界の色はどのように変わっていくのだろう……、それぞれの胸に生じた疑問であった。朝目覚めると、それまでの状況ががらりと変わっている……、この連続がいかに人々を不安に陥れるか……。消えたふたりの男が自らの意志で死を選んだことに間違いはない。しかし、彼らは別のことを考えていた。もっと超自然の力、人為の及ばない存在にいいように弄《もてあそ》ばれているような気がしてならない。

ヴァイオレット船長たちに置き去りにされて五日、フィリップ・モルガン号のデッキから二隻のボートで逃げ出してから十七日が過ぎようとしていた。希望はどこにも見当たらない。空は青く澄み渡り、島の上空につくられる積乱雲のひとカケラも見えない。海の青さは濃く深く、陸が近いことを告げる明るいブルーに変化することもない。夕方、鳥がある方向に向けて空を飛べば、その先にはまず間違いなく島があるものだが、漂流十七日目にしてまだ一羽の鳥も姿を見せないのだ。ここは本当に太平洋なのだろうか、まさか、人間の生存を拒絶する異空間でもあるまい……、とそんな不安を抱きかけた頃、遥《はる》か遠くの水平線に三本のマストが見えてきた。それまでボートの底に寝そべって強い陽差しを避けていた男たちは、素早く立ち上がって声を限りに叫んだ。フリゲートらしい帆船は、まだマストの先端を見せるばかりで本体を現してはいない。そのまま、地球の丸みの向こうにすとんと落ちてしまう可能性が充分にあった。万にひとつも発見されることはない、とわかっていても彼らは手を振り、叫んだ。エネルギーの浪費だった。水平線の上に出ていたマストは次第に短くなり、どこの国の帆船かも知らせずに消えてしまった。絶望は一気に増した。絶望に引きずられて、相次いで三人の人間が衰弱の果てに死んだ。うちふたりは明らかに海水の飲み過ぎであった。狭かったボートは徐々に広々としてくる。

ごく稀《まれ》に釣れる魚は、六人に充分な栄養源となるにはほど遠く、食欲を刺激するだけの皮肉なものでしかなかった。それでも口にすれば体力は明らかに増した。満月の光におびき出されて空を飛び、朝起きてみると舟底に飛魚《とびうお》が転がっていることもあったが、そんな折は、まだ神に見放されてないなあという楽観がボートを覆った。

希望が必要なことは明らかだ。あとひと押しすれば狂うところまできて、どうにか持ちこたえるには、自分の死を悲しむ人が故郷で待っているという設定が必要だった。それがない者はいち早く海に飛び込む。

「なあ、もし、生きて故郷に帰れたら、まずなにをしたい？」

クロードが言い出した。もちろん、希望を抱かせ、その思いを強く持ち続けさせようという意図がある。

「そうだなあ……」

みな一様に空を見上げた。今初めて考えることではない。海に漂う日々、常に思ってきたことだ。もし、生きて帰れたら……、もし、もし……。〝もし〟を何度仮定したことだろう。そして、そのたびに、彼らは自分のこれまでの人生を様々に思い返した。

男たちは舟底に転がって、自分の人生を語った。

ルースには、黒人の妻がいた。ふたりの間に、三年前、赤ん坊が誕生した。両親と同じ肌の色をしたかわいい女の子だった。娘の誕生を機に、ルースは捕鯨船を降りようとしたが、そう決心した日、彼は自分の不注意で赤ん坊を死なせてしまった。陶器の置き物が割れるように、実にあっけなく赤ん坊は壊れ、首を不自然な格好に歪《ゆが》めてしまった。妻は口に出してルースを咎《とが》めなかった。しかし、決して拭《ぬぐ》えない悲しみは、ことあるごとにふたりの間に入り込み、邪魔をして、仲を裂く方向に向かわしめた。ルースはもう一度捕鯨船に乗る他なかった。船に乗れば、少なくとも三年は帰ってこられない。その間に心の傷が癒《い》えるのを期待したのだ。だから、彼にとっての、〝もし〟とは……。もし生きて故郷に帰れたら、また子供をつくろうという願い以外にはない。ルースは敬虔《けいけん》な気持ちで神に祈った。神は必ずオレの願いを聞き届けてくれるだろうと。

次に語ったのはジョーンズだった。まだ十八歳の彼は、語るべき言葉をあまり持たない。自分がどこから来てどこへ行くのか、自分が何者であるのか模索中なのであり、これまでの人生をしっかりと捉《とら》えて評価するよりどころは何もなかった。父親は行方不明。酔っぱらいの喧嘩《けんか》に巻き込まれて殺され、海に捨てられたという噂もあるが、定かではない。母はその噂を信じて他の男と出奔した。ジョーンズは十五歳で置き去りにされ、ひとりぼっちになってしまった。故郷のプロビデンスは捕鯨船の船乗りたちが集まってくる土地柄でもあり、彼はごく自然に、ただ生きるためにフィリップ・モルガン号に乗り込んだ。海に生き、鯨を追っていれば、孤独など感じている余裕もなかった。

「だから、どうしたいんだ？　もし、生きてプロビデンスに帰れたら……」

クロードが聞いた。

「わかんねえ」

ジョーンズは即座に答えた。本当に未来のことなど考えたこともないのだ。ただ、邪《よこしま》な考えだけは持ちたくないと強く感じた。これは彼に限ったことではなく、ここにいる六人が一様に思っていることであった。極限状況でなかったなら、きっと彼らは下卑た笑いで淫《みだ》らな想像を交わしあっただろうが、女のことを想うにしても、夢に出てくる女はみな家庭の匂いをちりばめたプラトニックな身なりをしていた。喧嘩でひどい目にあわされた奴に恨みを抱くこともなかった。もし、帰れたら……、もし、帰れたら……、そこで待つ人生は安定した清いものであってほしい。こんな状況にあって性欲がまるで消えてしまったからかもしれないが、彼らは皆、頭の中を神に見透かされるのを恐れた。淫らな想像を神に盗み見られ、いざ召された時に、罰を食ってはかなわない。だから、彼らは、なるべく善良なことを考えようとした。純粋で無垢《むく》な未来を望んだのだ。

エド・チャニングは父に負けない巨大な帆船を造る夢を語り、クロードは生物に関しての知識をもっと深めたいと言った。

スパイスの意識は薄くなり、喋《しゃべ》れる状態ではなくなってきた。他の五人はスパイスみたいな悪党が、こんな場面で何を望むのか聞いてみたいと思ったが、それはもうできそうになかった。

「タイラー、最後にあんたの望みを聞きたいもんだな」

クロードは弱々しい視線を今度はタイラーに向けた。

「戦う」

答えはあまりに簡潔だ。

「戦うって、だれと?」

「だれでもない、とにかく、オレのまわりを取り巻くすべてと戦う」

唯一タイラーだけが、神を恐れないふうであった。いや、恐れるどころか、神までもが戦いの対象であった。彼は神を恨んでいた。その恨みは三年前から始まった。

かつてタイラーには深く愛した女がいた。一度話題に上った、弟の面影がジョーンズに似ているという女性である。彼女はタイラーの子供を身ごもった直後に死んだ。原因はわからなかったが、激しい腹部の痛みに襲われて白い顔をして死んでいったのだ。タイラーには直感があった。母の胎内で成長しかかっていた我が子が、とんでもないいたずらをしたのではないかと……。実は、その通りであった。解剖したわけではないので彼には知りようがなかったが、受精した卵子は子宮腔ではなく、卵管の中で発育してしまったのだ。発育した受精卵は卵管を破り、多量の血液を腹の中にほとばしらせた。身体の外に一滴の血も流すことなく、本来あるべき場所から別のところに血が流れていったことにより、急性貧血に陥って彼女は死んだのだ。タイラーは悲しみのあまり天を恨み、自分を憎んだ。そして、姉を亡くして同じ悲しみに浸る弟と、酒の上で争いを起こし、これを殺して英国海軍から脱走するはめになる。常に戦っていなければ、正常な感覚を保てなかった。戦いの相手を敵国の海軍から鯨に変え、鯨を追いつめるという行為で過去の悲しみを忘れようとした。

この話を聞いて、ジョーンズはようやく摑《つか》みどころのないタイラーの性格の一端をのぞき見ることができた。この過酷な状況を楽しむかのようなタイラー、彼は今も戦っているのだ。容赦なく肌を焼く太陽、強烈な飢えや渇きと。神が創造したはずのこの大自然は、束になってタイラーの行く手を阻んでいる。彼は立ち上がり、銛《もり》の先で海を切り裂いた。海はすぐに切り口を癒《い》やして小高い波となる。戦うにはあまりに手強《てごわ》い相手だった。

スパイスが息を引き取った。五人の男は死体を囲んで黙禱《もくとう》を捧《ささ》げた。普通なら、このあとすぐ死体は海に投げ込まれるはずであった。しかし、いつもその役をこなすタイラーが立ち上がろうとしない。彼はじっと死体に目を据え、考え込んでいた。タイラー以外の四人は、タイラーが何を考えているのか、ほぼ同時に悟った。これまで船乗りとして生きてきた以上、難破した船を捨てて漂流した経験談など数限りなく聞いている。その中のいくつかは、末期的症状として、必ずある種の儀式に至るのだ。彼らは知っている。聞くだに恐ろしい経験談……、まさに、今、自分たちは、そこに立ち至ろうとしている。なにも殊更珍しいことではない。こういった状況に追い込められた場合、ごく自然に浮かんでくる解決策でもあるし、こういうことになろうとは以前からうすうす感付いていたことだ。

タイラーはひとりひとりの顔を見回した。クロードはたちどころに顔を背け、拒否反応を示した。ルースは上目遣いに天をにらみ、声に出して祈りを捧げ始めた。エド・チャニングは小刻みに顔を震わせて、死体から目を逸《そ》らさない。ジョーンズは、タイラーとスパイスの死体とを交互に見比べ、徐々に目を大きく見開いていく。経験の少ないジョーンズにだけは、まだはっきりとわからない。これから始まろうとする儀式がどういったものなのか。ただ、雰囲気で察することができる。しかし、本当にそんなことが……。

「食うなら、おまえたちだけで食え。オレにはできない」

クロードがいち早く宣言した。この言葉により、ジョーンズの疑問は確信に変わった。

……タイラーは、スパイスを食おうとしている。

ルースは祈りの声を一段と大きくした。これも拒絶反応と受け取れた。

タイラーは行動に移った。ためらうことなく、自分に割り振られた仕事をこなすように銛の刃先をスパイスの身体に突き立てた。そうやって、身体から数個の肉片を切り離すと、さんさんと輝く太陽の下に並べ、そのうちのひとかけらを口に入れた。

「スパイスが効いていれば、もっとうまいのに……」

おそらくこんな場合だれもが思いつくであろうシャレを言って、タイラーは肉を咀嚼《そしやく》して飲み込んだ。クロードとルースは顔を背け、吐き気をがまんして視線を凪《な》いだ海に漂わせている。ジョーンズは泣き顔になっていった。どう対処していいのか、まるでわからない。困り果て、決断を迫るタイラーを恨みさえした。

「さあ、おまえも食え」

タイラーはジョーンズの前に肉を差し出した。ジョーンズは目と口を同時にぎゅっと閉じた。激しい嫌悪感が身体の奥底からじわじわと湧き上がってくる。タイラーは耳もとでまくしたてた。

「いいか、オレたちの回りには夥《おびただ》しい死が転がっている。ルースの娘はおもちゃのように壊れてしまったし、おまえの父親も喧嘩で殺された。オレの愛した女は……、オレの子のせいで死に、その弟をオレが殺した。どうだ？　すごいじゃねえか。にもかかわらずだ、死ぬことなどいともたやすいってのにもかかわらず、こんなひでえ状況の中で、オレたちはまだ生きている。おもしろいと思わねえか？」

なにを言っているのか、ジョーンズにはわからない。確かに、死は自分たちの回りに満ち満ちている。だから、なんだというんだ。だから、なぜ、人の肉を食わねばならない？

「おまえはまだ若い。いくつになったんだ？　十九か？　二十歳か？」

ジョーンズは首を横に振った。

「十八か？」

　ジョーンズはうなずく。

「そうか、十八か……。クロードとルースはもうとっくに三十を過ぎている。だから、あいつらに、これを食えといっても、簡単には従わないだろう。だが、おまえは若い。だから、ほら、食え」

　ジョーンズはまだ目と口を閉じ続けている。血管の浮き上がった肉片を見るのが恐くもあった。あまり強く目をつぶったので、涙さえ流れた。ジョーンズの胸の内側では、本能と本能が戦っていた。人間にはまず、個体を生き残らせようとする本能がある。そしてまた同時に、種全体を生き残らせようとする本能もある。人間の肉を食いたくないという思いは種族保存の本能に根差しているのだ。もし、人が人の肉を好むように運命づけられていたら、人類は共食いの果てにとっくに滅亡しただろう。決して、人間の意志によって築かれた倫理感が禁止しているわけではない。まだ猿であった時代から、互いの肉を食うべからずという禁忌は本能の中に組み込まれてきた。だから、本能と本能の争いは凄《すさ》まじかった。人肉を食わねば生きられないということを、ジョーンズの若い肉体はやはり本能的に知っていたからだ。

　タイラーはジョーンズの鼻をつまんで無理に口をこじ開けると、わずかにできた隙間に指を入れ、歯と歯をぐっと引き離した。そうして、そこにできた空間に彼はスパイスの腿《もも》の肉をつっこんだ。ジョーンズは激しく顔をしかめた。タイラーは構わずジョーンズの頭を抱え込み、上顎《うわあご》と下顎をがちがちと嚙《か》み合わせ、腕の力で咀嚼させた。吐き気とともに、肉は喉《のど》のあたりを行き来し、そしてとうとうジョーンズの胃の中へと収まっていった。ジョーンズは涙を流し、その涙をタイラーが舐《な》めた。

すぐに、血の色をした赤ワインが流し込まれ、肉を溶かしていく。

エネルギーの充満を、ジョーンズははっきりと実感することができた。肉の収まった胃のあたりが熱くなり、そこに向かって生命力が集中していく。と同時に、彼を取り巻く世界の色が再び変わった。海の色が変わったわけではない。タイラーの膝《ひざ》に抱えられ、斜めに仰ぐ空の色が、ほんのわずか黄色がかってきたのだ。陽差しは強く、一直線に伸びた光の筋が枝分かれするごとく、空は過度の暖かさに満たされていく。タイラーは二つ目の肉を口に入れ、その向こうで、エド・チャニングが恐る恐る肉に手を伸ばしていた。

幻かもしれない。だが、ジョーンズは、微妙に移りゆく空と水平線のあたりに、ぽっかりと浮かぶ島影を見た。人の肉は身体の中で溶けている。緑なす土の香りがどこからともなく漂い、波の形がかすかに変わった。ひょっとして島が近いのかもしれない。水平線上に浮かんだ島影は次の瞬間にはもう消えていたが、鋭敏に研ぎ澄まされた感覚は確かに陸の匂いを嗅《か》ぎ取っていた。ジョーンズの勘に狂いがなければ、その島こそ二十日間に及ぶ漂流の果てに辿り着く楽園であった。

そして三日後、ジョーンズたちの乗ったボートは、古代からの神話の生きる島、タロファに漂着することになる。生き残ったのは、ジョーンズとタイラーとエド・チャニングの三人だけであった。

8

虫の飛ぶ音が聞こえる。鼻をくすぐる小さな羽ばたきがうるさくて、ジョーンズは目覚めた。彼はここ二十日間の癖で、まず右手を目の上にかざし陽陰を作ってからゆっくりと両目を開いた。しかし、その必要はなかった。十フィートばかり上では、長い棕櫚《しゅろ》の葉を葺《ふ》いた屋根が強烈な陽差しを遮っていたからだ。目を開けると、夢に現れた女神の顔がすぐそこにある。ついに自分は天国に召されたかと、ジョーンズは思う。女神は微笑みながら口を開いた。

ジョーンズには彼女がなんと言っているのかまるでわからなかった。同じ単語を何度も繰り返して発音しているように聞こえる。喋《しゃべ》りながら、彼女は沖の方を指差した。ジョーンズは頭を上げてその方向を見ようとしたが、ちょっと動かしただけで頭は割れるように痛んだ。死んだわけではない……、ようやくジョーンズは自分の置かれた状況を考えてみる気になった。すると、なぜか急に地獄の情景が頭に広がり、彼は震えた。見ると、浜には黒いボートが打ち上げられている。二十日間に及ぶ悲劇の舞台となったボートは、見るからに醜悪な形をして美しい浜を汚していた。二十日間前に見た不吉な海の色が鮮やかに目に浮かんだ。そのことからすべてが始まったのだ。三日前口にしたスパイスの肉は、今やジョーンズの肉となって生きている。そう考えると後ろめたさはなかった。最後まで人肉を食べなかったルースとクロードは死に、無意味な物体となって海に消えた。つまらない倫理感に縛られての死は、なんの感動も与えない。逆に、無理やり人肉を食わせたタイラーには、鬼気迫る迫力があった。彼によってエネルギーを与えられたと思うと、ジョーンズは感謝の念すら抱くのだった。

女はヤシの実を半分に割った器を差し出した。おいしそうな水がなみなみとつがれている。ジョーンズは上半身を持ち上げ、器をひったくった。一気に飲み干そうとしたが、細くなった喉と胃はいっぺんに大量の水を受け付けない。顔中を水で濡《ぬ》らして器のものを全部飲み干した。女がもうひとつ差し出すと、ジョーンズはこれをもっとゆっくりと飲んだ。甘かった。ヤシの実の果汁に違いない。やはり、生きていてよかったと思う。

女は笑いながら自分の胸に手を当てて「ライア、ライア」と言った。名前らしいことはすぐにわかった。ジョーンズもまた自分の名前を告げた。よく笑う娘だった。ジョーンズが目を覚ましてからこのかた、ライアはずっと微笑み続けていたのだ。ジョーンズは、自分たちが助かったことをようやく理解した。ボートは南太平洋のどこかの島に流れ着いたのだ。一旦《いったん》は神への信仰を失いかけたジョーンズだが、今は深く神に感謝した。運命を見通しているのは神だけであり、そして、神の意志は知ることができない。

ボートの上でジョーンズとともに死と戦ったタイラーとエド・チャニングは隣の屋根の下で、ジョーンズと同様の手厚いもてなしを受けていることがわかった。タイラーの回り

を、島の原住民が大勢で取り囲んでいる。ジョーンズの世話をしているのはライアという
かわいらしい娘だけなのに、タイラーの傍《そば》には他の原住民とは異なる姿をした男がいた。
その男はジョーンズのほうに背中を向けている。そこには、素晴らしい刺青《いれずみ》があった。首筋から尻《しり》にかけて一本の白い線が縦に走り、それと垂直に三本の横線が交わっていた。間には細かな幾何学模様が施されているようだが、それが星座を象《かたど》っているのか、あるいはどこかの地形を描いているのか、遠くからのために判然としなかった。ジョーンズは安心した。一体だれがこの刺青を彫ったのか知らないが、そこには芸術的な匂いが感じられるからだ。血や闘争を求める図柄ではなく、美と安定への志向が窺《うかが》える。この島の人々は野蛮人ではないだろう、ジョーンズはそう思いたかった。チャニングはタイラーのその向こうにいるらしく、ここからでは見えなかった。

ジョーンズたち三人がいるのは、屋根だけの建物だった。壁はなく、棕櫚で葺いた屋根が十数本の柱で持ち上げられているに過ぎない。ためにずいぶんと風通しはいい。ようするに陽差しさえ遮れば家としての役目を果たすのだ。それはボートの上でジョーンズたち三人が学んだことでもあった。強烈な陽差しは、それだけで命すら脅《おびや》かすものとなる。

タイラーを取り囲んでいた一団は、ジョーンズのほうにもやってきた。刺青の男がジョーンズのすぐ横に腰を降ろし、ライアは身を引いた。ジョーンズを円く囲んだ十人ばかりの男たちが、好奇心を露《あらわ》にして見下ろしている。どの顔も同じに見えた。わけのわからない言葉でひそひそと話し合い、一旦会話が途切れたと思うと男たちは皆刺青の男の顔色を

うかがった。刺青をした男がリーダーであることに間違いなさそうだ。

ジョーンズは恐ろしかった。ライアの美しい笑顔に迎えられて、一旦は助かったと思ったけれども、この先どんな残酷な運命が待ち受けているのかわかったものじゃないと思い直した。異教徒たちの行動は予測がつかない。彼はこんな気持ちで、異教徒たちに取り囲まれようとは思ってもいなかった。同じ神を信じる者であれば、たとえ敵であってもこれほどの恐怖を感じることはないだろう。彼はかつて、こんな説教を聞いたことがあった。

「自信がないから恐怖という感情は生まれるのだ。強く神を信じなさい。そうすれば、この世で恐いものなどなくなってしまう」

ジョーンズはその言葉の真実を確かめようと、神への信仰を強く持とうとした。しかし、どうすれば信仰を強くすることになるのか……、ただ、神の名を心に叫び続ければいいのか……。

刺青の男は胸の上に右手を載せてきた。とたんに、ジョーンズの鼓動は速くなる。男はにこりともしない。ただ黙って手を押し付け、真剣な眼差《まなざ》しで見下ろしている。肩から胸にかけての筋肉は逞《たくま》しく、風貌《ふうぼう》には他の男たちには見られない威厳があった。刺青の男は手を引き、皆に向かって短く言葉を掛けると、立ち上がって行ってしまった。ジョーンズはわけもわからずホッとした気分になった。同時に、ライアが再び彼の横に来て、手を握ってくれた。やはり微笑みながら……。

十日ばかり過ぎた。ジョーンズとタイラーの体力は順調に回復しつつあった。今のところ、この島の住民は彼らにとても親切であった。ジョーンズは南国の果実を毎日腹一杯食べることができた。バナナやヤシの実やマンゴー、蒸し焼きにしたタロ芋とパンの実。どれもおいしかった。しかし、どのようにして調理するのかは知らないが、パンの実を潰《つぶ》して発酵させたものはしぶみと酸味が強くて、ちょっと口に合わなかった。慣れてしまえば食べられるのかもしれないが、文明の世界では嗅いだことのない臭いがあり、ネバネバとした舌触りが気持ち悪かった。島の人々はこれを主食にしていたのだ。

ジョーンズとタイラーとチャニングはそれぞれ別の家庭で暮らし、三人が共に寝起きをすることはなかった。三人だけで生活させると、なにか都合の悪いことをたくらむ……、タロファ島の住民たちはそんな危惧《きぐ》を抱いているに違いない。

もっとも早く体力を回復させたのはタイラーであり、チャニングだけは未《いま》だに生死の境目をさまよっているかのようであった。身体から冷たい汗を流しながら、うわごとを繰り返しているのだ。タロファの呪術師《じゅじゅつし》が呪文を唱えながら彼の身体に木の実から作った油を塗りたくったが、少しも効く気配を見せない。しかし、彼の肉体が本当に病んでいるかどうかは疑問で、一種の仮病とも考えられた。彼の症状は十三日前、スパイスの肉を口にした直後から始まった。高熱が出て、あたかも邪悪な病原菌に冒されたかのような症状であった。スパイスの肉がなくなり今度はだれの番かという時になって、自分だけは免除してもらおうといった魂胆から生じているのではないかと思えるくらい、彼の身体は、食ったら悪い病気が乗り移るぞ、といった臭いを発散させていたのだ。もし、そうだとしたら、彼の病気などほうっておけば治る。この島の自然には、治すだけの力が充分あるのだ。エド・チャニングの病気を除けばこの島は楽園そのものであった。ジョーンズは、こういった南国の風景に初めて接した。海の青さと鬱蒼《うっそう》たる濃い緑は目に染みるようだ。生まれ故郷、プロビデンスの草原や海岸線も美しいとは思う。しかし、ここは正に別天地であり、比べようもなかった。ここで実るものはすべて太陽をエネルギーとしていて、口にすると太陽の味がした。ヤシの葉は鮮やかな緑色をなし、実に明確な線で背景から浮き上がっている。だから風景ははっきりしていた。ひとつとしてぼやけたところがない。火山は雄々しく、谷間を流れる川は涼しげで、見事な調和がとれている。そんな自然の景観にもまして、女性たちの美しさといったらどんな言葉も当てはまらないほどであった。少なくとも、プロビデンスには彼女たちを形容する言葉はない。女たちは、だれひとり例外なく、みな親切で正直で健康だった。おまけに、これも例外なく、悩みといったものが存在しない。結婚という制度はあってなきがごとしで、男と女は何ととらわれることなく、自由に愛し合うことができた。もちろん、望みさえすれば、ジョーンズだってその恩恵に浴すことができる。楽園……。地獄を経巡った後に辿《たど》り着いた、ここは楽園であった。この楽園は永遠に変わらない……、ジョーンズもライア同様、そう信じた。

9

何十回、何百回となく太陽が昇り、そして沈み、ジョーンズたちは文明国の暦を忘れ去った。三人とも今日が何月何日なのか知らない。十八世紀が終わったのかどうか、漠然とした勘で判断する他なかった。といっても、世紀末ごとに世を覆う退廃はこの島にまでは届かず、彼らは何を根拠に世紀末と十九世紀の始まりを嗅《か》ぎ分ければいいのか……。島は、呆《あき》れ返るほどゆったりとした時の流れに支配されていた。彼らの国で日常となった罪悪から遠ざけられ、ここにはおよそ悪と呼べるものが存在しない。喧嘩《けんか》で殺し合うこともなく、盗みや姦淫《かんいん》の類《たぐい》は起こりようもない。盗もうにも固有の財産はなく、姦淫しようにも妻が他の男と寝ることはまったくの自由とされていた。

ジョーンズは、フィリップ・モルガン号に乗る以前、絵に描いた平和な世界を自分の信じるある宗派の牧師から見せられたことがあった。その絵こそ、ここタロファをモデルにしているのではないかと、ジョーンズはふと思い返した。牧師によって見せられた絵の中で、人は未開人として暮らしている。ライオンは草原に寝そべり、人間の傍らであくびをして凶暴な風貌など微塵《みじん》も見せない。妻と夫は野生の木の実を食べ、その回りを子供たちが走り回っている。長い顎鬚《あごひげ》をはやした老人が、丘を下りながら手を振っている。病気の影もない健康そうな顔で、とれたばかりの果物を高々と差し上げながら……。じゃれ合う数匹の犬と猫……。ゆったりしたスロープをなす丘の斜面には陽光が溢《あふ》れ、雨や嵐の気配もない。そのくせ、草原はいつもみずみずしい緑に被《おお》われ、およそ微小な生き物から人をはるかに超す猛獣に至るまで、みなむせかえるほど生命の恩恵に浴している。数え上げればきりがない。平和そのものを描いた色彩画にただひとつ欠けているのは、延々と続く時間に対する苦痛をどう処理するかという問題だけであった。

この絵を見せながら、牧師は言った。

「これこそが人間の至るべき理想郷だよ。神の直接の支配下で、我々はこのように暮らすのだ。死というもののない世界……、どうだ、素晴らしいと思わないか？」

未来を見つめる牧師の目は喜びに満ちていた。しかし、ジョーンズは、その絵の世界にそれほど魅《ひ》かれなかった。まだ十五歳だったが、彼の想像力は的確であった。病気も争いもない世界でただ生き続けること……、その夥《おびただ》しい時間にどうやって立ち向かえばいいのだ？　苦痛という点において、ジョーンズにはどちらが上かわからない。だから、彼は正直に顔をしかめた。牧師はいぶかしんだ。ジョーンズもまた目を輝かせてこの世界の到来を願うとばかり思っていたからだ。

あの時ふと覚えた時間に対する疑問……、ジョーンズは今実際にその問題に直面していた。ところが、思ったほど苦痛ではなく、ひょっとしたら牧師の考えのほうが正しかったのではと思えるくらい、彼はここの生活に満足していた。それというのもいつも彼の傍らには、ライアがいたからだ。ジョーンズはライアに国の言葉を教え、ライアもジョーンズにタロファの言葉を教えた。島は多くの言葉を必要とせず、そのため、ジョーンズのほうがより早くタロファの言葉を理解した。タロファの言葉には、複雑な感情を表すものがない。おおかたがモノを指し示す言葉であり、日常生活に支障を来《きた》さない程度に同音異義語があった。語彙《ごい》は、ジョーンズの持っている言語とは比べものにならないくらい少なかった。ふたりは、浜辺に座って言葉を交換し合い、ヤシの実を分け合い、二枚の美しい貝殻をそれぞれお守りとして持ち合った。ライアはジョーンズのブロンドの髪に触れ、ジョーンズはライアの黒髪にティアレの白い花を差した。ジョーンズは〝好き〟という言葉の意味を教え、ライアはその意味を理解した上で、ジョーンズに同じ言葉を返した。

タロファに漂着してもうすぐ一年……、ジョーンズは十九歳になろうとしていた。十五歳でフィリップ・モルガン号に乗り、男だけの世界で暮らしたジョーンズにとって、それは初めての恋と呼べるものだった。だがライアとジョーンズとでは、互いに恋の形が異なった。昨夜、思いも寄らぬ光景をかいま見て、ジョーンズはこれまでに語り合った言葉の数々が灰燼《かいじん》に帰す思いを味わった。この感情……、この苦しさをちゃんと彼女にわからせねばならない。そう思って、まだ朝のうちにジョーンズはライアの姿をヤシの木陰に探した。

その日も、女たちはヤシの木陰に座ってタパ布を叩《たた》いていた。よく澄んだ木槌《きづち》の音が、女たちの笑い声と混ざり合って、海に山にと響いていた。ジョーンズはこの音を聞くのが好きだった。遠くで聞けば聞くほど残響が増してメロディアスな旋律を持つ。

ジョーンズには、自分の想いのすべてをライアに伝える自信がなかった。言葉のせいだけではなく、この島の風習がそれを強く拒むように感じられた。だが、言わないでおくわけにはいかない。今言っておかなければ、この先延々と無意味な嫉妬《しっと》に苦しめられそうだった。彼はこの島に、かつては存在しなかった〝嫉妬〟という感情を持ち込もうとしていた。昨夜、彼は初めて嫉妬を味わわされた。

半月だったけれども、昨日の夜はやけに明るかった。月の光は、普段よりも白さを増していたように思う。ライアの身体の線が強く印象に残っているため、そんなふうに感じるだけかもしれない。タロファの集落のはずれに同じ年頃のふたりの若者と住むジョーンズは、昨夜のこと、月に誘われるまま浜辺に出て、そのまま海岸を歩いてライアたちの家族が住む家にまでやって来た。その家は大きな鳥かごのような形をしていた。屋根と床とその間を縦に走る十数本の柱だけの構造のため、外からでも家の中の様子はよく見えた。鳥かごの小鳥を覗《のぞ》くようなものである。床には、太いココヤシの木の幹が二本転がり、幹と幹の間には派手なデザインのむしろが数枚重ねて敷かれてあった。家族は思い思いの格好でむしろの上で眠っている。ジョーンズはライアの姿を探した。棟木からぶら下がったタパ布の包みが、風もないのに揺れていて、その包みからなにかが取り出されたばかりと見てとれた。ライアはいない。いつも彼女の寝る場所に、ライアの姿はなかった。とその時、背後で音がした。ふたつの息の絡まる音……。ざわざわとざわめくさざなみから、ふたつの息遣いだけがすうっと浮き上がって、ジョーンズを呼んでいるように聞こえる。石段を降り、家の裏側の納屋を回って、ジョーンズはマングローブの低く茂る海岸に出た。茂みの向こうの砂の上に、ライアの身体があった。月の光を斜めから浴び、昼間見るよりも彼女の肉体は白っぽかった。ライアは両手を砂の上についてうつ伏せになっていたが、その下にはウィモの肉体があった。ウィモはライアの姉の夫である。マングローブの茂みの陰になって、ウィモはライアほど白く輝いていなかったけれど、それでもジョーンズにはすぐに彼とわかった。いつもライアの腰を覆っているタパ布で作ったチュニックは取り去られ、腰のなめらかな線が優雅に波うっていた。そうして、月を背にしてジョーンズは立ち尽くし、徐々に湧き上がる嫉妬に息苦しさを覚えるまでになる頃、ふと顔を上げたライアの目と視線が合ってしまったのだ。頬を赤く染め、月を真正面に見る格好となったライアの顔は、官能の高まりの中で実に美しく、リズミカルに躍動していた。ライアの大きな瞳《ひとみ》は、半開きのまま中空をさまよっていたが、茂みの向こうに立っているジョーンズを見ると目を一杯に開いて彼に微笑みかけてきた。魅力的な、誘うような眼差《まなざ》しが、驚きを含んだジョーンズの目に固定されると、彼女の笑顔からは官能の色が消えて、健康な少女らしさが戻ってきた。行為を見られたことのバツの悪さなどまるでなく、ジョーンズの存在に気付いて喜んでいるかのように……。ジョーンズは、それ以上その場にいることができなかった。ライアと見つめ合ったまま後じさり、もと来たほうへと駆け出した。その後も、ライアは、何事もなかったかのようにウィモと絡まり続けた。

一晩中、ジョーンズは、脳裏に焼きついたライアの肉体に悩まされた。考えれば不思議だった。普段から彼は、腰にチュニックを巻いただけのほとんど裸同然の彼女の肉体に接している。にもかかわらず、ライアの肌の色が忘れられない。半月が夜の大気を白く染めていたせいか、艶《なま》めかしさはひとしおで、砂に背を当ててライアを抱く格好のウィモが憎らしく、彼のいた場所に自分の身体を置こうとしてもイメージはすぐに崩れてしまう。もどかしかった。もちろん、ジョーンズは未《ま》だ、ライアの肉体の奥には触れたことがない。ライアはタパ布を叩く女たちの環《わ》の中にいた。ジョーンズは彼女の肩に手を載せた。ライアが振り向くと、こっちにおいでと顔で合図する。ライアは立ち上がってジョーンズの後に従った。

火山の中腹から流れ落ちる滝があって、小さな流れとなって入江に注いでいる。その川を上った中流に、ジョーンズはライアを誘った。ふたりは岩の上に座り、見つめ合った。妙に黙りこくって、怒った表情のジョーンズを笑わせようと、ライアは彼の胸を指先でくすぐった。ジョーンズはその手を摑《つか》み、身振り手振りを交えて、一番好きなのはだれなのかとライアに尋ねた。ライアは聞かれたことを理解すると、右手人差指をたててジョーンズの胸の真ん中に押し当てた。

「なら、ウィモとあんなことをするな」

「ウィモ?」

ウィモの名前が出ても、ライアはジョーンズの不機嫌な理由がわからない。

「ウィモと、してはいけない?　わたし……」

ライアが聞き返すと、ジョーンズはうなずいた。

「なぜ?……」

「なぜって……、オレ、苦しい。見ていて、つらい」

「わかった。あなた、見てないところ、わたし、する」

ライアには嫉妬という感情がわからない。だから、ジョーンズの苦しさが理解できないのだ。

ジョーンズはあわてて首を横に振った。

「違う! そうじゃない。だれとでも、あんなことしないでほしい。オレが見ていても見ていなくても……」

「なぜ?……」

ライアは目を丸くしていた。

「だから……、オレの胸、苦しいから」

「なぜ? なぜ?……」

ライアの疑問は尽きない。

「なら、わたし、だれとすればいい?」

ジョーンズは胸を張って自分を指し示したかった。だが、彼の信じる宗派では、快楽だけのセックスは固く禁じられていた。ジョーンズの顔に浮かんだジレンマの表情を見て、ライアが言った。

「あなた、わたしと、しない」

「神に、禁じられている」

「神？……神って、なに」

嫉妬という言葉も持たない民族に、神の概念をわからせることなどできるかどうか……、とにかく、ジョーンズは試みた。……神とは、神とは……。だめだ、言葉が浮かばない。タロファには神という言葉はないのか……、いや、ひとつだけ聞いたことがあるぞ、この川を遡《さかのぼ》り、滝の上のそのまたずっと奥のほうに、古代からの神話が眠っているという話を……。古代からの神話……、それは、オレの言うところの神とイコールで結ばれるかもしれない。そう思って、ジョーンズは滝の上の、鬱蒼《うっそう》たるジャングルの奥地を指し示した。

「神……、神……、ほら、あそこにいる」

ライアはジョーンズの指の先に何度も目を向け、神という言葉を頭の中で吟味した。そうして、ようやく、人の力の及ばない存在……、大地を揺り動かしたり、山の頂から火を噴き上げたりする気紛《きまぐ》れな存在らしきことを悟るのだった。数々の伝説の産みの親であり、ライアたちタロファの民をこの島に導いたもの……、神は姿を変えてジャングルの奥地で眠っている。

そうして、ある一瞬、ライアは理解した。神の意味……、明確な概念というよりも、ある種の感覚といったほうがよかった。匂いというより、音楽というより、なにか第六感に迫ってくるもの……。漠然としてはいても、ライアは確かにジョーンズの言う神を感じることができたのだ。

「あなた、見る？」

ライアは、一筋の白い線となって落ちる滝の上空を見ながら言った。

「何を？」

「神」

ジョーンズは、笑った。

「だめだ、神を見ることはできない」

だが、「ううん」と真剣な表情で、ライアは首を横に振る。

「神、いる、あのずっと、上のほう」

と言っても、ライアは実際に見たわけではない。ジャングルの奥深くに潜む未知の力に触れる伝説がこの島には多く、そういった言い伝えから、ジョーンズの言う神を形造る物体が存在するのではないかと思っただけだ。しかし、ただの推測の域を超え、ライアの潜在意識に刻印されたイメージは次々と流出し始めていた。……神はそこにいる。……神はそこにいる。太陽を閉ざす密林の中、苔《こけ》むした巨石……、絡みつく蔦《つた》の葉陰……。何かがいる。決してこの目で見たわけではない。だが、わかる、神はあそこにいる。

「神を、目で見ることはできない」

ジョーンズは繰り返した。

「行こう、あそこに」

ライアは、神がいると信じる場所を指差した。

「行けば、あなた、わかる」

ライアは、その場所に行ってみたい衝動に駆られた。麓《ふもと》から仰げばどうにか見える距離にありながら、タロファの民は決してその場所に行こうとしなかった。行くべからずといった掟《おきて》があるわけではない。だが、人々は申し合わせたように火山に登ろうとしない。果実の豊富に実る海岸線を離れて内陸部を探検するのは、単なる苦痛でしかないと考えているのだろうか。山に登れば別の風景があるのに、彼らは未知の風景を得ようとは望まないのだ。

「あなた、行く?」

ライアはジョーンズを誘った。

「遠いのか?」

「わからない、行ったこと、ないから」

「場所、わかる?」

「わかると思う」

島の上空を雲が流れ、そのためにできた陽陰は山肌を滑り降りて海を走った。鳥の鳴き声が密林にくぐもっている。木の葉を揺らしても鳴き声は漏れ出ることはなく、かすかな音があるだけに静寂はひとしおだった。溢《あふ》れる光の中での静寂には、深々と更けてゆく夜の静けさとはまた別の、厳かで神秘な気配がある。ジョーンズは、その気配に打たれた。

神を見に行こうというライアの無邪気な考えに打たれたというより、切り取られたシーンとシーンの谷間にさっと流れた静寂の気配に打たれたのだ。

「わかった、行ってみよう」

あの切り立った崖《がけ》をどうやって登るのか……、川を遡って滝の横の岩肌にしがみついて登るより他に方法がないように見えるが、島の人間だけが知る回り道でもあるというのだろうか……。不安はあっても、ジョーンズはとにかく行くことに同意せざるを得なかった。自分よりはるかに体力的に劣るライアに誘われて、恐いからと尻込《しりご》みするわけにはいかない。

今日のライアは、タパ布を腰に巻くだけではなく、肩からやはりタパ布のマントをゆるく羽織っていた。ヤシの葉だけで陽差しを遮るのは難しく、女たちが環となってタパ布を叩《たた》くときは、マントを羽織るのが常だった。ライアは女たちの環から抜け出したままの格好をしていた。だから、水に入るときはマントの裾《すそ》を持ち上げた。ジョーンズとライアは、踝《くるぶし》を洗う深さの清流を上に向かった。木や岩の陰に入ると冷気がすうっと肌をなめ、足もとから立ち上る水の冷たさも手伝って南国の島にいるという実感が遠のくほどであった。

滝の音が大きくなった。滝壺《たきつぼ》はさすがに深く、岩に砕けた水滴があたりに漂い、虹《にじ》をつくっていた。虹の上空に、絶壁が迫っている。ここで行き止まり……、神を見にいく探検はここでおしまい、とライアが言い出す……。ジョーンズはそう願った。

ところが、ライアはジョーンズの手を引いて、「こっち、こっち」と滝壺の横の茂みへと入っていくのだった。木の幹につかまって身体を引き上げれば、絶壁を登るのもそう難しくはない。しかし、百メートル近くある急斜面を登るのはかなり骨の折れる作業だ。ライアはまるで平気な顔をして、軽々と登っていく。身のこなしが自然で、通い慣れた道を歩くようなものだ。ところが、しばらく進むと、足場にする木の類《たぐい》のなにもない裸の岩にぶつかってしまった。すると、ライアは横に進んだ。そして、高低を変えることなく横に動いていたかと思うと、岩に吸い込まれるようにして消えてしまったのだ。後を追っていたジョーンズは、ふと目を離したすきにライアが転落したものとばかり下を見た。目がくらんだ。こんなに登ったとは思ってもいなかった。目を戻すと、岩の裂け目から手が伸びて手招きしている。ライアの手だ。ライアは岩にできた亀裂《きれつ》に身を潜めてジョーンズを呼んでいたのだ。ジョーンズはほっとしてその場所に行くと、ライアの隠れている亀裂に身を滑り込ませた。そこには冷気が充満していた。見ると、亀裂は洞窟《どうくつ》となってずっと奥にまで続いている。冷気はその奥の上のほうから舞い降りてきているようだった。

「こっち」

ライアはジョーンズの手を握り締めて、亀裂の奥へと入ってゆく。

「こっちっていっても、暗くて、なにも、見えない」

「大丈夫、行けば、わかる」

真っ暗な洞窟の中で、ライアのマントの衣擦《きぬず》れの音が、ジョーンズの進むべき方向を示唆し、時々触れるライアの手のぬくもりが、この先に待ち構えるものの暖かさを保証していた。暗くて見えないけれど、確かにすぐ先にはライアがいた。音でわかるのだ。あ、いま足を上げた、あ、いま突き出た岩を手で摑《つか》んだと……。音によって喚起されたライアのイメージは脳裏で躍動している。息苦しかった。空間の狭さというより、ライアとの距離の近さが、身を圧してのしかかってくる。彼女の匂い……、息遣い……、肌と肌を触れ合うより、もっと間近にライアを感じた。亀裂は上に向かっている。時々、触れるか触れぬかの距離で鼻先をかすめるライアの腰は、見えないせいかより強く女を発散させていた。ふと伸ばした手がライアの身体の一部に触れる……、すると、皮膚感覚に触発されて鮮明な全体像が脳裏に浮かぶのだ。映像は、実際の肉体よりもずっと生々しい。そうして、肉体の疲労というより、目もくらむイメージの連続に疲れ果てた時、ジョーンズの頭上に突然太陽が現れた。亀裂の外に出たのではない。亀裂の出口が、はるか頭上にポッカリと口を開いたのだ。むしろ出口は、ぎこちなく歪《ゆが》んだ三日月に似ていた。しかし、ジョーンズは太陽と感じた。しばらく見上げているうちに、降り注ぐ光の量は次第に増し、ふたりの登るべき足もとをしっかりと照らした。

地上に出ると、滝の源がすぐそばにあるせいか、あたりの土は湿っていた。百メートルもの距離を流れ落ちるにしては、湧き出る水の量はあまりに少ない。草の根にたっぷりと水を含ませながら地中を這《は》い、やがては一筋の線となって落下する。どこからともなく集まってきて、よくあんな流れになるものだとジョーンズはあきれた。チョロチョロとした湧き水のどこに滝となるエネルギーが隠されているのだろうと……。

湿った土の上に立って下界を見下ろす。高みからの風景はいつも気持ちがいい。ジョーンズは目を細めた。山の斜面に隠れて、海岸線は見えない。そのことからも急峻《きゅうしゅん》な崖を登ってきたことがわかる。白く泡立つ波頭はようやく見えるか見えないかで、すぐ真下には濃い緑色の海が広がっていた。振り返って、山の頂を仰ぐ。ここが頂上というわけではない。まだまだ火口ははるか上だ。火口まで一体どのくらいの距離があるのか見当もつかない。標高を増すにつれ植物の類は減り、山頂は切り立った岩肌がむき出しになっている。そういった変化の様子は一目瞭然《いちもくりょうぜん》だった。ライアが目指すのは、もちろん山頂ではない。なだらかな起伏の斜面に鬱蒼《うっそう》と茂る密林に、ライアはジョーンズを案内した。

「行くところ、わかるの？」

心配になってジョーンズは聞いた。ライアはそれには答えず、真剣な表情でジャングルの奥地を見つめていた。目つきが変わっている。ライアがこんな顔をするところを初めて見た。身体中の感覚器官をすべて目覚めさせ、研ぎ澄まし、一点に集中させてなにかを探しているのだ。〝神〟がある種の感覚を媒介にして知覚できるとしたら、その存在に近づこうとするように……。

やがて、彼女は歩き出した。方向を定めたのだ。ジョーンズは後に従った。ライアは歩いては立ち止まり、ゆっくりと顔を巡らせ、方向をより正確に定めていった。木の葉が太陽を遮って、暗かった。暗いアーチの底はシダに被《おお》われ、足を降ろすごとに湿った音をたてる。正面から雲が流れてきて、あたりを霧状に包んだ。鳥の飛ぶ音もしない。動物の鳴き声もなかった。ジョーンズは緊張した。緊張の正体がわからない。ただ、ライアのすぐ後ろを歩いた。やがて、霧が晴れると、正面に巨大な影が現れた。瞬間、目まいに襲われた。倒れると思ったが、ジョーンズはどうにか耐えた。ライアは両手を顎《あご》に当てて巨大な影を見上げている。そして、つかつかと歩み寄ると、影そのものに触れた。触れながら振り返り、ジョーンズを呼んだ。

「こっち、来て」

ジョーンズも右手を差し出した。手の先は冷たいものに当たった。石の感触があった。表面はシダや苔《こけ》類に被われ、てっぺんは木々を分けてその上に顔をのぞかせている。それは、高さ約五メートル、幅三メートルばかりの石の像であった。

……これが、神か。

ジョーンズは笑おうとしたが、なぜか声が出ない。笑う気になれなかった。偶像崇拝を徹底的にばかにする牧師の教えを受けたジョーンズが、偶像らしきものを目前にして言葉を失ったのだ。

ライアは近くの小枝を折って、石の表面から草の葉や苔を取っていった。ジョーンズも手伝った。手の届かないところは長い木の枝を使ったり、木に登ったりして、どうにか南向きの面の大部分から余分なヴェールを取り去ることができた。どれほどの時の流れが、このヴェールの厚みとなって塗り込められているのか。数世代という時間ではない。数百年といった時間でもない。やがて、石像にはなにかが描かれているらしいことがわかってくる。表面が黒ずんでいて、図柄はまだ見えない。ライアはマントを脱いで、石を磨いた。ジョーンズも朽ち果てた木の幹を立てかけて、上の部分を磨いた。すると、次第に、部分に赤い色が現れてきた。全体像を見るには、遠くからでなければならない。おおかた磨き終わると、ジョーンズは下に降り、木の幹をどかし、二歩三歩と離れていった。図柄は小さくなり、小さくなるほどに、はっきりしていった。ジョーンズは再び目まいを覚えた。なぜこんなところにこんな図柄があるのか……、石像には真っ赤な鹿が描かれていたのだ。星座を象《かたど》ったかのような見事な角を持ち、前脚を力強く折り曲げ、鹿は正に空に向かって飛び立とうとしている。強い意志力があった。石と絵に込められた意志があたりに充満していた。これがタロファの神話の源というのか……、これがタロファの民をこの島に導いたものの正体なのか。ジョーンズは跪《ひざまず》きたい誘惑に駆られた、わけもわからず、ただ……。

「この島に、鹿、いるの？」

どうにか意識を保ち続けるためもあって、ジョーンズは尋ねた。

「鹿？　鹿って、なに」

ライアは聞き返すだけで、石像に描かれた動物の名を告げようとはしない。

「これだ、これを鹿という」

ジョーンズは赤い鹿を指し示した。だが、ライアの答え方により、彼の疑問は自然と解けてしまった。鹿を表す言葉自体存在しないのだ、ここには。ジョーンズがこの島で見た動物といえば、豚と犬と鶏、それに野鳥くらいのものである。鹿など絶対にいるはずがない。なら、これはなんだ？

間違いなく、この図柄は鹿だ。どうして、こんなことが有り得る？　これを描いた人間は、何をモデルにしたんだ。いつ、どこで、これを描いたんだ？　とめどなく溢《あふ》れる疑問……。

ジョーンズはこの時まだ気付かなかった。石像の表面はきっちりと南を向き、ために鹿はちょうど東に向かって飛び立とうとしていることに……。

「あなた、わたしと、する？」

ライアはジョーンズの腕を引いた。誘惑にしてはあまりに脈絡がなく、ジョーンズは戸惑った。ライアはマントを脱いでいたので、上半身裸だった。ライアは自信に溢れている。今日こそ、きっと、ジョーンズは拒まないだろうという自信。ジョーンズはライアを抱き締めた。木々の細かな隙間をかいくぐって差す陽の光が、石像から剝《は》がれたばかりの土の粒子に散乱して一様に光っていた。光の線が細く、やけに眩《まぶ》しい。ジョーンズはライアの下唇を軽く嚙《か》んだ。ふと、ボートの中で食べたスパイスの肉の味を思い出し、唾液《だえき》が溢れてくる。スパイスの肉は無臭で味がなかったけれど、ライアの唇は甘い。嫌悪感ではなく、胸をくすぐる高揚感があった。生きているという実感……、毛細血管でも自分の脈拍を計れるのではという血の圧迫。彼は不思議に感じた。なぜ今までこんなことに気付かなかったのか。快楽だけのセックスはいけないという戒律に背くことなく、ライアを愛せばいいのだ。それには決意がいる。累々と代を重ね、細胞の記憶を積み重ね、個人では果たせなかった夢を民族の神話として封じ込めた石像が、ふたりのすぐ目の前にあって、ジョーンズにある決意を促している。

シダの葉は冷たく、その上に横たわるライアの身体は暖かい。

10

ジョーンズとライアは身も心も結ばれた。この島を早く出たがっているエド・チャニングは、ふたりのたわむれる姿を苦々しい思いで見ていた。

……三人が力を合わせなければならねえって時に、女にばかりうつつを抜かしやがって。

彼は、左右の大きさの違う目をパチパチとまたたかせて、海岸に唾《つば》を吐く。タロファの女を好きになった以上、ジョーンズはこの島から出たがらないだろう……、当然、エド・チャニングはそう推測する。ジョーンズは、この島の風習にすっかり染まり、人目もはばからずライアを抱くようになっていた。チャニングは今もその光景を見たばかりだ。

……おまけに、頼みの綱のタイラーは、まるで何を考えているのかわからねえ。もともとあの野郎は気が狂ってるがよ。

エド・チャニングは文句ばかり言いながら、ひとり黙々と船大工としての仕事に精を出した。こうなったら、大洋を渡る船を自らの力で造り、自らの力で故郷に帰る他ないのだ。

だが、彼には道具がなかった。タロファには鉄が存在しない。祭りで使う戦闘用斧《おの》はあったが、石でできていた。唯一、フィリップ・モルガン号から持ち込んだ二本の銛《もり》の刃先だけが、この島にある鉄だ。それだけでは、なんの用もなさない。しかも、たったひとりで、大洋を渡り切る帆船など造れるはずもない。だから、彼は人目に触れず巨大な筏《いかだ》を造ろうとしていた。なぜ、人に知られてはならないのか……、そこがまた彼らしいところであった。船大工としての腕を自負する彼には、筏ごとき模造品を造る行為が恥ずかしくてならないのだ。初めて造り上げる作品が筏とは……、彼は溜《た》め息を漏らしながら素材となるべき木を集めて回った。

ジョーンズがライアとの恋に情熱を傾け、エド・チャニングがひとりきりで筏を造り上げる行為に没頭している中にあって、タイラーは島に〝戦い〟を探した。しかし、この島には戦うべき対象は何もない。言葉通り、争うべき種族もいなければ、喧嘩《けんか》もない。また、食料を得るために苦労する必要もない。腹がすけば、ヤシの木やパンの木に登ればいいだけだ。かといって、精を出してそういった植物を栽培する必要もなく、一年を通して枯れることなく、太陽エネルギーを存分に吸い込んで果実は勝手に実り続ける。労働というものが存在しないのだ。タイラーは行き場を失ったかのようだ。

タイラーは、厳しい表情で海を見つめていたが、突然、ジョーンズを傍らに呼んで髪を短くしてくれと言い出した。不格好になっても知らないよと、ジョーンズはタイラーのブロンドの硬い髪を鋏の刃先でゴシゴシと刈り取ったのだが、刈り終わると、タイラーは手を自分の頭に載せ、おい、もっと短くしろと言った。ジョーンズは鋏の刃先を不器用に動かした。そのため頭皮を傷つけ、血の滴《しずく》と汗が一緒になって額を流れ落ちた。タイラーはもっと短く短くと言い続けた。丸刈りの一歩手前だった。指で触って、その隙間から髪が出ないとわかるとようやく、タイラーはジョーンズを解放した。そして、おまえのも刈ってやろうか、とジョーンズの頭を引き寄せたが、ジョーンズは断った。長く伸びた髪を、この島の風習に合わせてライアが編んでくれることがあったからだ。彼女の膝《ひざ》の上に頭を載せ、髪を触られるままに任すのはとても気持ちがいい。男同士で髪の毛を刈り合う行為と、愛する女と長い髪を編み合うのとでは比べるまでもない。

「楽しいか、ここの生活は？」

タイラーが聞いた。

「この島は好きだよ」

まったくその通りだった。天涯孤独なジョーンズにしてみれば、故郷に帰る意味はあまりない。プロビデンスの風景が懐かしくはあっても、楽園でのライアとの生活を捨てようという気にはまるでならない。

「オレは退屈で死にそうだ」

「恋をしたら？　この島にはきれいな女の子がいっぱいいる」

タイラーは笑った。タイラーの笑い顔を見るのは久しぶりだった。

「おまえとは違う」

ばかにした言い方だったが、タイラーに言われても腹は立たない。

「なぜ？」

「この島で恋をしても、戦いにまでは発展しない。おもしろくないんだ。あまりにも簡単に手に入ってしまう」

ということは、以前のタイラーは、戦いの末に女を手に入れたのか……。だが、ジョーンズは聞かなかった。タイラーは女の話をあまりしたがらない。彼は話題を転じた。

「タイラー、あんた、これからどうする？」

タイラーの答えはいつも簡単明瞭《めいりょう》だ。

「ヴァイオレットをやっつける」

ヴァイオレット船長に対する憎しみがそれほど強いとは、ジョーンズには意外だった。だが、そういったことではないのだろう。ただ、タイラーは戦いの相手を探しているに過ぎないのではないか。今の彼にはヴァイオレットしかいない。

「船長がそんなに憎い？」

「あの野郎の裏切りがなかったら、オレたちは人の肉を食い合うこともなかった。クロードもルースも死ぬことはなかったんだ。捜し出して息の根を止める」

ジョーンズは、微妙だった。確かにヴァイオレット船長の裏切りは腹立たしい。しかし、あの行為がなかったら、ジョーンズはタロファに漂着しなかっただろうし、ライアと知り合うこともなかった。

「捜すったって、無理だよ。……そんなこと」

タイラーは答えない。不可能は承知の上であった。可能性があるのは、ヴァイオレットの故郷でその帰りをじっと待つことだが、それも、ヴァイオレットが生きていたらの話だ。いくら充分な水と食料を積んでいたとはいえ、彼らのボートが目的地に到達できたとは限らない。既に海に消えてしまった可能性のほうが強い。タロファ島に漂着した自分たちこそ運がよかったのだ。

「なあ、タイラー。あんた、じゃあ、この島を出たいのかい？」

「どこに行っても同じ気はする」

「ここにいたんじゃ、ヴァイオレットをやっつけられないよ」

「おまえはどうなんだ。ここに骨を埋めるつもりか？」

「それもいい。……というのも、実は、……ライアに子供ができたからなんだ」

ジョーンズは、そう言うと横目でちらっとタイラーの表情を探った。タイラーは顔を綻《ほころ》ばせると、空に向かって叫び声を上げた。

「やるじゃねえか、ぼうず！」

そして、急に真顔になって、大きな手でジョーンズの首筋をぐっと摑《つか》んできた。

「でもよぉ、本当におまえの子かどうか……」

タロファは、完全な母系社会であった。女がひとりの男に貞節を尽くすことなど滅多にないため、産まれてくる子の父親が特定できない場合が多い。だから、ジョーンズにもこの点は自信がなかった。滝の上流に上り、赤い鹿の石像の前で初めてライアと交わって以来、ライアははっきりとジョーンズに約束をした。……あなた以外の人とは愛し合わないと。ジョーンズもその約束を信じてはいる。しかし、嫉妬《しっと》という感情のなかったこの島に、嫉妬を持ち込んで交わした約束には、今ひとつ信頼が置けなかった。この島の長年の習俗が、嫉妬などという偏狭な感情のために途切れてしまうなんてことがあるだろうかと。

「産まれてくる子供を見ればわかる。ブルーの瞳《ひとみ》とブロンドの髪なら、間違いなくオレの子だよ」

妙に意味ありげに、ジョーンズはタイラーを見ている。

「どうした？　なぜ、そんな顔でオレを見る」

タイラーはジョーンズの目の色の変化に気付いた。

「いや、つまり、あんたも、オレと同じブルーの瞳とブロンドの髪を持っているから……」

一瞬ふたりの間に空白が流れた。その後、弾《はじ》かれたように、タイラーは笑った。砂を摑み、太陽に投げ上げ、浜辺を転がった。

「だったら、どうする？　なあ、オレがライアと寝ていて……、産まれ出た子がオレの子だったらどうする？」

「戦う」

「おまえが、このオレに戦いを挑むというのか？」

タイラーは呆《あき》れて、顔をしかめた。

「あんたから教わったことだ」

「呆れたぜ」

「どうして？」

「この島には、嫉妬なんてもんはなかった。おまえが持ち込んだんだ。郷にいれば郷に従え……、あまりムキになるなよ」

「あんただって、この島に戦いを持ち込もうとしている。ここには戦いなんてなかった」

ジョーンズは、咎《とが》める口調になった。タイラーに向かってこんな口のききかたをしたのは初めてだ。

「バカ、それはオレ個人の問題だ。おまえは自分の感情を他人に押しつけ、ここの社会を壊そうとしている」

「壊す？　なぜ壊すことになるんだ？　一組の愛し合う男と女が子供をつくる、そのほうがずっと自然だ」

「だから、自然にこうなったんだ。タロファには労働がない。家族の強い結び付きなんて必要ねえんだよ。ま、言ってみれば、タロファ全体がひとつの家族みたいなものだ。こういったシステムを一体だれがこしらえたか。人間でもない、まして、神でもない。ここの自然さ。何千年にもわたってこの地に降り注ぐ太陽が、自由なセックスの源となっているんだ」

ジョーンズは、文明国の規範をタロファに当てはめようとしていたことに気付いた。ほんの短時間で理解できたのは、二十日間に及ぶ漂流の経験があったからだ。生き残りをかけたボートの上で、社会の仕組みは自然発生的に形造られていったことを思い出した。陽差し、飢え、渇き、それらから引き出される絶望……、人間の意志の力ではどうしようもない要素が絡み合って徐々にシステムは形造られていく。そこに平穏な生活の規範を持ち込もうとしても無理がある。

……しかし。

ジョーンズはふと思う。あの時のタイラーは凄《すさ》まじかった。未《いま》だ忘れないスパイスの肉の味は、肉そのものというより、無理やり口の中につっこんだタイラーの行為によって印象づけられている。そう、確かに、あれは、タイラーの味だった。

「タイラー、あんたは、なぜ、戦いを好むんだい？」

ジョーンズはふと聞いた。

「じゃあ、おまえは平和が好きか？」

タイラーは質問に質問を返した。

「もちろん、好きだよ。死ぬのなんていやだし」

「オレが海軍にいた頃、やはりそういう奴がいた。いや、そういった奴ばかりだった、回りには。戦いを嫌い、死ぬのを恐がり、平和がいいとほざく。なのに、なぜか海兵隊員なんかになっていたりする。さて、敵艦を発見し、撃ち合いの末横付けして斬り込むだんになると、そういう奴らほど徹底的な殺戮《さつりく》に走るんだ。すごいもんだぜ。なにしろ回りは海だ、逃げ場はない。平和っていうのは、ようするに敵のいない状態なんだから、戦いのフィールドから敵を殲滅《せんめつ》しようとするのも無理ねえけどな。だがよぉ、オレは違う。常に戦士でいようと心がけてきたつもりだ」

戦士？　戦士の意味がジョーンズにはわからない。兵士とどう違うのだ？　タイラーは、顔つきからそれを悟り、答える。

「戦士はなあ、踊りながら死ぬんだ」

だが、ジョーンズは戦士という言葉をしっかりと頭に留《とど》めた。後にライアから、「あの人は何？」と聞かれて、すぐその言葉を思い出した。あの人というのはもちろんタイラーのことであり、何とは、ようするに、その人の拠《よ》りどころを問うていた。タロファに祭りの日が近づきつつあった。ライアは名誉ある踊り子としての役割をジョーンズに説明し、そこで初めて、ジョーンズはこの島にも職業らしきものがあることを知った。だから、彼は、ライアがダンサーであるとすれば、オレは船乗りであると自分を語った。船乗り……、まだ本物にはなっていない気がするし、それ以外の何者かになろうとする過程であるような気もする。そんな脈絡の中でライアは聞いた。

「では、あなたの友達の、逞《たくま》しい男、あの人は何？」

ジョーンズは軍人と答えようとして、ふと戦士という言葉を思い出したのだ。タイラーが自分をそう定義した以上、彼の意志を尊重しなければならない。

「戦士」

と答えてから、ジョーンズは簡単に戦士の意味を教えた。もちろん、戦士は踊りながら戦って死ぬ者だ、などとは言わなかった。そんなふうに言えば、踊り子のライアは混乱するにきまっている。しかし、説明に多くの言葉はいらなかった。ライアはなぜかすぐに、タイラーが戦士であることを理解したのだ。

「わかる、あの人、戦士」

憧《あこが》れを含む眼差《まなざ》しに、ジョーンズはかすかな妬《ねた》みを感じた。タイラーにというより、決して自分はなれないであろう、戦士という存在に……。

「タロファにもいる、戦士、ニクがそう」

ライアは、棕櫚《しゅろ》を葺《ふ》いた屋根の建ち並ぶ集落の中央を指差した。ニクがだれなのか、ジョーンズは知っている。タロファの族長であり、背中に見事な刺青《いれずみ》を施した逞しい男……、初めてその手で胸を触られた時、激しい恐怖を覚えたあの男……。なるほど、タイラーが戦士なら、確かにニクもそうだろうとうなずかせるものがあった。

「もうひとりの男、あの人は何？」

エド・チャニングのことを聞いているのだ。自分の殻に閉じこもるばかりで、滅多にこの島の人間と交わろうとしないチャニングを、人々は奇異な目で見ている。ジョーンズはエド・チャニングを苦々しく思っていたが、彼の評判が下がるのは、自分たちにとって好ましいことではない。

「船大工」

ジョーンズはエド・チャニングを立派な船大工に仕立ててやろうと考えた。

「舟、造るの？」と聞いてから、ライアは浜辺に繋《つな》がれたタロファのダブルカヌーを指差した。

「あのくらいの舟？」

ジョーンズは首を横に振った。実際にエド・チャニングの造った船を見たことはない。ただ、彼の自慢話を信じれば、ここにあるカヌーの数十倍のものは造れるはずだ。ジョーンズは足を引きずって砂浜に長い線を引き、それをキールの長さに見たてて両腕を広げ、

「このくらいの船だ」と言った。

ライアは驚いて目をまるくした。

「すごい」

ライアは砂の上に巨大な船を空想し、そしてなんとその日のうちに、空想したままを族長のニクに話してしまったのだ。エド・チャニングは船大工で巨大な船を造る……。ニクは、ライアの空想を一段と広げ、ある決意をするに至るのだが、その決意こそ、数千年に及ぶタロファの歴史を変えるものになる。

火山の中腹に眠る鹿の石像が磨かれ、塗り込められた意志力を取り戻したかのように赤い色を濃くした時、島全体にふわっと舞い降りた共通の感覚に人々は支配されていった。その作用と、エド・チャニングが造り上げるべき巨大な船の幻想は、古代からの神話を目覚めさせた。島の人間はだれひとりとして、神話が目覚めたことを知らない。

そんな中、全島民の意志をひとつにまとめる祭りの日は着々と近づきつつあった。

11

タロファ全体が、祭りに向けて活気づいている。名誉ある島の踊り子としての才能をいかんなく発揮できるこの日を、ライアは楽しみにしていた。しかし、日を経るごとに腹は突き出し、順調に育つ胎児の元気一杯な動きが胎内に感じられるほどになり、ライアが三日後の祭りで踊るのはとても無理な状態であった。ライアは観客の側に回る他なかった。

祭りは陽が沈むと同時に始まり、夜の間中島を音楽と踊りで満たしていった。鮫《さめ》の皮を張った太鼓がリズムを刻み、それに合わせてヤシの繊維で三音階を奏でる歌う弓が音楽家たちの口の前で弾かれてゆく。単調なメロディだったが、リズムには激しさがあり、はるか滝の上流まで響いて赤い鹿の石像を震えさせた。夜の、一段と暗く、鬱蒼《うっそう》たる闇の中で、石像は身悶《みもだ》えしながら積もったばかりの塵《ちり》を舞わせた。

木が打たれ、石が鳴らされ、老若男女を問わず参加する島民たちの真ん中で、選ばれた踊り子たちが腰を振り、尻《しり》を回した。遠巻きに見守るのは、出産を間近に控えたライアとジョーンズくらいで、それ以外の人はみな踊りの渦に飲み込まれていった。タイラーでさえ踊った。

音楽と歌と踊りは、統一がとれていた。みながてんでばらばらに踊り歌っているわけではない。なにかある見えない吸引力が作用して、一見して無秩序な集団の動きは一方向に流れていた。はっきりと見てとれるドラマはないが、現実的な秩序から始源的な混沌《こんとん》へと向かう時間の逆流が感じられるのだ。そこは生と死が混然として、宇宙の源を彷彿《ほうふつ》させる空間であった。神話が甦《よみがえ》ろうとしている。だれも気付く者はいない。押し寄せては引いていく激しい熱気に喚起され、古代からの神話が目覚めたのだ。そして、ストーリーも現実感もない、古代のまだ人類が若かった頃の夢や願望は、強烈な残像となって祭りに参加したすべての人々の意識に刻み込まれた。祭りが終われば、人々は祭りの風景を忘れる。しかし、残像の記憶だけは意識の深い部分に残ってゆく。

ライアは突然の陣痛に襲われた。彼女は大地に仰向けに倒れ、足で踏み鳴らされる振動を背中で聞いた。そして、大地と一体になる感覚を抱いた時、元気な泣き声とともに男の子が誕生した。祭りの喧騒《けんそう》は赤ん坊の声をかき消し、ただ口をパクパク開けているだけにみえたが、傍らに跪《ひざまず》くジョーンズは確かに我が子の声を聞いた。赤々と燃えるたいまつに照らされ、羊水で濡《ぬ》れた産毛は赤みがかった黒であったが、覗《のぞ》き込むと、目の色はブルー。ジョーンズは、この子は自分の血を受け継いでいると確信しながら、石のナイフでへその緒を切った。その瞬間、彼は、タイラーもまた自分と同じ特徴を持つことを忘れた。

祭りはなおも夜を徹して続いてゆく。

祭りが終わって二日目の朝、ニクはふたりの若者を連れて、ジョーンズの前に現れた。ニクは出産を終えたばかりのライアに何事か語りかけ、ジョーンズに向きなおった。ジョーンズは布で包んだ赤ん坊を抱えている。

「船大工の人、どこにいる？」

ニクは聞いた。エド・チャニングがどこで何をしているのか、ジョーンズもタイラーも知らなかった。

「知らない」

エド・チャニングにどんな用があるというのだろう……、ジョーンズは首をかしげた。

「頼みたいこと、ある、我々」

「エド・チャニングに？」

「そう」

「何？」

「大きな船、造って、ほしい。彼ならできる。ライア、そう、言った」

ジョーンズは、以前ライアに向かって、エド・チャニングは船大工であり、巨大な帆船を造ることができるとちょっとオーバーに話したことを思い出した。

「どうして？」

ニクは遥《はる》か東の沖合に顔を向けた。

「東に進む、我々」

「東のどこ？」

「わからない、ただ、進む、東に。どこに着くかわからない」

考えてみれば、タロファの島民も何千年か昔、どこか他の場所から大航海の果てに、ここに行き着いたのだ。その思い、航海への憧れが、突如甦ったとしても不思議はない。だが、そういったタロファの人々に共通な意志は、一体何によって喚起されたのだろう。一昨日の祭りの残像か、あるいは、ただ単に、エド・チャニングが巨大な船を造るという噂を聞いたためなのか。

とにかく、このようにして、巨大な筏《いかだ》を造ろうというエド・チャニングの行為は、タロファの島民の意志と重なったのだ。たったひとりで、遅々として作業の進まなかったチャニングではあったが、島を挙げての協力には複雑な思いであった。共に筏を造るのは構わない。だが、航海すべき目的地が異なったら意味がないからだ。エド・チャニングはこの点を何度も確認した。

……本当に東に向かうんだな？　本当だな？　東。

南太平洋を一路北上して赤道反流の潮の流れに乗れば、アメリカ大陸の真ん中に漂着する可能性が充分あった。ニクは、エド・チャニングの質問にはっきりとうなずいた。

「我々、東、向かう」

「わかった、それでいい」

チャニングは満足気にうなずき返した。

12

さて、ここで、タイラーが仇《かたき》と狙うヴァイオレットのその後の足取りを追ってみよう。彼は生きている。ヴァイオレット、マーティをはじめとする十一人の船乗りたちは、ジョーンズたちがタロファに漂着するより早く、目的地のタヒチに辿《たど》り着いたのだ。十一人とも陽焼けによる皮膚の炎症には悩まされたが、充分な水と食料のおかげで、体力に決定的なダメージを受けた者はなかった。彼らはその後、一年以上もタヒチに滞在して、文明国の帆船が来航するのを待った。フランス、あるいはイギリスの軍艦が来航しても、まず同乗することは不可能だ。セイラーの数が不足しているアメリカの捕鯨船、あるいは私掠船《しりやくせん》の類《たぐい》が寄港するのを待つ他なかった。どの船の船長も、金のために船を動かしている。自分の船に余分な人間を乗せるには、それなりの損得勘定が必要だ。船に積み込まれる水や食料には限りがあり、ために乗組員の数は常に必要ぎりぎりの線を維持していた。だが、洋上で命を失うセイラーも多く、人手不足に陥っている船が寄港する場合もなくはない。ヴァイオレットはそういった船を探し、契約を持ちかけるつもりだった。

待った甲斐《かい》はあり、タヒチに着いてもうじき二年という頃、アメリカの私掠船ラトルスネーク号が沖合に錨《いかり》を降ろした。ラトルスネーク号は、密貿易と海賊行為を半々に繰り返す私掠船で、ニューベッドフォードの港を出帆して以来ずっと、一隻の帆船を追跡していた。追跡されたのは、やはり同じ私掠船フローレンス号で、南太平洋のある島で発見された新種の香辛料を採取しにいくところであった。二年前、フローレンス号の船長は、船倉を香辛料で一杯にして故郷の港に帰った。それは、スマトラやボルネオでとれる香辛料よりもずっと香りがよく、しかも酒の酔いに似た快楽を同時にもたらし、かなりの高値で捌《さば》くことができた。船長はたった一回の航海で巨万の富を得た。噂を聞きつけた他の船長たちは、だれひとり例外なく、フローレンス号が一体どこで香辛料を見つけたのか知りたがった。しかし、フローレンス号の船長は絶対に口を割ろうとしない。偶然発見した野生の香辛料は、正に黄金と同じ価値を持つ。密生場所を漏らしたりしたら、先を争って奪い合った末、財宝はあっという間に消えてしまう。だから、フローレンス号の船長が秘密を守ったのも無理からぬことであった。

しかし、ラトルスネーク号の船長、ビクトルだけは決して諦《あきら》めず、いくら脅しをかけても白状しないので、次の航海を狙って後をつけることにした。果たして、フローレンス号はまだ明け方の海が凪《な》いでいる時間、ボートで静かに港から引き出されて出帆した。ビクトルはこれを見逃さなかった。必ず南太平洋の秘密の場所に向かうものと確信して、追跡を開始したのだ。

一年の後、ラトルスネーク号はフローレンス号の後を追って、タヒチに寄港した。そして、そこで、ビクトルはヴァイオレットと出会うことになる。初対面ではなかった。ふたりはまだ若い頃、一回だけであったが三年に及ぶ航海を共にした仲で、その航海の途中、ヴァイオレットはビクトルの命を救ったこともあった。だから、思わぬところでヴァイオレットと再会したビクトルは、一も二もなくヴァイオレットの条件を受け入れ、彼らを皆ラトルスネーク号の乗組員として迎え入れた。これにより、乗組員は総勢五十人以上に膨れ上がった。海賊船上がりや、奴隷船上がりの、海の荒くれ者ばかりである。いざ戦闘になった場合を考えれば、人数が多いに越したことはない。ビクトルは、香辛料の繁茂する島を発見次第、フローレンス号と一戦交える覚悟であった。

十日ばかりタヒチに滞在した後、フローレンス号は太平洋を北上し始めた。はるか沖合にマストが沈む頃合いを見計らって、ラトルスネーク号はこれを追った。ある程度の距離を保たなければ、相手に追跡を悟られてしまう。もう既に感付かれているかもしれなかったが、ここまで来た以上、フローレンス号が香辛料を積み込まずに帰るなんてことは有り得ない。

ところが、タヒチを出帆して三日目の朝、点在する島の陰に回り込んだフローレンス号は、そのまま忽然《こつぜん》と姿を消してしまったのだ。ビクトルは、「しまった！」と心に叫んだ。追跡を悟られ、島陰に隠れてまかれてしまったに違いない。ラトルスネーク号は帆をいっぱいに張って風を受け、点在する無人島をスラロームで走り抜けて、フローレンス号を捜した。だが、船影は見えない。この機会を待ってましたとばかり、フローレンス号は手品をやってのけた。ビクトルはじだんだを踏んだ。ここまで来てまかれるとは……。奴らを発見しなければ、一年間の航海が無駄になる……。

ビクトルはなおも北に南に船を走らせた。一度見失った船を捜し出すのは容易ではない。彼は苛立《いらだ》ちのあまり部下を怒鳴りつけた。乗組員は乗組員で自分たちの航海が一文にもなりそうもないと知ると、船長に対する不満を露《あらわ》にしていった。ラトルスネーク号は、一触即発の危機をはらんだまま洋上を漂った。フローレンス号の発見が不可能であるのなら、それに代わる何かが欲しい。一年間の航海に見合うだけのものを探さなければ、ビクトルの気がおさまらないし、乗組員の不満はますます募るばかりだ。だれも好き好んで危険な航海に出るわけではない。見合うだけの金が得られなくて、なんの航海か。海の荒くれ者たちは、一年以上も女を我慢し、黄金を夢見て洋上に閉じ込められてきたのだ。彼らの神経は逆立っていた。どんな邪《よこしま》な考えを抱いても不思議でないほど、乗組員はみな一様に飢えていた。飢えとはこの場合、食物に対するものだけではない。なんでもよかった……、血に対する欲望……、肉に対する欲望……、苛立った神経を解きほぐすのは、黄金というより、この場合、逆流する血の圧迫の捌《は》け口であった。

そうして、タヒチで積み込んだ水と食料が底をつき始めた頃、前方に切り立った火山を持つ黒い島影が現れた。よく見ると、火山のずっと下のほうに、銀色に輝く細い筋が見える。滝に違いない……。少なくとも、今見えているあの島には、ふんだんに水がある……、ビクトルは、そう踏んだ。

その島はタロファだった。

皮肉なことに、二度と会うはずのないタイラーのいる島の沖で、ヴァイオレットの乗るラトルスネーク号は錨を降ろそうとしていたのだ。まだ早朝の、夜の完全に明け切らぬ頃のことである。

13

どこにこれほどのエネルギーが秘められていたのだろうと、ジョーンズは半ばあきれ、半ば感心した。労働らしき労働を見せたこともなかったこの島が、今、全島民挙げての事業に乗り出している。これは祭りではない。祭りの様相を呈しているが、明らかに日常にしっかりと根付いた共同作業であった。ジャングルで伐《き》り倒された木材は岬となった丘の向こうの高台にまで運ばれ、石の斧《おの》で切り込みを入れられ、巨大な筏を形造る材料となって積み重ねられ、組み立てられ、日一日と、形はそれらしきものとなって、エド・チャニングの抱くイメージに近づいてゆく。作業は、ニクの指導のもと完全な分業となって進められた。完成した筏をどうやって航海させるか……、それは言うまでもなくタイラーの役目であった。熟練した航海士たるタイラーの知識があれば、この巨大な筏で東に向かうのも不可能ではない。南太平洋の潮の流れ、特に赤道付近の潮の流れは、どちらかといえば東から西に向かっている。したがって、流れに逆らって東に航海するのはそうたやすくない。では、なぜ、東でなければならないのか。その問いを発するタロファの民はひとりもなく、その問いに答えられるタロファの民はだれもいない。なぜ恋をするのかという問いが無意味なように、この場合、なんのためかという根源的な問いかけなど意味がなかった。とにかく、太陽の昇る方向、東でなければならなかった。陽に向かうということに、なにか特別な意味があったのかもしれない。だがやはり、人間の行動がほとんどすべて無目的になされると同様に、いつ組み込まれたとも知れぬ衝動につき動かされているとみる他ないだろう。

ライアの産んだ男の子は順調に育っていった。名前を考えるとき、最初ジョーンズはエディ、ラルフ、アンディなどを思い浮かべた。しかし、考えてみれば、この男の子は文明国で生きるわけではない。この島にあった名前が自然だろうと思い直し、ライアの意見を入れてアイダに決めた。あまり男らしくない印象を受けたが、アイデアという言葉の持つ理想や知識をイメージさせる語感は気に入った。ジョーンズは、この島に残ろうと決めていた。希望すればもちろん筏《いかだ》に乗ることはできる。その点に関しては何度もライアと話し合った。ライアの考えは最初から最後まで同じだった。……あなたの望むほうにすべて従う。ジョーンズは、楽園を選んだ。筏が完成し、タイラーと別れるのはつらい。だが、それだけだ。文明の世界に対して、彼はあまり魅力を感じなくなっていた。

完成はもう間近だった。選ばれたタロファの若い男女二十人と、タイラーとエディ・チャニングが筏に乗り込むことになっていた。大航海にむけてタイラーはかつての意欲を取り戻した。無目的な冒険は、戦士にとっての行動の規範である。夥《おびただ》しい無駄と、その無駄に命をかけることにしか、生の実感を得ることができないのだ。

「タイラー、無事を祈ってる」

ジョーンズは、折を見てタイラーに言った。あのばかばかしい疑惑……、アイダはひょっとしたらタイラーの子かもしれないという疑惑は、今や完全に吹き飛んでいた。タイラーはそんな男ではない。普通の人間のする恋とか、三角関係に巻き込まれる類《たぐい》の男ではない。どこか次元が違うのだ。ジョーンズが抱いた疑惑……、疑惑というほどに芽がのびたわけではないが、それは、タイラーに対する嫉妬《しっと》から生じていたことがよくわかった。もし自分が女であったら、間違いなくタイラーに惚《ほ》れていただろうという仮定が、およそ見当外れな思惑を生んだのだ。だから、タイラーがいなくなるのは寂しくはあっても、自分とライアの生活からタイラーが抜けて初めて、真の安定が得られることも確かなのだ。タイラーのように圧倒的な男がそばにいたら、やはり愛する女の気持ちに対して手放しで安心もしていられなくなる。

「おまえ、だいぶこの島の人間の顔に近づいてきたな」

タイラーは言った。ぶっきらぼうな言い方だった。

「それ、誉めているの、それとも、けなしているの？」

そんなふうに考えながら、ジョーンズはまた舌を打った。

「別にどっちでもない。ただ、文明の臭みがとれたってことだ」

臭みがとれたってことは、つまり、いいほうに解釈していいのだろうか……。そんなふうに考えながら、ジョーンズはまた舌を打った。

……バカ、オレはどうして、いつも、タイラーに誉められることばかり望んでいるのだ。

「あんた、故郷に戻るつもりかい?」

「わからない。ただ行けるところまで行ってみる。ここでの生活に対して、オレはタロファの民に恩を返さねばならない。ヴァイオレットを仕留めたいとも思うが、今はこっちのほうが先決だ」

タイラーとジョーンズは、完成間近の筏の甲板に腰を降ろして言葉を交わしていた。朝のまだ作業の開始される前のことで、ジョーンズとタイラーの他には、あらゆる方向から筏を見上げて最終的なチェックを試みるエド・チャニングだけしかいなかった。筏を組み立てている場所は、丘を隔ててタロファの集落の南側、入江を見下ろす高台にあった。秘密裏にことを進めようとしたエド・チャニングが最初にそんな不便な場所を選んでしまったため、あとに続く作業はずいぶんとやりにくいものとなったが、そうかといって場所を移すわけにもいかなかったのだ。

そこへ突然、茂みをわけて、子供を抱えたライアがジョーンズのもとに走り寄ってきた。彼女はいつになく緊張の面持ちで、呼吸も荒い。ライアのあとから年老いた男が現れたのを見て、ジョーンズは何事かと立ち上がった。ライアは「こっちに来て」と、ジョーンズを入江の見える丘のほうにまで引っぱった。

「見て！」

ライアは沖に停泊中の一隻の帆船を指差した。舷側《げんそく》には蛇ののたくった図が描かれ、その横にはラトルスネーク号という文字があったが、ライアたちのいる場所からは読み取れなかった。ただ、船体から漂う醜悪の臭いは、その位置からでも充分に嗅《か》ぐことはできた。

ライアはこの船の来航を夢で見て知っていた。なにか途方もないものがやってくるという予感は、昨夜の夢によって身体のすみずみに強烈に刻み込まれた。夜中に目覚めることの少ないライアではあったが、明け方のこと、なにかのはずみでふと目をあけ、その瞬間、「あっ、今から大地が揺れる」という思いを抱いた。そして、その通り、時間にすれば約十秒後、下から突き上げるような震動を伴って実際に大地は揺れた。タロファ島の犬や豚や鶏は鳴き、一斉に舞い上がる鳥の羽音が夜空に響いた。地震はすぐにおさまったが、不吉な予感は逆にますます強まった。……なにかがやってくる。近い将来、必ずなにかがやってくる。そして、そのものが来る前にやっておかねばならぬことも、突如ライアの頭に閃《ひらめ》いたのだ。目印をつけること……、ライアとジョーンズと息子のアイダの身体に共通の刺青を彫ること……。なぜそうしなければならないのか……、これもまた問題にはならない。しかも、図柄さえはっきり決まっていた。赤い鹿の像だ。三人の身体に、赤い鹿の絵が描かれる必要がある……。

だから、ライアは朝起きるとすぐタロファの長老のひとりである刺青師トクマを捜した。

なにかの影はすぐそこにまで迫っている。急がねばならない。そして、息子を抱きかかえ、トクマの手を引いてジョーンズのいる丘を目指して走ったのだ。

ライアとジョーンズは湾の入口に浮かぶラトルスネーク号を見下ろしていた。ライアは不思議な気分を味わっている。途方もないものがやってくるという予感……、それはつまり、あの船のことだろうか、ライアにはどうも違う気がした。帆船もまた、やってくるもののひとつかもしれないが、もっとすごいものがこの後に控えているのではないのかしらと。

いつの間にか、タイラーとエド・チャニングもふたりの後ろに来て、沖を見下ろしていた。エド・チャニングは歓声を上げた。もう筏を完成させる必要も、危険な航海に乗り出す必要もない。あの船に乗りさえすれば、苦労なく文明国に戻れるのだ。……あの船の船長がだれか知らないが、必ずや船大工としてのオレの力を必要とするに決まっている。エド・チャニングの歓声には、そういった自分勝手な喜びが含まれていた。彼は、「オーイ、オーイ」と、丘の上から手を振り、丘を駆け降り、海岸に向かって走ろうとした。すかさず、タイラーはエド・チャニングの首ねっこを押さえつけた。

「じたばたするんじゃない」

エド・チャニングは土にめり込むほど強く押さえられながらも、どうにか声を上げた。

「な、な、なに、しやがる。このイカレ野郎！」

「成し遂げる前に、逃げ出す気か？」

「オ、オレの知ったことか」

「ジョーンズ、おまえはどう思う？」

タイラーは片手でエド・チャニングの首を押さえながら、顔を上げ、珍しくジョーンズに意見を求めた。ジョーンズは、この瞬間、意気地無しの、ネズミのような小男が憎らしくさえ思えた。早く、目の前から消えてもらいたい、とそんな気持ちのほうが先にたったのだ。

「いいじゃないか。行きたいんなら、行かせてやろうよ。筏はもうあらかた完成している。あとは、こんな奴の力がなくてもどうにかなるさ」

ジョーンズは吐き捨てるように言った。ところが、解放してやろうと言われたにもかかわらず、タイラーはそのままの姿勢で沖の帆船を見つめ続けた。ふとライアの表情を見て、彼女の抱いたいやな予感が伝わったからだ。ライアは心底怯《おび》えていた。赤ん坊を抱き締め、ジョーンズの手をぎゅっと握り、足もとを震わせていた。ライアには第六感がある……、タイラーはそう信じるところがあった。考えてもみよ、タイラーやジョーンズがこの島にボートで漂着したとき、最初に発見して助けようとしたのはライアだ。しかし、ともに見知らぬ異国人にもかかわらず、今のこの沖合に停泊中の帆船に対する怯えはなんなのだ。よくないことが起こる前兆を、感じ取っているに違いない。帆船は、捕鯨船でもなければ、どうみてもまともな貿易船でもない。……海賊船？　とすれば、海の荒くれ者たちはこの島になにをもたらそうとしているのだ？　タイラーは以前耳にしたことがある。南太平洋の小さな島に上陸した海賊船の乗組員たちが、その島でなした目も覆うばかりの暴虐非道の数々……。小さな島は一瞬にして滅んだ。

そんなタイラーの危惧《きぐ》は現実のものになりつつある。ラトルスネーク号からは二隻のボートが降ろされ、二十数人の男たちが分乗していった。そして、男の数と同じだけのマスケット銃が、銃口を上に向けてボートに乱立する。鈍く黒光りする銃身は久々に見る鉄の色で、こうやって眺めると血を飲みたくてうずうずしているかのようだ。次に積み込まれたのは、数個の樽《たる》であった。この樽を何に使うのか……、文字通り解釈すれば、タロファの水で一杯にして船に持ち帰る。それなら構わない。水は島に豊富だ。族長のニクも水なら快く差し出すだろう。しかし、それ以上のものを要求したら……。湾の奥深くへと漕《こ》ぎ進むうち、男たちの姿は豆粒ほどに小さくなる。ましてや、一隻のボートの舳先《へさき》にちょこんと座っているヴァイオレットの姿などわかろうはずもなかった。男たちは、銃を肩に載せ、オールを漕いで岸へと近づいた。

タイラーは目が離せなかった。今エド・チャニングを解き放つと、タロファにとってどんな不利をしでかすかわからない。手の力をわずかに緩めたものの、タイラーはまだエド・チャニングの首を掴《つか》んだままだ。ここは、見守る他なかった。二隻のボートで近づきつつある男どもの目的が何かわからないうちは、手の出しようがない。向こうには、数十丁のマスケット銃、しかるにこちらには鯨捕り用の銛《もり》だけだ。だが……、タイラーは決意を新たにした。一旦《いったん》ことが生じた場合、オレはどうあってもこの楽園を守らねばならない……。戦士としての役目ははっきりしていた。

ライアはじっとボートの行方を目で追いながら、ジョーンズに言った。

「私の、願い、聞いて」

「なに？」

「私たちの結びつき、強くしたい」

ライアは刺青師のトクマを近くに呼んでジョーンズに紹介し、彼の手で同じ図柄の刺青を彫ってもらおうと提案した。

「いや？」

ライアが聞いた。

「何を彫るの？」

「赤い、鹿」

ジョーンズはすぐ、滝の上で見た赤い鹿の石像を思い出した。あれと同じ図柄をこの身体に彫り込もうというのか……。

「なぜ、鹿の絵を？」

「わからない。あの絵と同じでなければ、ダメ！」

「オレはいい、だが、アイダは痛がらないか？」

「大丈夫、この子、強い子」

ライアは、彫ってもらいたい図柄を丁寧にトクマに説明すると、自分から先に横たわり左腕を突き出した。二の腕の、肩の付け根のあたりに、握り拳《にぎりこぶし》大の空駆ける鹿の絵を彫ろうというのだ。

トクマはククイの木の種子《たね》からつくった煤《すす》をココヤシミルクと混ぜて、まず黒い絵具を作った。そして、これを刺青用の歯の先につけて、肌に押し当て、上から棒で叩《たた》いて肌の中に打ち込んでいった。適度な痛みが心地よいほどで、苦痛はない。

ライア、ジョーンズ、アイダの順に次々に刺青が彫られていく中にあって、タイラーは丘の上の茂みの間からボートの動きを見張り続けた。ボートが浜辺に乗り上げると、リーダーらしき男がボートから降りた。槍《やり》を持った数十人の戦士を従えて迎え出たニクが、ラトルスネーク号の男と何か言葉を交わしているのが見てとれる。人影は小さく、声はまったく聞こえない。はるか遠くで演じられる無言の芝居を見ているようなものだが、険悪なムードは感じられなかった。身振り手振りで互いの意思を伝え合い、やがてニクとラトルスネーク号の男は両手を上げるジェスチャーをした。それを合図に、ラトルスネーク号の残りの男たちは、樽を抱えてボートから降りた。商談が成り立ったのだろう。間違いない。ラトルスネーク号は水を手に入れようとしていたのだ。男たちは、滝の下流の水の流れに、樽を肩に乗せたまま消えていった。そして、再び現れたとき、樽は見るからに重そうだった。要求は満たされた。男たちは、樽をボートに積み込み、ラトルスネーク号に戻るためにオールを漕いだ。タイラーはほっとして、この様子を見ていた。これで万事かたづいた。

問題はなにもない。あとはラトルスネーク号がさっさと錨《いかり》を上げて、どこかに消えるのを待つだけだ。タイラーの手の下で、エド・チャニングが暴れた。

「て、てめえは、バカか。アメリカの帆船が来たってのによ、こんなところに隠れていて、みすみす行かせちまうなんて、どうかしてるぜ」

エド・チャニングは一気にまくしたてると、その後はいかにも哀れみを乞《こ》う口調で切々と訴えた。

「なあ、タイラー、お願いだ、行かせてくれよ。オレは故郷に帰りてえんだ。このチャンスを逃したら、もう二度と帰れねえ。でっかい筏《いかだ》なんか造ってるがよぉ、本当は、あんなんで太平洋を乗り切れるなんてこれっぽっちも思ってねえんだ」

実はタイラーも、ラトルスネーク号が悪い船でないのなら、エド・チャニングを行かせてもいいかなと考えていた。しかし、最後の言葉は引っかかった。

「てめえはそんな程度のものしか造れないのか。ここの民はおまえが造る筏に期待してるんだぞ。おまえの運命は決まった。あの船には乗せねえ。ここに残って大洋を渡り切る船を完成させろ。それがおまえの使命だ」

エド・チャニングは泣きたい思いで沖を見つめた。沖合に停泊中の帆船は、二隻のボートを引き上げるところであった。収納し終わったら、行ってしまうだろう。タイラーはさっさと消えてしまえと心に叫び、エド・チャニングは、行かないでくれと叫んだ。だが、神はエド・チャニングの望みをかなえたようだ。引き上げられる途中の二隻のボートは、一旦空中で動きをとめ、ひとしきり考えあぐね、静かに海の上に戻されていったのだ。しかも、それだけではなく、さらに二隻のボートが降ろされた。そして、四隻となったボートは、総勢五十人の男たちを乗せ、五十丁のマスケット銃で武装して、再びタロファの海岸を目指した。岸に近づくほどにボートは間隔を広げ、入江の端と端に分かれつつあった。もはや、樽は積んでいなかった。では一体、この行動の目的はなんなのか……。タイラーはエド・チャニングの首を離して、立ち上がった。

14

母船に引き上げられかけた二隻のボートがなぜ再び海に降ろされ、しかも新たに二隻のボートが加わらねばならなかったか……、この点の説明に関しては、ほんの少し時間を戻す必要がある。

若い船乗りたちがタロファに上陸し樽に水を詰め込む間、ヴァイオレットは岸辺に立ってのんびりとタロファの集落を見渡していたのだが、遠巻きにヤシの合間に見え隠れする女たちの美しさに次第に目を見開かれていったのだ。槍を持った戦士たちの向こうで、女たちはタパ布を叩いたり、ウケケを口にくわえて指で弾《はじ》いたりと、いつもと変わらぬ日常を演じていた。ヴァイオレットはふと目に入ったひとりの娘の美しさに見とれた。そして、目を他の娘に移しても同じ驚きで眺めることができた。次々に女の姿を目で追った。皆例外なく美しい。一回り見回しただけですぐにわかることだ。ここにいる何百という女はすべて美しい……。ヴァイオレットの頭にある考えが閃《ひらめ》いた。それは、ラトルスネーク号を覆う苛立《いらだ》ちを吹き払い、ビクトル船長に対する乗組員の反感を鎮めるに充分な効果を持つはずのものであった。いや、充分どころではない。フローレンス号を見失い、香辛料から得られる黄金が夢と消えた今、タロファの女たちは新たな財宝を生み出す泉であった。

樽を水で満たしてラトルスネーク号に戻ると、ヴァイオレットはビクトル船長に計画を話した。ビクトルは不審気に首を傾げた。

「本当にそんな金になるのか？」

ビクトルは、疑い深い目をヴァイオレットに向ける。

「おまえは島の女を見てねえからそんなことが言えるんだ。なんなら、見てみろ、その目で。すげえ美人ばかりだぜ」

ビクトルは、香辛料を捌《さば》いた時に得られる金と、女を奴隷市場で捌いたときに得られる金を比較した。

「オレはそっちの方面には詳しくねえからな」

「だいじょうぶ、その点はオレに任せろ。なあ、わかってるだろうが……。へへ、女を売るのは普通の奴隷市場じゃねえんだ。褐色の美人となりゃあ、相場の数倍の値で売れる」

ヴァイオレットは若い頃奴隷船に乗っていた経験もあり、その方面の市場に関してはかなり詳しかった。ビクトルは、タロファを襲撃して女を狩り集める危険と、フローレンス号を発見できる可能性を秤《はかり》にかけた。一度見失った船を発見するなどまず不可能にきまっている。だが、タロファの女はすぐそこにいるのだ。なんの警戒心も見せず、いつも通り笑い声をあげている。

「よしわかった。おまえの言う通りにしよう」

そう決定を下すと、ビクトルは引き上げかけていた二隻のボートをそのままにして、全乗組員をデッキに集合させた。そして、タロファを襲撃して女を奪い、奴隷市場で売り捌く計画を皆に話した。乗組員の士気を高めるため、売り捌いて得られる金額を少し多目に言った。果たして海の荒くれ者たちは歓声を上げて、この提案を認めた。特に、たった今ボートでタロファに渡り、女の美しさに触れた者は皆、一も二もなく賛成した。彼らは獲物のもたらす黄金の輝きにだけ目を奪われたわけではない。故郷へと向かう航海にたちこめる女の匂いに、窒息しそうなほどの肉のうずきを感じたのだ。

「男はどうする？」

だれかが聞いた。しばらくの沈黙の後、ビクトルは答える。

「殺せ」

タロファの戦士たちが石の武器しか持たないのに対して、こちらにはマスケット銃がある。戦いにはならない。だれもがそう思う。男どもを殺し女を奪うなどいともたやすい。フローレンス号を見失った悔しさを晴らすに格好のゲームだ。

数名の航海士を船に残し、残りの男たちは皆意気揚々とボートに乗り込んでマスケット銃にタマをこめた。これから始まる冒険と獲物にわくわくと胸を躍らせ、楽しくてならないといったふうだ。だが、彼らは知らない。入江の左側の、丘となってつき出た岬の上の茂みに潜んだタイラーが、遠くからじっと彼らの様子をうかがっていることを。もし、タイラーの存在を知っていたら、ヴァイオレットは決してタロファを襲おうなどとは言い出さなかっただろう。五十人のマスケット銃隊に守られてもなお、彼はタイラーとの対決は避けたに違いない。二年前のあの裏切り行為をタイラーが忘れているはずはないのだ。ヴァイオレットにはよくわかっている。もしどこかでタイラーと出会えば、奴は間違いなくこのオレを殺す。だから、たとえ百人の海兵隊に守られようが、タイラーとだけは絶対に出会いたくはなかった。

四隻のボートは二隻ずつ左右に分かれ、入江の浅い部分に乗り上げて上陸を開始した。左右からタロファの集落を挟み撃ちにするつもりである。そうしてしばらくの後、十数発の銃声が一斉にタロファの上空に轟《とどろ》き、逃げまどう人々の悲鳴と、追い詰める者の雄叫《おたけ》びが美しい平和な島に交錯した。銃声が轟き、鉄のタマが飛び交うなど、この島の歴史が始まって以来初めてのことである。楽園は一瞬にして地獄の様相を呈した。

15

朝の海に響く銃声を聞いたとき、ジョーンズの腕の付け根には、鹿の絵柄が半分ほど彫られたところだった。彼はびくっとして上半身を起こしかけた。

「動かないで!」

ライアはジョーンズの身体を押さえ、このまま彫り続けるようトクマに頼むと、茂みの間から入江の様子を見渡した。硝煙とともに音が弾け、あちこちに人が走り回っている。ほんの爪の先くらいの人影が砂の上に倒れ、そこに折り重なるようにばらばらと人影が崩れるのが見えた。なにがどうなっているのか……、ライアにわかるのは、日常とはかけ離れた悲劇が展開しているということだけだ。しかも祭りではない。戦いというものを知らぬライアに、この光景の意味はなかなかわかりにくい。それでも彼女はタイラーに言った。

「お願い、どうにかして」

「そのつもりだ」

だが、タイラーは、どうにもならないだろうと半ば諦《あきら》めていた。銃で武装した五十人のならず者を相手に、たった二本の銛《もり》で戦えるはずもない。ここは覚悟を決め、戦士としての使命を全うする他ない。かつてジョーンズに言った通り、戦士は踊りながら戦って死ぬ。タイラーは、戦い方から見てラトルスネーク号の男たちの目的が何か、ある程度わかりかけていた。女だ。奴らはタロファの美しい女たちを狩り集める気だ。南太平洋の島々では時としてこんなことも起こる。かつて、ある小さな島が襲われて、男も女もみな奴隷船で運ばれて市場で売られたことを、タイラーは噂で聞いたことがある。奴らはそれを繰り返そうとしている……。しかも、男を殺し、その筋に高い値で取引できる女だけを選んでいるのだ。激しい怒りに襲われた。あまりの興奮のために涙さえ溢《あふ》れたほどだ。実際にタイラーは悲しかった。入江の奥の浜辺で繰り広げられる理不尽な殺戮《さつりく》を腹立たしく思う以上に、五十人の無法者の中にひとりの戦士もいないという現実が悲しかった。自分とはまるで異なる行動規範を持つ者がこうまで大勢いるとは……、この現実はタイラーを孤独にさせた。奴らはなにを求めて戦ってるんだ？　金か……、女か……。もちろん、あいつらがやっているのは本物の戦いなんかじゃない。わからなかった。どう考えてもタイラーには理解できない。あんな行為を恥と思わない神経が理解できない。なにも今に始まったことではない。だからこそ彼は戦士にならざるを得なかった。戦いの場に身を置く以外、異質な存在は生き残る手段を持たないのだ。タイラーは根っから戦いが好きだ。人間が本来持っている本能のありようを端的に表しているのが闘争であり、タイラーはその本能に忠実であろうと努めてきた。戦わなくては生きていけない……、しかし、戦いを追求していけばいずれは死ぬ。どこかで折り合いをつけねばならない。タイラーは今がその時だと考え、戦いの準備に取りかかった。金のために殺戮に走る奴らには、不意打ちをくらわせて無意味な死をプレゼントしてやろう……、奴らにはそれがふさわしい。

眼前の光景はもうひとつの疑問を生んだ。文明と未開がぶつかり合うとなぜいつも未開の側に夥《おびただ》しい死者の山が築かれるのか……、逆の例はあっただろうか……、タイラーはそんなことを考えながら、筏《いかだ》の帆に使うつもりのタパ布を切り裂いて腹と胸に巻いていった。発達した文明が過去と向かい合うとなぜ、過去が負けてしまうのか……。コウゾの木の樹皮で作られたタパ布はなかなか弾力性があって、至近距離からでなければ致命傷にならない程度に、マスケット銃の銃弾を食い止めるかもしれない。タパ布の層を貫通したとしても、分厚い筋肉を突き破って内臓に達するには、かなりの銃弾を必要とするだろう。タイラーはひとりでも多く殺そうと心に誓った。だから、最初の一発で倒されることのないよう、特に腹と胸に二重三重に布を巻き付けていった。やはり、この衝動も矛盾なのだろうか……。目前の殺戮に憤り、なのに自らも殺戮に走ろうとする……。疑問は尽きない。タイラーは考えることをやめ、闘争にむけて最後の血をたぎらせた。

「タイラー、オレも行く」

ライアの手を振り払ってやってきたジョーンズの腕の付け根には、まだ鹿の刺青《いれずみ》が彫りかけであった。

「ほう、なかなかうまく彫れてるじゃないか。なんだこりゃ、鹿か……」

ジョーンズの腕には、紫色の鹿が七割ほど完成したところである。ライアの希望通りの赤い鹿は無理で、今は紫色でも鹿はやがて濃い青色に輝くようになるという。

「タイラー、なあ、オレも一緒に戦う」

タイラーはジョーンズの頰を両手で挟んだ。

「なあ、おまえ、オレが好きか？」

タイラーの両手は熱く、その言い方も妙なイントネーションだったので、ジョーンズは答える術《すべ》を持たなかった。

「オレは、あんたを……」

「え、オレがどうした？」

「オレは、あんたを、崇拝している」

「ほう、そうか。じゃあ、黙ってオレの言うことを聞け。おまえは生き残った島の人間を連れて東に向かっての航海に出るんだ。海図くらい読めるだろ。オレがいなくても、この巨大な筏を動かすことはできる。な、やってみろ。おまえはりっぱな船乗りだ」

ジョーンズはなにか言いかけたが、タイラーは言わせなかった。

「黙れ！　オレはこれ以上一言も聞かねえ」

タイラーはジョーンズの腕をとって、完成間近の刺青に指を這《は》わせた。

「なかなか見事な刺青だ。時間があればオレも彫ってもらいたかったぜ」

そう言うと、タイラーはくるりと背を向け、両手に二本の銛を持ち、腰にはタロファの戦闘用石斧《いしおの》をぶら下げて、丘を駆け降りていった。ジョーンズはタイラーに命令された通り、それ以上一言も口を開こうとはせず、黙って見送った。

タイラーは、自分ひとりの力でタロファを救えるとは思っていなかった。だから、これからしようとする行為は無意味な殺戮以外のなにものでもない。ジョーンズたちとともに航海に乗り出したほうがよほど価値がある。本当にそうしようかと気が変わりかけたが、身体は軽快に弾んで止まらなかった。下りのせいもあって、二百五十ポンドの肉体には強い慣性が働いていた。身体だけではなく、意志にも慣性の力が働き、今さら別の流れに乗るわけにもいかなかった。いずれ終わりにしなければならないのだ。決別を先に延ばすのは性に合わなかった。

もうすぐ海岸線に出るという茂みの中で、タイラーは、腰を抜かした格好で座り込み、うつろな目を前方に据えているエド・チャニングと出会った。すきを見て逃げ出してきたのだろうが、エド・チャニングは、すぐ間近で展開された虐殺の様子をつぶさに見て気を動転させ、目は開かれていたがほとんど茫然自失《ぼうぜんじしつ》の状態であった。最初は、ラトルスネーク号に同船させてほしいと頼むつもりであったが、無抵抗なタロファの男たちを楽しみながら殺す五十人のならず者に囲まれての航海は、考えるだけで身の毛がよだった。まだ、この美しい島で朽ち果てたほうがましに思えた。ついさっきまで白砂に被《おお》われていた浜には、累々たる死者の山が築かれ、一面血の色に染まっていた。もう銃声は聞こえない。あらかた目的を達したのか、ビクトルたちは狩り集めた女たちを海岸に並ばせて鎖でつなごうとしていた。

タイラーは後ろから、エド・チャニングの肩を摑《つか》んだ。エド・チャニングは驚きのあまり心臓が止まりかけた。

「馬鹿、オレだよ」

「なんだ……、お、お、おめえか……」

表情を見ただけで、タイラーにはエド・チャニングが何を考えているのかわかった。

「わかっただろ。奴らの船で故郷に戻ろうなんて、あまっちょろい考えだってことが。奴らの船は確かにおまえさんの造った筏よりは優れている。だが、問題はそんなことじゃない。戻ってやれよ。ジョーンズとライアたちが待っている。おまえの力が必要な時がくるかもしれない」

エド・チャニングは、放心状態で返事もしない。

「おまえの造った筏じゃないか、誇りを持てよ」

エド・チャニングはやはり目を前方に据えたまま、言った。

「なあ、タイラー、ここで見ていていいか」

「なにを？」

「おめえがこれからやろうとすること」

「構わない。だが、見終わったら、ジョーンズのところに戻れ」

「わ、わかった」

タイラーが行きかけると、エド・チャニングは弱々しく引き留めた。

「ちょ、ちょっと待ってくれ、タイラー」

彼は言葉を探した。なにか話さないと、タイラーはこのまま行ってしまう。

「その、石斧……、柄になにか模様が彫ってある」

「これか……、トクマが彫ったものだ」

タイラーは幾何学模様の彫刻の施された柄を手に持って戦闘用の石斧をかざした。そして、手頃な重みを確かめるように、二、三回ぶんぶんと空中で振ってみる。重さといい、長さといい、ぴったりであった。

「さあ、オレは行く」

タイラーは砂の上に足を一歩踏み出した。


タイラーは、両手に銛《もり》を構え、腰に石斧を吊《つる》して、砂浜を全力で駆けた。前方では百人ほどのタロファの女たちが黒々とした集団をなし、マスケット銃の銃口を向けられて怯《おび》えていた。取り囲んだ男たちは、女への好奇心を露《あらわ》にするばかりで敵に関してはまったく無防備であった。タイラーが走り寄ってくるのを見たあるひとりは、なんだあいつはと、傍らの男を呼んでのんびりと指差した。タイラーは狙いすまして、二本続けて銛を投げた。そして、腰から石斧を引き抜くと、唸《うな》りを上げて飛ぶ銛と競争するかのように男たちの群れの中に飛び込んでいった。銛の一本は、タイラーの来るのを眺めていた男の胸を貫通し、二本目はその横にいた男の首筋を斬り裂いて砂浜に突き刺さった。相次いで倒れたふたりの男を見て、ビクトルはようやく異変を悟ったが、その時はもうタイラーの振り降ろす石斧がひとり目の男の頭蓋《ずがい》を砕いていた。ふたり目は首と肩の骨を砕かれ、短剣を抜きかけた三人目は、剣をよけて砂浜に転がったタイラーによって右膝《みぎひざ》が逆に曲がるほど強く打ちつけられ、ショック死した。起き上がると、背中を見せて逃げ出した四人目の背骨を砕き、振り向きざま彼は五人目の額に石斧を打ち降ろそうとした。五人目は、ヴァイオレットだった。ヴァイオレットは振り上げられた石斧が額に達するまでのほんの短い瞬間に、原住民だとばかり思っていたこの逞《たくま》しい男が、ブロンドの髪とブルーの目の持ち主……、タイラーであることを知った。タイラーと航海したかつての日々が甦《よみがえ》り、憎しみとも懐かしさともつかぬ妙な気分に襲われた。決して見間違いではない。ここにいるのは……、オレの目の前に立ちはだかり、オレを叩《たた》き殺そうとしているのは、なんと、タイラーだ。

……なぜタイラーがこんなところに。

陥没した頭蓋骨が脳を圧迫し、意識が遠のくまで、ヴァイオレットは同じ質問を繰り返し続けた。なぜ、タイラーが……、なぜ、タイラーが……。そして、世界の仕組みはとてもわからねえと、冷え冷えとした恐怖に全身を貫かれ、ヴァイオレットの意識は永遠の虚無に包まれていったのだ。

タイラーは六人目の男から奪った剣で七人目の男の片腕を斬り落としながら、笑った。彼もまたヴァイオレットと同じ質問を繰り返していたからだ。

……オレが今殺した男……、あれは、ひょっとしたら、ヴァイオレットじゃねえのか。なぜこんなところにヴァイオレットが……。どうなってるんだ、一体……。

考えると笑いがこぼれた。笑みを浮かべながら、血を浴び、相手を斬り、骨を砕くタイラーの姿は、まさに戦う鬼神であった。

「逃げろ！」

タイラーは、怯えて縮こまる女たちに向かってタロファの言葉で叫んだ。

「逃げろ！　ジャングルに逃げるんだ！」

女たちは逃げた。何人かは足に鎖をはめられていたが、それでも構わず密林の中へと走った。だが、逃げたのは女だけではなかった。「タイラーだ！」という声が男たちの間から起こると、かつてのフィリップ・モルガン号の乗組員は十人とも、マスケット銃も剣もかなぐり捨て、女たちの後を追うようにジャングルの中へと散っていった。

ビクトルは十名ほどの男を呼び集めると、マスケット銃にタマを装塡《そうてん》するように命じた。タイラーは戦いながら、この様子を目の端でとらえていた。十人の男たちが槊杖《さくじょう》を上げ下げして、火薬を詰めている……。こいつらは一斉に撃ってくるつもりだ。装塡し終わると、十個の銃口はみなタイラーのほうに向けられた。タイラーはふたりの男を胸に抱きかかえてタマよけにすると、マスケット銃隊に向かって走った。連続して起こる銃声、硝煙の臭い……。タマは抱きかかえたふたりの身体にメリ込んだだけで、タイラーは無傷であった。そのままふたりの身体をマスケット銃隊の真ん中に投げつけ、混乱した男たちの間に入ってタイラーは斬りまくった。撃ち終わった銃に火薬を装塡するには時間がかかるため、男たちは銃を捨てて逃げまどう。ついさっきタロファの住民にしたと同じことが、今度は自分たちの身にふりかかったのだ。

タイラーは雄叫《おたけ》びを上げていた。血を吸い過ぎて斬れなくなると、剣を替え、頰ばかりではなく全身をほんのりと朱に染めて、恍惚《こうこつ》に浸っていた。今、この瞬間なら、いつ死んでもいい。そう思えるほど精神は劇的な世界をさまよい始めた。いよいよ最期だなと、予感させるものがある。これまで数々の戦闘に参加してきたが、こんなくすぐったい気分にさせられたのは初めてのことであった。本気で惚《ほ》れたたったひとりの女を抱いた感覚がふと甦った。ここ数年、甦ったことのない女の肌の柔らかさが、戦いのさなかにおいて現実の匂いとともに舞い戻ったのだ。

戦いの輪からはずれたところで、ビクトルはまたもマスケット銃隊を組織していた。今度は、十五人ばかりを集め、五人ずつ三組に分けて三連射するつもりらしい。だんだん戦い方がわかってきたようだ。タマを装塡し終わらないうちに、銃隊を分断したいのだが、眼前の敵に阻まれてそうもいかない。汗と血でタパ布はずぶ濡《ぬ》れになり、身体を締めつけた。

準備が整うと、ビクトルは「さがれ！」と叫んだ。それを合図に、タイラーに群がっていた数名の男は、ある者は地に伏せ、ある者は飛びのいて木の陰に隠れた。直後、五丁の銃による一斉射撃が起こった。そのうちの三発はタイラーの胸に命中したが、水を含んだタパ布に阻まれて、分厚い筋肉の半ばで止まったに過ぎない。タイラーは倒れなかったが、膝《ひざ》をついた。その拍子に、短剣を二本拾い集め、腰に差した。ビクトルはタイラーの様子をうかがっている。タマは無駄にできない。どれくらいの深手を負ったのか、見定めようというのだ。タイラーは即座に立ち上がり銃口に向かって走った。慌てたビクトルはすぐに「撃て」と命じた。距離が遠過ぎて、またも致命傷を与えるには至らない。タイラーはどうに走りながら短剣を投げた。三列目の銃隊のふたりが短剣に倒れたが、残りの三人はどうにか冷静さを保って銃の引き金を引いた。三発のうちの一発がタイラーのこめかみをかすり、耳たぶをひきちぎった。初めて彼は砂浜に転がった。波打ち際の湿った砂の上で、寄せては引いてゆく波の音を聞いた。傷口を潮水が濡らし激痛が走ったが、声は上げなかった。仰向けに倒れ、見えるのは空だけだった。身体中が熱く火照《ほて》っている。どうにか首を起こすと、十三人に減った銃隊は今度は二列になって、タマの装塡を完了するところであった。立ち上がれば、六発から七発の銃弾を浴びることになる。わかりきっている。だが、タイラーは立ち上がった。そして、剣をふりかざし突進した。七丁の銃口が一斉に火を噴いた。ずたずたになったタパ布の隙間から進入したタマは、タイラーの肺を破壊して息苦しくさせた。どこからともなく、ゴボゴボと血の溢《あふ》れる音がする。どこから流れてくるものなのか見当もつかないが、脈拍と同じリズムで間歇《かんけつ》的に溢れる血の音を聞いた。引き続いて六丁の銃弾が、彼の全身に炸裂《さくれつ》した。ジョーンズによって短く刈り込まれたブロンドの髪を真っ赤に染め、タイラーは肩から先に地面に投げ出される格好で倒れた。まだ脈はあったが、呼吸するたびに息苦しさにむせた。午前の太陽は眩《まぶ》しく、背中の湿った砂は冷たい。不満はなかった。すべてに満足で、気分は平静であった。視界が徐々に狭まり、人の声も遠のいていく。生命の鼓動は急激に速度を落とし、小さな視野に差し込んでいた太陽の金色の光は、次第に濃いオレンジ色になり、赤くなり、やがて黒っぽく……、最後は暗黒へと定着した。ジョン・グレン・タイラーは最期の時を迎えつつあった。

遠くの光景であったが、ジョーンズとライアはタイラーの戦いぶりをつぶさに見た。ライアはタイラーに感謝した。男たちの多くは殺されたけれど、女たちはジャングルに逃げ延びることができたのだ。ライアは泣き続けるジョーンズの手を握り締めた。エド・チャニングも同様の気持ちで、元来た路《みち》をふたりのいる場所へと駆け登っていった。

はるか下の海岸線では、生き残った十七人の男たちが、手にマスケット銃や剣を持って波打ち際に横たわるタイラーに恐る恐る近づいてゆくところであった。彼らは、まるで怪物の死を見届けるかのように慎重になっていた。

その時、ライアは背筋に電流が走るのを感じた。明け方に見た夢の色と、大地の揺れと、その直後に襲った生々しい予感が、同時に湧き上がってタイラーの屍《しかばね》を一旦《いったん》忘れさせたのだ。ライアは反対側の丘に走って沖を見つめた。海の色が変わっている。空は見事な青さだというのに、海はどんよりとした灰色に沈んでいる。沖のほうから、なにかとてつもないものがやってくるという予感……、ラトルスネーク号を指すわけではない。

……やってくるものって、このことだったんだわ。

実は、明け方に起こった地震によって、タロファから数百キロ離れた地殻に長大な段差が生じていた。地殻にできたズレはそのまま海水に影響を及ぼし、巨大な津波を生み出した。津波はあたりの海の色をも変えるほどのエネルギーを持ち、ゴーゴーという地鳴りのような唸《うな》りを上げながら、もうすぐそこにまで迫っていた。

十七人の男たちはタイラーにとどめを刺そうとして、足を止めた。ついさっきまでタイラーの腕を洗っていた海水が、すうっと引いてゆく気配を見せたのだ。男たちは皆不思議そうに顔を上げ、引いてゆく潮の後を目で追った。そうして初めて、海の色が変わりつつあることに気付いた。灰色から黒へ……、引いてゆく海水はあとに黒々とした海底の色を残し、沖のほうへと一斉に下がっていった。錨《いかり》を降ろしたままのラトルスネーク号は、水のなくなった海の底にそっと降ろされ、船底を海底に接地させて傾いた。ビクトルをはじめとして、男たちは皆目を瞠《みは》った。

この光景を高みから見下ろしていたジョーンズとライアは、直線を保って海水の引いていく様を見渡すことができた。海の底は、考えていたよりもずっと黒っぽく、剝《む》き出しの姿は醜い。取り残された魚が砂や岩の上で跳ねまわっていた。犬や鶏の鳴き声があちこちから聞こえ、鳥は一斉に空高く舞い上がった。いち早く移動を開始したのだ。

沖へ数百メートルの地点で、海水の引く速度は弱まり、動きは止まった。すると、今度は海面が徐々に隆起していった。蓄えられたエネルギーで下から持ち上げられ、後ろから前への回転運動を伴う動きに海面は湾曲していった。そうして、圧倒的な量感をもった水の膨らみは、山脈の連なりをなして今度は逆に岸に向かい始めたのだ。波頭をきらめかせながらの一撃はラトルスネーク号を襲い、マストを折って船体を木っ端《こぱ》微塵《みじん》に打ち砕いた。黒々とした巨大な水の山が押し寄せるのを見て、ビクトルたちは声を上げて逃げまどった。密林に分け入り高みへ高みへと登ったが、間に合わず、背後からの激流に飲み込まれていった。

丘の上のジョーンズとライアたちは、海水が沖に引きはじめるのを見るとすぐに筏《いかだ》へと走った。躊躇《ちゅうちょ》している間はなかった。考える暇も与えず、航海の時は訪れたのだ。途中で合流したエド・チャニングとともに、ジョーンズは筏を航海可能の状態にもっていき、マストにつかまって海水が上昇してくるのを待った。岬の上の小高い丘で作業を始めたエド・チャニングの行動は、こんなところで功を奏した。砂浜であったなら、ラトルスネーク号のように粉砕されていただろう。食料も水も充分とはいえない。だが、ジョーンズは構わなかった。オレには、二十日間の漂流に耐えた自信がある。愛するライアもいれば、息子のアイダもいる。航海の途中で、食料と水を補給することも可能だろう。波に翻弄《ほんろう》されるタイラーの屍が見えたが、ジョーンズはもう泣かなかった。彼から得たものは大きい。いつまでも悲嘆に暮れるわけにはいかなかった。戦え！　まずもっておのれを取り巻くすべてと戦え！　タイラーの叫びが聞こえる。世界の仕組みはわからない。一筋縄ではいかない。ジョーンズは、見届けてやろうという決意を新たにした。タイラーに一歩一歩近づくのだ。未知の航海により、世界のヴェールを一枚でも多く剝《は》がし取ってやる。タイラー、見ていてくれ！　ジョーンズの決意を聞き届けたのか、タイラーは盛り上がった波に飲み込まれて、海の底へと消えていった。

二年を過ごしたタロファという楽園が消滅していく様は、なんとも凄絶《せいぜつ》であった。築き上げるのに要した時間と、消滅に要する時間との間には、比較にならないほどの落差がある。タロファを育《はぐく》んできた太陽の降り注ぐ中、午前のいつもと変わらぬ陽差しの中、一瞬にして無に帰するという現実が、凄絶さを生む。

ジョーンズたちのいるすぐそこにまで、海水は上昇した。ジョーンズとライアとアイダは同じ一本のマストにつかまり、エド・チャニングとトクマは別のマストにつかまった。筏を押し寄せる激流は筏を揺すり、水しぶきをあげながら筏をふわっと持ち上げていった。筏が地上から離れる感覚を得ると、ジョーンズはほっとして空を見上げた。筏も身体も、上昇を続ける海水に上へ上へと運ばれた。山に登れば確かに高みへと至る……、しかし、なぜだろう、こうやって水の力によって上に運ばれると、一歩また一歩と太陽に近づいていく感覚を覚える。ジョーンズはライアとアイダをしっかりと抱き締め、まぶしいのを我慢して太陽を仰ぎ続けた。彼の腕に彫られた青黒く輝く鹿の刺青《いれずみ》も、太陽に向かって空を駆けるがごとく躍動していた。

第三章　砂漠

1

199×年　ニューヨーク

ステージから客席を見渡すと、巨大なコンサートホールはかたつむりの体内を思わせた。かたつむりの体内に入った経験を持つ者はだれもいない。だが、レスリーの知る限り、彼以外に三人の男がまったく同じ印象を抱いたそうだ。常任指揮者のフェラード、コントラバス奏者のカッツェンバッハ、それに今からちょうど五十分後に会うことになるギルバート……。この三人の中で音楽家でないのはギルバートだけだ。ギルバートは、今日のリハーサル風景を見た後、レスリーと会見することになっていた。

レスリー・マードフはフェラードに感謝していた。快く彼の申し出を受け入れてくれたからだ。最初、レスリーの新作、交響曲「ベリンジア」はフェラードによって指揮されるはずであったが、どうしてもお互いの解釈の相違が克服できず、レスリーは自分が代わって指揮したい旨をごく穏やかにフェラードに告げた。作曲者自身が指揮台に立てば、少なくとも創作の意図からはずれることはない。フェラードは両手を広げ、「どうぞどうぞ」

と何度もうなずいて見せる。その真意は、「やれるものならやってごらん、おまえみたいな小僧っ子にオーケストラを束ねることなどできるものか」といったところだろう。だが、レスリーには人間の心の裏の裏を読む芸当はできない。いや、やろうと思えばできる……、ただ面倒臭くてしないだけだ。

レスリー・マードフは現代を代表する若手作曲家で、今年三十四歳。それに比べてフェラードは、六十歳、年齢でおよそ二倍の開きがある。フェラードは、オケのメンバーを束ねることの難しさをいやというほど知っていた。だから、レスリーが指揮法を完璧《かんぺき》にマスターしている事実は認めつつ、経験の少なさ故メンバーから陰湿な反抗を受け、たちゆかなくなるに違いないと踏んでいたのだ。彼は、メンバーの水面下のボイコットが原因でやめていった指揮者を何人も知っている。指揮者はひとり……、しかるに束ねるべき楽団員は百人を超す。容易なことではない。

レコーディングを目前に控え、ニューヨーク・フィルハーモニーオーケストラは、新しく指揮台に立つレスリー・マードフのもと、最後のリハーサルに入ろうとしていた。殊更に目を引くその容姿……、黒い縮れ毛に情熱を宿して燃える目……、強固な意志力を予感させる堅い顎《あご》の部分……、音楽家とは思えないほどに発達した肩の筋肉はシャツの上からも充分にうかがい知ることができる。全体に東洋的な顔つきであった。彼の経歴やらエピソードやらを、メンバーのほとんどは雑誌等で読んでおもしろおかしく論じ合っていた。北米インディアンの血を四分の一受け継ぐという点が、レスリーの存在をとりわけ不可思議なものにしている。その上、希代の女ったらし。幾人もの女優や歌手と浮き名を流し、その中のひとりを自殺未遂に追い込んでマスコミから獣のごとく扱われたこともあった。インディアンの血を引く、このヘビー級ボクサーを彷彿《ほうふつ》させる女ったらしが、なぜこうまで格調高い音楽を創造できるのか……、彼の作り出す音楽は、人格を補ってあまりあるほど素晴らしく、その事実だけは一部の音楽家以外のだれもが認めるところであった。

レスリーが指揮台に上ると、ステージは奇妙な不調和をかもしだす。かたつむりの体内に似て、曲面となってのたくる客席上部の壁面を背景に、レスリーの異様な肉体がタクトを振り上げると、威圧感とともにアンバランスな空気が重く垂れ込める。ニューヨーク・フィルのメンバーは皆、およそ芸術家らしからぬレスリーに好意を持てなかった。作曲家なり指揮者なりの持つイメージは決まっていて、その枠からはみだす者をそう簡単に認めるわけにはいかない。

そう思っている中のひとり、アレン・オートリーはチェリストであった。アレンは、今日もまたちょっとしたイタズラをして遊んでやろうと構えていた。彼は、レスリーの曲を理解しようとはしなかった。美しい和音を奏でる調性音楽の一部品となることに喜びは覚えても、調性を無視したカオスを奏することには我慢がならないタイプであった。だが、レスリーの新曲はカオスの連続で成り立っているわけではない。一部現代音楽家たちの、楽譜では表現しきれない音楽に比べれば、かなり正統派の部類に属する。第一楽章の初めこそ不協和音が混然と鳴り響くが、そのあとは統一へと向かう生成を予感させ、最終楽章においてはうっとりするほど完全な和声が圧倒してのしかかってくる。まさに音の洪水であり、聴衆は音に溺《おぼ》れないようにと首筋を伸ばすことだろう。三部構成の交響曲「ベリンジア」は、宇宙の始源から時を経て完成、統一、秩序へと向かう状態を音で表現しようとするものである。しかし、過去から現在への時の流れを表すのに、無調から調性音楽へと音楽の歴史が辿《たど》ったと逆の道をゆくところが皮肉な点であった。かつて現代音楽には、音楽とはまったく無縁の音が持ち込まれ、楽譜の代わりに図表が使われたこともあった。

カオスを表現するに偶然を用いる……、なるほど、なかなか魅力的な方法ではある。そもそも原初の宇宙に漂う水素雲は、偶然の連続によって恒星や惑星へと生成していったのではないか。だとしたら、交響曲「ベリンジア」に偶然の音が差しはさまれてもまったく構わない……、とそう勝手に解釈したのはアレンである。たとえば、ピアノの鍵盤《けんばん》にボールを投げつけて不協和音を得る……、もちろん、蓋《ふた》に当たってバタンと閉じる音が得られても構わない……。だが、レスリーは偶然性を取り込むことをよしとしなかった。ステージ上に、鍋《なべ》を打ったりグラスを割ったりという偶然の生活音を持ち込む試みは、これまで何人かの音楽家によって為《な》され、既に淘汰《とうた》されたものとレスリーは信じていた。結局、芸術として永遠の生命を得るには至らなかったのだ。試み自体に価値がなかったわけではない。芸術たり得るか否かを聴衆に問うには、やはりステージの上で実演する他なかったのは確かだ。

ベリンジア……、この題名の意味を知る者は楽団のメンバーにいなかった。レスリーは敢《あ》えて、その意味を言おうとしない。たとえ教えたとしても、インディアンの血を引かぬ者にはなんの意味もなさないからだ。その昔、約一万年以上前、洪積世氷河期最後の時代に、インディアンの祖先は遠くアジアの地からベーリング海を経て新しい大地へと波状的に渡ってきたといわれる。極北の氷河の道を、インディアンの祖先たちは「ベリンジア」と呼んだ。レスリーは、宇宙の生生流転《るてん》を、氷河の回廊を渡ったアジア人のまだ民族が幼かった頃の夢と結び合わせようとした。彼は考える……。生成へと向かうカオスの中に、将来を形作る意志は含まれているのだろうかと。同じく、一万年前、アジア人の心を突き動かし、ベリンジアの氷河の道を踏み越えさせたものの正体に、レスリーは興味をかきたてられた。彼らは、氷河の向こうに、肥沃《ひよく》な大地の夢でも見たのだろうか。民族の生生流転……、そして宇宙の生生流転。交響曲「ベリンジア」の中で、ふたつの要素は有機的に絡まり合っている。演奏者に理解できなくとも、レスリー・マードフの肉体の中には、曲のコンセプトは出来上がっていたのだ。

レスリーは指揮台に立って、メンバーひとりひとりの顔を睥睨《へいげい》した。あからさまにレスリーの視線を避ける者もいれば、弱々しく受け止めてかすかな光を返す者もいる。最初の印象では、レスリーは確かな手応《てごた》えを感じなかった。自分の曲に対する理解も尊敬も自信も感じられない。どこかバカにする空気すらある。こういった雰囲気は、客席で見物してわかるものではない。指揮台に立って初めて摑《つか》めることだ。

レスリーはタクトを上げた。四管編成の重厚な、しかし、混沌《こんとん》とした響きが全体を占め、弦楽器がそれぞれ異なった旋律を奏でて宇宙の片隅での星の生成やら生命の誕生を予感させた。旋律と旋律はあたかも喧嘩《けんか》するごとく、対位法の理論を無視して不協和音を生む。レスリーの感覚は研ぎ澄まされた。特に音に関して、彼の肉体すべてが耳の役割を果たしていた。体細胞の一個一個が音を捉《とら》えて小刻みに振動している。皮膚をなくし、剝《む》き出しの地肌が、痛いほどに音を浴びる。そんな状態のレスリーが、些《さ》細《さい》な異変を察知するのは当然といえば当然のことであった。

チェリストのアレン・オートリーは、例の個所が近づくに従って、「今度は、サンサーンスの白鳥をやってやろう」と腹に決めていた。フェラード指揮の昨日のリハーサルではプロコフィエフをやった。その前は、モーツァルト。いずれの場合も、フェラードは気付かなかった。演奏し終わって、「まあ、こんなものでしょう」と満足の表情さえ浮かべたのだ。それを見て、アレンは自分の考えが正しいことを知った。アレンは、レスリーが書き記したある一小節の旋律にどうしても我慢ならなかった。彼の生理では理解し難く、醜悪の臭いを感じ取ってしまう。だから、彼は自分なりにメロディを変えて演奏していた。管弦楽器がそれぞれ異なる旋律を奏で、混沌が支配する中にあって、レスリーが譜面に書いた通りの旋律を弾く意味はまったくないとアレンは解釈していた。フェラードは気付きもしなかった。だから、やはりそうなのだ。この曲に、偶然の気紛《きまぐ》れや遊びを取り入れても同じだ。いや、曲の価値はもっと上がるかもしれない……。アレンはそんなふうに考えていた。

突如、レスリーの感覚は痛みを感じ、思考は混乱をきたした。彼は、タクトを空中で止めたまま、何がそうさせたのか、正体を探った。指揮者の動作を見て、奏者はバラバラと演奏を止めていく。譜面に書き記したカオスがすうっと引く中にあって、チェロの音だけがレスリーの頭の襞《ひだ》につまずくような格好で脳裏に残った。自分の創造した旋律とは異質な響き……。レスリーは、右手最前列に並ぶ六人のチェリストの顔を見回した。見つめるうちに、脳裏に残るチェロの音は、彼の知っているあるメロディとなって遠くに消えていった。

……このバカヤロー！

怒りの発作に襲われて、レスリーは頭に充血を感じた。

六人のチェリストのうち五人まではポカンと口を開けてレスリーのほうを見上げている。ただひとり、右端のアレンだけが目を逸《そ》らしていた。レスリーは憤《ふん》怒《ぬ》に駆られてタクトを折った。かき乱された怒りに、彼は折ったタクトをアレンに向かって投げ付けた。そして怒鳴った。

「おい、おまえ！　今、サンサーンスの白鳥のフレーズを弾いただろ」

アレンの背筋に衝撃が走った。目を丸くして指揮台を見上げ、襲いかからんばかりのレスリーの激情に椅子ごと身を引いた。信じられぬ思いだった。異音に気付いたばかりか、どの楽器のどの奏者がどんなメロディを弾いたかまで突き止めたのだ。アレンは、もう一度この事実をよく吟味した。フェラードは気付きさえしなかった。どう考えても、想像力が働かない。恐怖だった。いつの間にか、畏怖《いふ》の念を抱いて、レスリーを見上げていた。……この作曲家の頭には、漠然としたカオスがあるわけではない。書かれた旋律はそれぞれ固有の意味を持つというのか。しかも、百人の奏者が奏でるこの雑多なメロディのひとつひとつを、こいつの耳はクリアに捉えている……。戦慄《せんりつ》が尊敬に変わった。野蛮人にしか見えないレスリーの、一体どこにこれほど繊細な感性が隠れているのか。

アレンは一旦《いったん》目を閉じた。それでもなお、レスリーの怒りともつかぬ熱波が伝わってくる。

……このエネルギーは何だろう。

アレンは考える。

……圧倒する、この男の力の源は一体なんだ？

彼には、わかるはずもなかった。目を開けるとそこには、まだレスリーの眼差《まなざ》しがあった。アレンは、ゴクリと音をたてて唾《つば》を飲み込み、囁《ささや》くように言った。

「すまなかった。……この通り弾くよ」

皆息をつめ、張りつめた静寂の中、アレンの囁き声はそれでもレスリーの耳に届いた。たった十秒にも満たない対決であった。回りのメンバーたちは、このふたりのやりとりから、アレンがレスリーに抱いたと同じ畏怖の念を抱き、理解しようとしなかった自分たちの愚かさを恥じた。一見無意味な音の羅列と混在には、意味がある！　そう悟ったと同時に、彼らはこれから自分たちが演奏しようとする曲に自信と誇りを持ったのだ。

レスリーは、新しいタクトを必要としなかった。へし折ったことにより、百人の楽団員の心がひしひしと自分に向かい始めたのを実感すると、怒りはすうっと引いて、興奮が湧き起こった。フェラードがやってダメだったのは、まさにこの点だ。

タクトも握らず、レスリーは両手を上げた。今度は、手応えがある。迫ってくる力がある。

……今度こそ、手に入れられるかもしれない。

ふと、そう思う。エネルギーが充満してゆく。何を手に入れようというのだ？　自問しても答えは得られない。手に入れたいと望む情熱が彼の音楽の源泉であった。だが、レスリーにはまだわからない。自分が何を手に入れようとしているのか。

ゆっくり手を振りおろすと、より荘厳さをましてカオスが響き渡った。

2

レコーディングから二ヵ月たって、「ベリンジア」のCDは全米のレコード店から一斉発売された。評論家たちの評価も上々で、出来に関してレスリー・マードフ自身かなり満足していた。

……やはりフェラードに指揮させないでよかった。あのジジイにやらせていたら、オレの傑作がメチャクチャになるところだった。

何度そう思ったことだろう。彼は思ったことをあからさまに口にするたちで、マスコミからのインタビューに同じ答えを返した。

……「ベリンジア」がうまくいったのは、あのジジイからタクトを取り上げたおかげさ。

レスリーはイタズラをしたアレン・オートリーに対して、今ではあまり怒りを感じていない。それより、イタズラも気付かずのうのうとタクトを振り続けたフェラードの無神経こそ責められるべきと考えていた。レスリーは権力を持った能無しが大嫌いだった。ニューヨーク・フィルの常任指揮者であるにもかかわらず、作曲家の意図を深く理解しようともせず、ただ機械的にタクトを振る……、考えると今でも腹が立った。能無しが、自分と係わりのないところで生きていくぶんには構わない。だが、そいつから被害を受けたとたん、レスリーは執拗《しつよう》な攻撃を開始する。マスコミに向かってフェラードの悪口を喚《わめ》きたて、もう少しで世紀の傑作が失われるところだったと殊更オーバーに訴える。……彼はいつも、自分の創造した曲をまだ評価の定まる前から〝世紀の傑作〟と呼んで憚《はばか》らなかった。

そんなレスリーを毛嫌いする人間も多かったが、不思議なことに彼は一部の女からは好かれた。たいがいの女は、粗野な印象を与えるレスリーにあからさまな嫌悪感を抱いた。だが、彼のことをかわいいと言う女も何人かいるにはいる。子供がそのまま大人になったような性格に、母性本能がくすぐられるのだろうか……。

労働祭《メーデー》の翌日の午後。マンハッタンは夏が終わってもまだずいぶん暑く、レスリーはシーツを汗でびっしょり濡《ぬ》らして自宅のベッドで眠っていた。ロフトを改造した部屋は充分に広く、ビレッジ界隈《かいわい》でこれ以上の住居を探そうとしてもそうそうお目にかかれないだろう。だだっ広い部屋がふたつ……、ひとつがベッドルームで、もうひとつはグランドピアノが置かれた仕事場。ごくシンプルな造りだった。

ギルバートは、階段を上りながら額の汗を拭《ふ》いた。午後二時に、訪問のアポイントメントはとってある。

彼は、これまで二回レスリーを見たことがある。初めて見たのは、レスリーがまだジュリアード音楽院の学生だった頃のことで、彼は学費を稼ぐためライブハウスでアルバイトをしていた。ギルバートがそこに居合わせたのは単なる偶然だった。

ピアノトリオによる演奏が終わると、レスリーはその店で初めてピアノの即興演奏に挑戦した。レスリーはピアノの鍵盤《けんばん》に指を乗せて単音を弾き出すと、息を飲む客席の静寂の中へと転がしていった。角の取れた丸い音は、客席の間をポンポンと気持ちよく転がり、ギルバートの耳をかすめて背後に消えてゆく。レスリーは次第に生み出す音の粒を多くしていった。ギルバートにとっては見てさえ美しい情景だった。音の粒はステージ上で照明の色を吸収し、転がりながら原色の光を放って迫ってくる。せせらぎは急流となり、やがては洪水となって襲いかかった。その瞬間、ギルバートの目から涙が溢《あふ》れ出そうになった。かつて砂漠を放浪した時代に失った音楽も、この男の力を借りて再現できるかもしれない……、ギルバートはふとそんな期待を抱いた。

それから数年後、レスリーは音楽界の新星として華々しくデビューし、ギルバートは彼のCDを手にすることができた。ギルバートは彼の作る曲を聴き続け、機会を窺《うかが》い、ようやく二ヵ月前、レコーディングのホールでレスリーと言葉を交わすことができたのだ。そして、今日が三回目……。普通なら教団のスポークスマンを送って交渉に当たらせるところだが、今回ばかりは自ら出向くことにした。教団の説く神秘思想の問題というより、純粋にギルバート個人の問題であったからだ。

五十歳をとうに過ぎていたが、ギルバートは足に自信があった。歩き方をよく見ると、少し左足を引いている。にもかかわらず、彼はどこへ行くにも歩いた。最近、わざとエレベーターを使わないようにしている。地下世界への旅を数日後に控え、足をもっともっと鍛えておかねばならないと感じたからだ。

「いや、それはまだレスリーが承諾してからの話か」

ギルバートは独り言を呟《つぶや》いた。近頃彼は独り言が多い。

ドアの前に立ってチャイムを鳴らした。しばらく待ったが、何の返事もない。もう一度鳴らした。今日の二時……、面会の約束はちゃんと取りつけてあるはずだ。ギルバートはドアに耳をつけて中の様子を探った。いびきが聞こえる。規則正しいリズムで……、それは寝息というより、やはり、いびきだった。

「寝ている、のか」

ギルバートはドアから耳を離して、少し考えた。午後のうたた寝といういびきではない。どうも熟睡しているらしい。よく解釈すれば、明け方まで仕事をして疲れているのだ。どうすべきか、一旦出直すべきか……、しかし、約束は今日の二時だ。

ギルバートはもう一度チャイムを押した。これでダメだったら、少し待って外から電話を入れるつもりだった。

「グッ、モーニン、クリスティーン！」

いきなりドアが開くと、素っ裸のレスリーが立っていた。横を向きかけたギルバートと目が合うと、レスリーは妙な叫び声を上げて驚いた顔をする。クリスティーンとかいうガールフレンドの来訪と勘違いしたのは明らかだ。少々気まずかったが、ギルバートは手を伸ばし、「やあ、一ヵ月ばかり前、コンサートホールのロビーで一度お目にかかったことがある……、ギルバート、ギルバート・グリフィスだ」と言った。

全身汗まみれで髪を逆立てたレスリーは、戸惑いながら「やあ……」とだけ言ってギルバートの手を握った。表情からしてギルバートを思い出していないのは明らかだ。

ギルバートは、レスリーの手を熱いと感じた。しかも、汗でべっとり濡れている。最初身体中びしょ濡れのレスリーを見て、シャワーを浴びたばかりと勘違いしたぐらいだ。一歩踏み込むと、部屋には汗の匂いが充満している。まぎれもなくレスリー・マードフの匂いであった。

「まず、シャワーでも浴びたらどうかね」

ギルバートは言った。

「あ、あんた、宗教家の……」

レスリーはギルバートを指差して口を広げた。

「思い出してくれたかね。リハーサルで、君がチェリストを怒鳴りつけた時、私は客席で見ていたんだが……。あれは、迫力があった。忘れられないよ。私は君をはっきり覚えている。それに……」

それに第一私は十年前から君を知っているんだ……、ギルバートはそう言おうとしてやめた。

「約束は今日だっけ?」

「そう、今日の午後二時にこちらに伺うことになっていた……」

レスリーは時計を見た。ちょうど午後の二時。

「すまなかった、せっかく来たってのに、グーグー寝てたり、おまけにみっともないとこ見せたりして」

「そんなことはいいから、まず、シャワーを浴びるなり服を着るなりしてくれないか」

言いながら、ギルバートは手を広げた。「窓が閉めきってあるが、これには何か意味があるの?」

部屋に充満するむんむんとする熱気に、ギルバートは我慢ならなかった。ほとんど初対面の人間に失礼とは思ったが、シャワーを浴びろとか、窓を開けろとか、命令じみたことを言わざるを得ない。気分が悪くなりかけていたのだ。

ずいぶんと涼しい。カーテンと窓を開けた。九月初めの蒸し暑い風が入ってくる。それでも、

レスリーは、ギルバートには、生き返る思いだ。

レスリーがシャワーを浴びる間、ギルバートは窓際のソファに座って待った。バスルームが小さいのか、それともレスリーが身体を激しく動かし過ぎるのか、シャワーの音以外にゴツンゴツンと身体の一部がバスルームの壁に強くぶつかる音がする。そのたびにレスリーは意味不明の叫び声を上げた。ギルバートはこの音と声を聞いて、密《ひそ》かに笑った。

……強い男だ。

そう感じた。力があり余っているから、あんな音をたてるのだと。

カーテンが舞い上がり、風が吹き抜けていった。それでも、部屋にはまだレスリーの汗の匂いが残る。

初対面の時と比べると、レスリーの印象はずいぶんと異なった。二ヵ月前、コンサートホールのロビーで会ったとき、興奮していたせいもあってレスリーは口数も極端に少なく、心ここにあらずといったふうに、中空に視線を飛ばしてばかりいた。ギルバートの声は聞こえても、話の内容が頭にまで届いていないのは明らかだった。これから完成させようとする曲が鳴り響き、飽和状態で他のことは頭に入ってこない……。あのときレスリーには、確かに芸術家らしい風格があり、ギルバートは時間をおいてもう一度出直さざるを得ないと感じたものだ。音楽に対する熱が冷めてからでなければ、どんな依頼も受け付けないだ

ろうと。というわけで、二ヵ月後の今日の訪問になった。

しかるに、今日のレスリーには芸術家らしき面影はまるでない。かといって悪い印象を与えたわけでもない。ギルバートは文明によって培われたデリカシーなるものがあまり好きではなく、そこから解放されたレスリーのような人間にかえって好感を抱くのだった。野性味があって、正直そうで、いいじゃないかと。

「いやぁ、お待たせお待たせ……」

レスリーはTシャツにトレーニングパンツといったラフな格好で、バスルームから出てきた。胸のTシャツの内側にはペンダントらしきものが揺れ、鎖だけが首筋に見える。ゴワゴワと縮れた黒髪にタオルを当てながら、「ビールでも飲みますか？　ギルバートさん」と聞いてきた。

「いただきましょう。あ、それから、以後私のことは、ギルと呼んでほしい」

「OK、ギル」

グラスにつがないで、ふたりは缶から直接ビールを飲んだ。飲みながら、ギルバートは発売されたばかりの新曲「ベリンジア」の話題に触れ、ひとしきり賛嘆の言葉を述べた。誉められると、レスリーは本当にうれしそうにする。率直に喜んで、謙遜《けんそん》することがない。見ていて気持ちがいいくらいだ。

その後、ギルバートが自己紹介もかねて自分のことを語った。カリフォルニアに本部を置く新興宗教団体の教祖的な存在で、全米の思想界にかなりの影響力を持つことなど二ヵ月前に一度語られたことの繰り返しであった。ところが、レスリーは初めて聞くことのように驚いた。二ヵ月前の話し合いは、彼の頭になんの情報も残さなかったらしい。

「……というと、あんたは、ニコライ・ペドロビッチの後継者にあたるわけだ」

「まあ、世間一般ではそんなふうに呼ばれてはいる。事実、私と彼は友人でもあったが……」

レスリーは口笛を吹いた。

「驚いたなあ、オレはニコライ・ペドロビッチのファンなんだ」

レスリーは今さらながらギルバートを見つめ直し、小柄で上品な身なりをしたこの紳士のどこに、今世紀最大の神秘思想家ニコライ・ペドロビッチの後継者たりうるカリスマ性があるのかと訝《いぶか》った。平凡な五十代の男性となんら変わるところがなく、見るからに異彩を放っているわけではない。むしろ、レスリーのほうがその点ではふさわしいくらいだ。

そうして、一息つくと、レスリーから先に話題を切り出した。

「ところで、お話というのは……？」

ギルバートは単刀直入に言った。

「新しく曲を作ってもらいたい」

「作曲がオレの仕事だから……」

「ただし、条件がある」

レスリーはほんの少し間をおいた。

「実は、半年ばかり前、ニューメキシコとアリゾナの州境で巨大な鍾乳洞《しょうにゅうどう》が発見された。私も一回だけ降りてみたんだが、地下世界の底には巨大な地底湖があって……、信じられない光景だった。見ていない君に対していくら言葉を費やしても無駄だろう。つまり条件というのは、君にもその地底湖の世界を見てもらいたいってことなんだ」

「ほう、どんな？」

レスリーは顔をしかめた。

「それと、作曲とどんな関係がある？」

「地底湖の畔《ほとり》に立ち、その場の空気や鍾乳石の模様に充分触発されてもらいたい」

「……………」

「そこから曲想を得て、幻想的なコンチェルト、あるいはシンフォニーを作りあげてほしい」

「おもしろそうだ」

レスリーは単純に地下の世界に興味を持った。地球内部に潜む暗黒から曲想を得る……、これは、「べリンジア」で試みた宇宙や民族の生生流転《るてん》と、延長線でつながるかもしれない……、そんな予感があった。

「引き受けてくれるかね」

「ＯＫ、ギル」

この一言で、ギルバートはレスリーが気に入ってしまった。余分なことを一切聞かないでＯＫを出すなんて、現代人では稀《まれ》だ。

「先に言っておくが、この企画は私たちの宗教団体の教義とは一切関係ない。布教のための宣伝材料に使われることもない。ただ私の個人的な体験の確認と、文化の発展に寄与したいがためだ。だから、君の感じたままを遠慮なくストレートに表現してくれればいい」

「あんたの個人的な体験って、どういうことだい？」

「気になるかね」

「まあね」

「今の君と同じ年の頃、私は、ウエストサイドの朽ち果てたビルの屋上の排水溝へ転落した。四、五メートルの深さだったと思う。私は、左足首を折り、這《は》い上がる手段もなく、溝の底で一週間ばかり飲まず食わずで過ごしたんだ」

レスリーには返す言葉がなかった。そのことと、地底湖の畔で作曲をすることの間に、どんな関連性があるというのか。

「それと、もうひとつ……」

ギルバートは、レスリーの脳裏に生じた混乱に構わず続けた。「私は、音楽に導かれるまま砂漠を放浪したことがある」

よけいにわからない。だが、レスリーはそれ以上追及しようとはしなかった。

「ま、いいさ。人にはそれぞれ人生がある。きっと、あんたにとっては重要なことなんだろう」

ギルバートはうなずいた。

「ところで、三日後に出発ってことでいかがかな？」

「鍾乳洞へかい？」

「そうだ」

「いいよ、今、ちょうど一段落ついたばかりだからな」

「L・Aまで飛行機で行って、そこからは教団のピックアップトラックで砂漠に向かう、いいね？」

「ふたりだけでかい？」

「そうだ。私と君のふたりだけだ。一週間ばかりの旅になると思うが……、まあ、その間に、私の個人的な体験に対する君の疑問も、そこそこに解消していくと思うよ」

「気にしないでくれ、別に知りたいとも思わない」

「じゃあ、これで話は決まりだ」

ギルバートが手を伸ばすと、レスリーは強く握り返した。

レスリーはギルバートをドアのところまで送った。レスリーのほうが頭ひとつ分背が高い。従って、ギルバートの目はレスリーの胸のすぐ上にあった。レスリーの白いTシャツの中で、ペンダントの赤い模様が光っている。ギルバートは、布地を通して、その赤い模様に興味を持った。なにか複雑な図柄らしいと見てとれる。

「何かね、そのペンダントの模様は？」

レスリーは鎖を首からはずし、Tシャツの内側からペンダントを引き抜くと、ギルバートに見せた。平べったい石のペンダント……、そこには赤い鹿の絵が描かれている。鹿は前脚を曲げ、今まさに空に向かって飛び立とうとするところであった。

「鹿さ。インディアンのいい伝えで、鹿には強い精霊が宿るとされている」

「ほう」

ギルバートは、薄い石の絵を手に取った。それもまた、レスリーの体温に暖められて熱い。ギルバートはふっと気の遠くなる思いに駆られた。彼の持つ時間感覚が、何か衝撃を受けたように感じたからだ。

3

夜の九時を回っていた。パークアベニューをジョギングの男女が駆け抜け、フローラ・アイディーンとすれちがう時にほんのりと汗臭い風を巻き起こしていった。まだずいぶん蒸し暑く、歩くだけでも汗がにじむ。それでもフローラは急いだ。彼女のハンドバッグには、さっきレコード店で購入したばかりの「ベリンジア」のCDが入っていた。

フローラは、ペイパーバックと三種類の雑誌を出版するログブックス社の編集者で、たった今イーストサイドのオフィスで仕事を終えたところだ。そこから歩いて十分の距離に、彼女の住むマンションはある。やはり同じイーストサイド。女性編集者のサラリーで住めるマンションではない。事情を知らぬ者は、彼女の部屋を訪れて皆一様に驚く。

フローラは、この中堅の出版社に入って三年目であったが、編集者としてのキャリアはちょうど十年に及ぶ。出産による一年ばかりのブランクを契機にかつての勤め先をやめ、ログブックス社に移ってきたのだ。以前勤めていた一流の出版社から、ログブックス社に移ることに関して、友人の何人かは強硬に反対した。

……あなたが悪いわけじゃないんだから、むこうにやめさせればいいじゃないの。

乱暴な言い種《ぐさ》ではあったが、友人の言葉ももっともだった。離婚したかつての夫のいる職場に居続けるわけにはいかない……、だからといってなぜ、女のほうが職場を変えなければならないのか、そもそも離婚の原因をつくったのは男のほうなんだから、家から追い出したと同じように、男も会社から追い出してしまえばいい……。理屈はわかる。だが、仮に夫が他の職場に移ったとしても、フローラはどうしてもそこに居続けるわけにはいかなかった。以前の会社には別れた夫の匂いが残っていて、どうにも堪《こら》えようがない。それなりの地位についていたため、夫の息のかかった連中は大勢いる。そんな人々の間で働くのは苦痛だった。

フローラは五階でエレベーターを降りると、部屋のキィを取り出しながら廊下を歩いた。電子キィを含む三つの鍵《かぎ》の束は、じゃらじゃらと品のない音をたててガランとした廊下に響く。この音を聞くと、フローラはいつも孤独を感じた。鍵穴に三つのキィを順に差し込み、ドアを開けても、そこにはだれもいない。部屋は充分な広さを持つというのに、人の匂いがしないのは寂しいものだ。もっと小さなアパートに引っ越そうとも思うが、そんな気力さえなかった。友人のジェニファーは何度も彼女に忠告した。

……住む環境を変えなさい。あなたに離婚の原因をもたらしたのは、言ってみれば、この部屋なんでしょ。私には考えられない。一流の出版社をためらうことなく辞めたあなたが、いつまでもこの部屋に居続けるなんて、ナンセンスだわ。

フローラは広々としたリビングルームに照明を灯《とも》すと、セントラルパークに面した窓のカーテンを引いていった。貧しかった十代の頃……、ポートフィリップのハイスクールに通いながら、いつかはイーストサイドあたりの瀟洒《しょうしゃ》なマンションに居を構えたいと夢を抱いたものだ。夢は現実になったけれど、その生活がこれほど味気無いものとは思ってもいなかった。不必要な広さは、心の中の空虚さを表しているようで、たまらない気持ちにさせられる。男がいればいいってわけじゃない。決してそうではない。

フローラは心地いい革のソファに深々と身を沈め、ブラウスのホックをはずした。ここにあるものは、部屋を含めてほとんどすべて夫のリチャードが残したものだ。ソファ、ダイニングテーブル、グランドピアノ、シャガールのパステル画……。なんという贅沢品《ぜいたくひん》の数々……、でも比較にはならない。彼が与えてくれた最高のものは、もちろん、かわいい坊や。でも、もういない。「ママ、ママ」と呼ぶ頼りなげな声だけが頭に焼きついている。

……あなたに離婚の原因をもたらしたのはこの部屋なんでしょ。

ジェニファーがそう思うのも無理はない。三年半前……、フローラが男の赤ん坊を産んですぐの頃、この部屋にある贅沢品は皆ほこりを被《かぶ》り、無様に汚されていたのだ。

産後の肥立ちが悪く、フローラは忙しく仕事に駆け回るリチャードをひとりこの部屋に残し、ポートフィリップの母の許《もと》に三ヵ月ばかり身を寄せた。そして、ニューヨークを離れて二ヵ月ばかりたったある日のこと、フローラは匿名の電話を受ける。電話から流れる女の声は、リチャードがニューヨーク市立大学に在学中の女子大生を部屋に連れ込んでもう一ヵ月近くたつことを、事務的な口調で告げたのだった。薄汚い密告の電話。電話を切ってすぐ、フローラは自分の心が平静なのをみて、夫のことをあまり愛してないんだなと妙に納得してしまったものだ。考えてみれば、かつて一度だって夫を愛したことがあっただろうか……、尊敬はあったかもしれない、むこうはこっちを愛していたかもしれない……、だが、フローラは……、自信がなかった。あの時、電話の内容を信じて、突然ニューヨークを訪れるなんてことをしなければ、夫との間はまだ続いていたに違いない。浮気を知っても嫉妬《しっと》も感じない……、もちろん愛してもいない……、でも結婚生活は続けられる。

フローラは赤ん坊を母にあずけ、ニューヨークの自宅に車をとばした。部屋には、夫も女もいなかった。だが、他の女と同棲《どうせい》しているらしいことは一目瞭然《いちもくりょうぜん》だった。フローラは目を覆った。これが自分の部屋とは信じられないくらい、部屋は乱雑を極めた。ピアノカバーは床にずり落ち蓋《ふた》は開けられたまま……、おまけに鍵盤《けんばん》の上にコーンスープをこぼしたらしく、黄色のかさぶた状の膨らみがDEFのキィに広がっている。リビングルームのじゅうたんに脱ぎ捨てられた下着類の山、読み散らかした雑誌、食べかけのポップコーンはソファとソファの隙間に入り込み、キッチンは異臭を放っている。臭いを我慢してキッチンに入ると、思った通りの惨状……。汚れた皿は山積みされ、残飯は床にまで散らかり、緩く開いた蛇口からはちょろちょろと水が流れ、そしてキッチンのこの様子は、なんと開け放しの冷蔵庫の灯《あか》りに照らし出されていたのだ。ベッドルームにはよごれたシーツが投げ出され、おそるおそる手にとってみると、精液の臭いがする。パジャマ、ブリーフ、シャツ、どれもこれも腐った体液の臭い。枕もとで止まったままの目覚まし時計は、六時十分を指していた。

バスルームに入ると、トイレは汚れていた。浴槽には水がはられたままで、長い髪が何本も浮かんでいる。そして、極め付けは、洗面台の横……、化粧石鹸《せっけん》のケースからわずか二十センチ離れたところに投げ出された使用済みの生理用品だった。フローラはこれを見ると、突然の吐き気に襲われ、便器に顔をうずめて、吐いた。胃液が目に染みて涙が流れた。嫉妬とかの問題ではなかった。恐怖を感じた。自分にはまったく理解不能の世界に夫が住んでいたと思うと、これまでの三年に及ぶ結婚生活は一体なんだったのかと、つくづく恐くなったのだ。わからない……、どう理解しようと努めても、理解できない。彼女が知っているはずのリチャードは、どこに行ってしまったのだ？　激しく恋したわけではなかったが、フローラはリチャードの優しさと洗練された大人の雰囲気に魅《ひ》かれて、結婚を承諾したのだ。結婚を強く望んだのはリチャードのほうだった。

離婚当時ちょうど四十歳になったばかりの夫は、このままいけば間違いなく出版社の重役になるべき能力を持っていた。文芸作品に対する目は正確で、営業に関しても常に辣腕《らつわん》をふるい、しかも、自分の手で書き上げる原稿には才能があふれている……。フローラは、能力という点に於《お》いてリチャード以上の存在をこれまでに見たことがなかった。半分額は禿《は》げ上がり、おせじにも器量がいいとはいえない。だが、親から譲り受けた資産も莫大《ばくだい》なら、学歴も一流、フローラの友人はみな彼女の結婚生活を羨《うらや》ましがったものだ。ところが、この裏切り行為……。仕事ではあれほどの細心さと抜け目なさを見せる人間が、どうしてこうまで無神経になれるのか。結婚前の、心の行き届いたエスコートは、ただ単に形式だけのものだったのか……。

フローラは何度も自分に問いかけた。浮気が許せないのか？　いや、明らかに違う。小奇麗な身なりの女性と、決してバレることのない清潔な情事を楽しんだなら、これほどの苦しみを覚えなかったに違いない。フローラはその点に関して、何度も自分の心に問うた。

……もしそうなら、我慢できるわ。

それが結論だ。だが、この恐るべき無神経。ポートフィリップはニューヨークからそう遠いわけではない。来ようと思えば、車で一走りの距離だ。不意の訪問を受けないとも限らない。にもかかわらず、ほら、おまえ、見てごらんとばかりの、部屋の惨状。妻がこの光景を見た時の、その痛みを、夫は少しでも考えたことがあるのだろうか。どうやっても光をあてることのできない心の奥底の空洞、それこそ果てしない地下世界をかいま見たような気分であった。

……私ではない。結婚生活を破棄しようとしているのは、夫なんだ。

フローラはそう悟り、その通り、結婚生活は終わりを告げた。

　フローラは妄想を振り払った。今見ている部屋は、当時とは違う。じゅうたんも壁紙もすべて新しいものに替え、キッチンの水まわり、それにバスルームの浴槽まで新しくした。それでも、あの時の光景と臭いは、時々感覚器官に生々しく甦《よみがえ》る。

……やはり、ジェニファーの言う通り、引っ越したほうがいいのかしら。

購入した部屋でなければ、彼女はとっくに部屋を替えていたに違いない。だが、息子を育てるに充分な広さと環境を持つこの部屋は魅力だった。不動産屋を通しての売り買いにつきまとう労力を考えただけで、フローラは立ちのく気力を失ったのだ。

この部屋に唯一フローラが持ち込んだ、JBLのオーディオセットのアンプをONにした。CDデッキには、春に発売されたレスリーの三枚目のアルバム、ジャズ系のビブラフォン奏者ステファン・ダニエルを迎えての協奏曲「レインボー」が入ったままになっていた。何百回となく聴いたものだ。今年の春から夏にかけて、生きる気力をなくしかけた時、それでもどうにか生命の領域へのこだわりを捨てなかったのは、この曲のおかげかもしれない。そんなふうに思うこともあった。フローラは、協奏曲と交換に新曲「ベリンジア」のCDを差し入れた。

……私にはこれがある。

どんな妄想に囚《とら》われようと、フローラはレスリーの曲に浸りさえすれば安定した精神状態を保つことができた。

曲の滑りだしは静かだった。ボリュームを上げ忘れたと思わせるほどの、かすかに聞こえるか聞こえないかの音量で始まり、気が付くと、いつの間にかあたり一面水滴の滴る音で満たされている。フローラはそう感じた……、これは水滴の滴る音だと……。そして、すぐに不協和音が鳴り響いた。カオスが全体を覆うというより、あちこちでカオスの小さなグループが泡のように浮かんでは消えてゆく。

やがて、洪水に運ばれて、カオスは調和へと向かって生成を始める。音の向こう側に見渡せるのは溢《あふ》れるばかりの静謐《せいひつ》であった。矛盾……、洪水がなぜ静けさを表現できるのか。もともとレスリー・マードフの音楽は矛盾の宝庫でもある。単音を奏でながら、聴く者の色彩感覚を華やかに刺激し脳裏に原色の花々をイメージさせ、単調なメロディにもかかわらず、夥《おびただ》しいドラマを予感させる。そして、ラストに至っての圧倒的告白。錯覚だろうか……、だが、フローラにはそう思えてしかたがない。レスリーがひとりの人間のために曲を作るなんて考えられないことだ。第一、会ったことすらない。ところが、フローラには、レスリーの曲が唯一自分に向かって奏されているように思えてしかたない。曲の作り手と受け手は、音楽を通して一本の線で結ばれている……、そんな気がした。

曲は終わった。フローラは、ソファの背に頭を乗せ、首の線をまっすぐに伸ばして天井を見上げ、目を閉じてジャケットに印刷されたレスリーの顔を思い浮かべた。曲から迸《ほとばし》る強烈なメッセージには、目まいを起こすほどの存在感があった。目を開けるとすぐ前に彼が立っている、そんなことが起こってもなんら不思議はない。フローラはしばらくの間ソファから動かなかった。

シャワーだけにするつもりが、フローラは知らぬ間にバスタブに湯をはっていた。「ベリンジア」で流れた音の洪水のイメージは、水に浸《つ》かりたい衝動を引き起こしたらしい。裸で鏡の前に立ち、髪を束ねて上にあげた。友人の何人かは陽焼けサロンに通ったり、フロリダの太陽に焼かれたりして、健康的な肌の色を保つよう心がけているというのに、フローラにその必要はまったくなかった。彼女は生まれつきの美しい褐色の肌を持っている。情熱的な瞳《ひとみ》の色といい、真っ黒な髪といい、フローラ自身自分の身体になにかエスニックなものを感じていた。だからといって、祖父の話を信じているわけではない。まだ学校に上がる以前、フローラは両親と祖父と一緒にサンディエゴの海の見える家に住んでいた。そこで、祖父からよく聞かされた。

「わしの先祖はなあ、巨大な筏《いかだ》で海を渡ってきたんじゃ」

祖父は夕暮れの海を見ると、きまって自慢気に言ったものだ。

十歳になるまで、フローラはこの言葉を信じていた。父の仕事の都合でポートフィリップに移ってからも、彼女はサンディエゴの家から見渡せた太平洋の色を思い出し、大洋を渡ったという自分のはるか祖先の冒険に心を躍らせたものだ。しかし、年をとるとともに、フローラは、筏で太平洋を横断することの不可能と無意味さを知り、さんざん聞かされた冒険譚《たん》もおじいちゃんの単なるホラ話と見做《みな》すようになっていった。今思えば、あの頃が懐かしい。一年を通して曇ることのなかった海辺の家……、この世に不可能なものはなにもなく、望みさえすればすべてはかなえられると信じていたあの頃……。世界は夢に満ちていた。私のおじいちゃんのそのまたおじいちゃんのおじいちゃんはなぜ、筏に乗って海を渡ったの？　私がやろうとすれば、危ないっておこられるに決まってる。でも、やりとげたんだわ。なんのために？　素敵なロマンスがあったのかしら……、それとも他に追い求めるものが……。フローラの幼い胸の中には様々な物語が展開した。だが、今は、心ときめく物語はひとつとして彼女の胸に残っていない。筏で太平洋を渡った祖先の話が信じられなくなったのと並行して、フローラは子供の頃の夢をなくし、生への情熱を希薄にしていった。

ポートフィリップに移ってからはいいことはなにもなかった。父の仕事の失敗と、それに伴う両親の不和。廃人のようになって死んでいった父、残された母と娘の貧乏生活。フローラはただひたすら勉強に励んだ。一流の学歴をつければ、一流の男と巡り会い、イーストサイドの豪奢《ごうしゃ》なマンションに住める。貧乏からはどうあっても抜け出さねばならない……、それをのみ生きる目標としてきた。

鏡の中のフローラが笑っていた。おかしいことに、彼女のその後の人生はまったく青写真の通りに進んだのだ。奨学金を得てコロンビアに学び、イエールを出た金持ちの息子と知り合って結婚、三年で結婚生活は破綻《はたん》したが、こうやってイーストサイドのマンションに住んでいる。ところが、この空虚さはどうだ。祖父の話を信じていた頃の幸せな気分は、ここ数年来味わったこともない。フローラは洗面台に両手をついて身体を支えた。

……ああ、坊やさえいてくれたら……。坊やがいたら、私はどんなに救われることか。あの時。ごめんね、ママは、苛立《いらだ》っていたのよ。だから、あなたの呼ぶ声が……、ううん、声は聞こえていた。でも、振り返ろうとはしなかった。

後悔してもはじまらなかった。すべて別れた夫のせいにしたくなる。あの時、電話をかけ、苛立たせたのがリチャードだったという理由だけで……。

今年の春先……、ショッピングセンターの駐車場でのことだ。車の助手席のドアを開け、買い物でいっぱいになった袋をシートに置き、坊やを抱き上げかけたところで自動車電話が鳴った。車にまで電話をかけてくるのは緊急の用事に違いないと、フローラは助手席のシートに半分腰を降ろし、ドアを開けたまま受話器をとった。ところが、聞こえてきたのはリチャードの声。ああ、また例のことかと、フローラは身体の力が抜けると同時に軽い怒りを覚えた。五月半ばの一週間の休みを、息子と一緒に実家で過ごしたいんだがという申し出だった。まるで自分にはそうする権利があるといわんばかりに強引に、そしてときに下手に出てくるリチャードは、フローラをむしょうに苛立たせた。

「そのことはもう、充分話し合ったはずでしょ」

強く言い放つフローラの傍《そば》で、坊やの声はかすんでいった。その時、三歳になったばかりの息子は、買い物袋から転がり落ちた車のおもちゃを捜していたのだ。おもちゃはプラスチック製の丸いケースに入っていて、駐車場のアスファルトを転がった。

「ママ、ママ、おもちゃ、どこいったのかなあ」

坊やはそう言いながら、地面に這《は》いつくばっていた。すぐ横の駐車スペースはたった今車が出たばかりであいている。助手席のドアは小さく開かれたままだ。そのあいたスペースに、ピックアップトラックがバックでつっこんできた。この駐車スペースはだれにも渡さないぞという意思表示をこめた強引な入れ方だった。ピックアップトラックの高い屋根によって春先の陽差しが遮られて、薄暗くなって初めて、フローラの背中に電流が走った。

……坊やの声が聞こえない。すぐ近くにいるものと安心していた坊やの声が。それに、今の音はなに？　ごつっという、何かにぶつかったような鈍い音。

フローラは受話器を放り出して、アスファルトに立った。そうして、すぐ足もとに、それを目にした。フローラは絶叫し、路面に両膝《りょうひざ》を打ちつけ、崩れ落ちた。

この半年間、あの時のショックを忘れたことは一度もない。事故が起きて一ヵ月間は精神科の医者にも通った。やつあたりがひどく、なにもかもが憎しみの対象になった。神さえ呪ってやろうと思ったくらいだ。特に矢面に立たされたのは、もちろん別れた夫だった。

……リチャードがいけないのよ。あんなところにまで電話をかけてくるんだもの……、私を苛立たせたりしなければ……。

理不尽とはわかっていても、フローラは怒りをぶつける対象を勝手に定めて喚《わめ》き散らした。本気で死を選びかけたこともあった。ノイローゼに陥り、不眠のあまり睡眠薬を服用し始めると、限度以上の錠剤が誘惑するかのように彼女の目の前に迫った。死の淵《ふち》に誘っている。コップに水をはってしばらく見つめた。手の平にあふれた錠剤の感触は気持ちがいい。だが、もう一歩のところで救われたのは、レスリー・マードフの音楽があったからだ。突然、そう、錠剤を口に含み水で流し込もうとした瞬間、レスリーの曲が彼方《かなた》から自分を目がけて突進してきたのだ。音の衝突によって、フローラは身体の向きを変え、その拍子に錠剤を投げ出した。はっきり認識できるほど、レスリーの曲は生への希望を胸に焼きつけて消えていった。なぜこうも強く感じてしまうのか……。なにか、愛情のようなものを感じる。必要とされているという気持ちがひしひしと伝わり、どこかで歯止めがかかってしまうのかもしれない。

蛇口から迸る湯が、バスタブを満たしていく。フローラは左手をバスタブに入れた。まだちょっとぬるく、水温を熱くする。手を抜きかけた時、自分の左の肩先が曇りかけた鏡に映った。青紫色の痣《あざ》が浮き上がっている。いつ頃からだろうか、ものごころつくかつかぬうちから、フローラの左の肩先には青い染みができ、徐々に大きくなっていった。医者に診てもらったこともあるが、原因はわからないと言われた。最近はもう広がる気配を見せない。そのかわり、色は微妙に変化し、なにかの図柄にまとまりつつあった。フローラはふと気になって、鏡の曇りをとって、肩先を近づけた。複雑な形をしている。クォーターを一回り大きくしたほどの、小さな染みだったけれど、フローラはこのせいでノースリーブを着たことがない。こんなにまじまじと見つめるのはずいぶん久しぶりのことだ。与えようと思えば、図柄には様々な解釈が可能だ。すぐに思い浮かんだのは、……星座。星座をかたどる動物の絵。見る角度を変えると、他のものにも見えてくる。なんだろう。もっとぴったり当てはまる解釈がありそうな気がする。十代二十代と憎み続け、取れるものなら取ってしまおうとした痣ではあるが、最近はそんな気はまるでない。愛着さえ感じる。

蛇口をしめると、フローラは湯船に身体を横たえた。今日も一日が終わろうとしている。昔を思い出しても辛《つら》いことばかり……、明日は？　それから、次の日は？　期待してもしょうがない。こんなふうにして年をとっていくんだわ。もし神様から、人生をやり直したいかねと聞かれたら、私は即座に「いいえ」と答える。もちろん、現状に満足しているからではない。繰り返しても、無意味だから……。シジフォスの神話そのものだもの。

静かなバスルームだった。フローラは手足を動かさないで、顔を上に向けていた。天井にはりついていた湯気がたくさん集まり、滴となって落ち、ぴちゃりと水音をたてた。瞬間、彼女の脳裏に、さっき聴いた曲の情景が広がった。音に触発されて、フローラは情景さえ思い浮かべていた。レスリー・マードフ、レスリー・マードフ。彼のことを考えて、フローラはようやく穏やかな気分を取り戻した。

4

本当に電話したものかどうかと、フローラは受話器の前でひとしきり考えあぐねた。取材の依頼をするのに、これだけ緊張した経験もなかった。ログブックス社の雑誌でレスリー・マードフの特集を組む企画は、既にデスクを通してある。「ベリンジア」を聴くことにより、レスリーに会いたいと思う気持ちは、制御できないほどに膨れ上がっていた。

好評の新作「ベリンジア」の紹介も兼ね、音楽家になろうとした動機や家庭環境を写真で追うという企画意図は文書でレスリーに送ってあり、このあと電話を入れて承諾を確認する必要があった。普段ならなんの迷いもなく、受話器に手が伸びるはずのところが、なぜか不安な気分になってしまう。憧《あこが》れのレスリー・マードフの声に触れる……、離れてはいても電話線を通して彼の声に触れる……、それは、音楽のメッセージを受け取り続けるという一方的な関係から新しい関係への移り変わりを予感させた。ハイスクール時代、初恋のボーイフレンドに恋を打ち明ける時だって、これほどの葛藤《かっとう》はなかった。恐いのかもしれない。すげなく取材を断られたりしたら、彼の音楽を独占しているという自信が崩れ、生きる地盤を失ってしまう。死の淵からさえ救い出してくれた彼の音楽がどこか遠くにいってしまえば、これから先何を頼りに生きていけばいいのか。フローラは怯《おび》えていた。だが、意を決して受話器に手を伸ばす他なかった。不安の中に、自信もまた混在していた。受話器を取れ！　レスリーはおまえを待っているという自信。

夜、窓を閉め切った部屋で、レスリーはひとりで体操をしていた。筋肉をつけるためのトレーニングではない。今世紀最大の神秘主義者ニコライ・ペドロビッチの提唱した自己を発見するための体操である。両手の指の先までピンと伸ばし、高く天井に向かって腕を上げる。次にその腕を徐々に降ろして、直角に曲げる。それから、身体を横にしてくの字に曲げ、片手ずつ交互に前方に向かって突き出す。この動作を呼吸法を用いて、ごくゆっくりと繰り返す。すると、そのうち、自分がどこにいて、何を望んでいるかが認識できてくるという。

部屋は静寂そのものだった。サッシの二重窓をピタリと閉ざし、普段のこの時間なら聞こえてきそうなタイムズスクエアの喧騒《けんそう》からも解放され、空気は定位置に定まったまま動きを止めていた。レスリーは、何も考えまいと考えた。どうやっても二律背反をもたらすこの命題に、彼は真っ向から立ち向かい、格闘していた。考えないように、考える。心を空白にする。これまで、できたためしがない。

ニコライ・ペドロビッチによれば、人は意志の自由を持たぬという。こうありたいという強い意志力も、実は個人を離れたもっと巨大なエネルギーによってもたらされるというのだ。自分の意志で行動したつもりでも、人間は必ず、回りを取り巻く環境や遺伝子などの〝何か〟に流されている。もちろん、流れの源がどこにあるのかもわからぬまま……。

ニコライ・ペドロビッチの思想の唯一の継承者と目されるのがギルバートだとレスリーは知ったばかりだった。ギルバートは独自の経験によって、人間の意志の存在に疑問を抱き、自分と同様な神秘思想を展開するニコライ・ペドロビッチに対する興味から彼と親交を持った。そして、ペドロビッチ亡き後、彼の信奉者の多くはギルバートのもとに集まり、ペドロビッチの体操に改良を加えて独特のムーブメントを完成させることになる。新興宗教団体といっても、ギルバートの場合キリスト教から派生した神を根本に持つわけではない。神秘主義的な思想に根差し、宇宙の根本原理に触れて絶対の自由を得ようという試みは、いってみれば汎神論《はんしんろん》である。教団の運営は、独自のムーブメントの伝達と、教義に関する出版物によって成り立っていた。直接団体のメンバーとなって生計をたてる者は百人にも満たないが、間接的に影響を受けた人間の数は全米で四十万人に及ぶという。レスリーもその中のひとりであった。

なぜ、意志の自由を持たないのか。原因を追究すれば、過去に遡《さかのぼ》って生命の誕生の瞬間にまで立ち至る他ない。ようするに、この世に生まれ出ようとする本人の意志と係わりなく産み落とされてしまうところに、意志の自由を拒む原因が隠されている。ニコライ・ペドロビッチにしろギルバートにしろそんなふうに考える。人間は意図してこの世に生まれてくるわけではない。必ず、受動的に生まれさせられる存在である。連綿と続く生命の環《わ》……、人間は、その環から自由になることはできない。本人が意識するしないにかかわらず、超過去からの記憶をとどめた細胞は複雑に絡まり合って主人の肉体を呪縛《じゅばく》する。

自分の身体の奥底に眠る強いエネルギーに圧倒されそうになるが、その力がどこに向かって放射しているのか、レスリーにはわからなかった。そして、わからないぶんよけいに、ニコライ・ペドロビッチの考えに引かれた。

電話のベルが鳴った。レスリーが身につけているものといえば、黒のサポーターだけであった。思考の空白をついて、電話は侵入してくる。普段のレスリーなら、メディテイションの最中に受話器を取ることはない。今晩に限って、彼の思考はベルの音に妨げられ、受話器を取れと命ずる声を聞いた。ルルルルル、ルルルルルと鳴るベルの音は言葉となって語りかけ、切なげに訴えかけている。レスリーは体操を中断させて、受話器を取った。

「ハイ、こちらレスリー」

「もしもし。あの、わたくし、ログブックス社で編集を担当するフローラ・アイディーンと申しますが……」

そこまで電話の声を聞くと、レスリーは「フローラ……」と名を呼んで彼女の言葉を遮った。彼の耳は特に鋭敏だった。フローラの声は、鼓膜を通して身体の細胞のひとつひとつに浸透し、内側から揺り動かした。なにかが目覚める気配があった。遠い昔の情熱……、待ち焦がれた思い……、どこからともなく音がする。寒々とした氷の流れる音。風の音、その風の持つ生命の輝き。レスリーは目を閉じ、もう一度「フローラ」と呼んだ。フローラの声を胸に転がし、響きを味わった。なんという心地よさ、初めて味わう気分だ。

「あの、どうかなさいましたか?」

フローラは、緊張していた。憧れのレスリーの声に初めて触れ、しかも二度続けて思い入れたっぷりに自分の名を口にされたのだ。この意味を探り、他のだれかと勘違いしてるのかしらと、ちょっと心配にもなった。

「あ、いや、すまなかった。なんだかぼうっとしてしまって」

そのまま、再びレスリーは押し黙ってしまった。「あの、あなたの声、以前どこかで聞いたように思うんだが」

「まさか……、初めてですわ」

「そうかな」

「ええ、間違いなく」

「懐かしい響きがあるんだ、あなたの声には」

レスリーの女好きは有名だった。

……ひょっとしたら、この人、私をくどこうとしてるのかしら。

そんなふうにも思えてくる。だが、雑誌等で見て知っているレスリーの顔は、受話器の向こうで真摯《しんし》な表情をつくって、感慨深げにこちらを見つめている。そんなイメージしか伝わってこない。フローラは忘れていた。初めてレスリー・マードフの曲を聴いた時の衝撃……、その時彼女も、初めて聴くにもかかわらずどこかで一度聴いた曲という印象を持ったものだった。

「なぜだろう……」

レスリーはつぶやいた。フローラは黙っている。「なぜ、こんなふうな気持ちになってしまうんだ」

レスリーは電話中なのも忘れ、自分自身に問いかけた。理解しているようで、決して理解できない自分。

「……あの」

用件を切り出そうとして、フローラは言葉につまった。一瞬、ふたりは無言のまま、受話器を握る手に力を込めた。すると、相手の手を握った感触をふたり同時に抱くことができた。身体の暖まる思いだった。

「あなたの社の雑誌で、オレの特集を組みたいんだっけ……、用件はそのことかい？」

レスリーから先に口を開き、ささやかな沈黙にピリオドを打った。

「ええ、その通りです。先日お送りした企画書お読みいただけましたか？」

「読むには読んだ」

レスリーはログブックス社から受け取った手紙の内容を思い出した。フローラの文章は、新作「ベリンジア」の賛美から始まっていた。誉められることの好きなレスリーは、胸をくすぐられる思いで手紙を読み、快い返事を用意したものだった。そのフローラ、手紙を書いたフローラの声を聞いて、これほどのショックを受けるとは、一体想像できただろうか。彼は、むしょうに声の主に会いたくなった。それも、今すぐに。

「ベリンジア、とても好評のようですし、私自身とても感動しました。ですから、新曲の紹介をからめて、近況などを……」

フローラはもう一度企画意図を説明しようとした。

「いや、おもしろくない」

レスリーは間髪を入れずに言った。ためにフローラはつばきとともに言葉を飲み込み、取材を拒否されるかもしれないと身構えた。

ところが、レスリーは「君に素晴らしいスクープをプレゼントしよう」と一際明るい声で言ったのだった。フローラは胸をなでおろした。取材を拒否された経験は数あるけれど、どの場合も気分のいいものではない。特にレスリーに拒否されたりしたら、落胆だけではすまない。

レスリーは、ギルバートという宗教家から奇妙な申し出を受けたことを手短に語った。アリゾナとニューメキシコの州境で大鍾乳洞《だいしょうにゅうどう》が発見され、その地下世界には広大な地底湖がある。

「オレは、その地下の湖の畔《ほとり》に立ち、霊感を得て、新しく曲を書き上げる。どう？　興味深いだろ。君は特別にオレたちと同行し、曲を創造する場面を取材し、カメラにおさめる、決定的瞬間だぜ。どうだ、素晴らしい企画だと思わないかい？」

言ってしまってから、マスコミに情報を流してしまってよかったものだろうかと、レスリーはチラッと考えた。ギルバートがなんと言うかわからない。そういえば、この試みはまだ他言してはならないと、そんなふうに言われたような気もする。しかし、たいした問題ではない。フローラを近くに呼び寄せたい誘惑には勝てなかった。

「とても、おもしろそうですわ」

フローラは即座に考えた。新曲「ベリンジア」の紹介にしろ、レスリー・マードフという作曲家の半生を写真入りで紹介するにせよ、いかにも他社のやりそうな企画で新鮮味はない。だが、ギルバートとともに地底湖に降り、その場のインスピレーションで作曲するとなると、これは絶対にスクープだ。レスリー・マードフとマスコミ嫌いのギルバートとのコンビは、考えただけでわくわくしてくる。興奮すら覚える。おまけに、発見されたばかりの地底湖の写真。

「明日の午後の飛行機でL・Aに向かい、そこからはピックアップトラックで現地に入るんだが……」

ピックアップトラックと聞いて、フローラの背筋は一瞬凍えた。息子を殺した凶器のイメージは、半年たった今でも抜けない。いや、この先ずっと抜けそうにもない。トラックの車内からは、大音量でロックのリズムが流れ出ていた。そして、運転席で、ガムを嚙《か》みながら、リズムに合わせて身体を揺らしていた若者の顔。黄色のサングラス。駐車場のアスファルトの上に広がった赤黒い染み。

「なあ、聞いてるのかい？」

一旦《いったん》あふれ出ると、記憶の迸《ほとばし》りはなかなか止まらない。レスリーの声に、フローラは我に返った。

「え？」

「え、じゃないよ。だから、君もすぐL・A行きのチケットを取ったらいかがかな？」

フローラは混乱しかけた思考を整理した。

「でも、あなたはそれでよくても、ギルバートが承知するかどうかわからないんじゃないですか？　ギルバートのマスコミ嫌いは、ちょっと有名なの」

フローラは、以前ギルバートに取材を申し込んで断られた経験があった。彼女の同僚にも同じ経験を持つ者がいる。そんなことから、彼がマスコミ嫌いだと判断していたのだ。

「へえ、そうかい？」

「ご存じなかった？」

「わかった、じゃあ、ギルに聞いてみるよ。こっちも、勝手なことをするわけにはいかないからな。ギルバートがOKと言えば、当然フローラ、君もOKなんだろ？」

「ええ、ぜひやらせていただきます」

「よし、決まった。こちらから電話掛け直すよ」

フローラは、自宅の番号を教え、一旦受話器を置いた。


レスリーはギルバートの泊まるホテルの番号を回しかけて、どんなふうに切り出すべきか考えた。もう既にマスコミの人間に明かしてしまったと正直に話せば、この企画自体が流れてしまう恐れだってある。穏やかで温厚そうな紳士に見えて、ギルバートは内面に、〝神の声〟といった強く律する存在を抱えている。それは、レスリーでも直感できた。だから、まったくなんでもない口調で「この企画はなかったものにしよう」と、そう言い出しそうな気がしてならない。レスリーはこの試みに乗り気だった。もしそんな地下の世界が存在するのなら、どうしてもこの目で見てみたいとさえ思う。それにもうひとつ、ギルバートという人間にも興味があった。彼は人の知らない何かを知っている。もし、この世界の仕組みがどうなっているか、人には完全に理解し得ないものだとしても、あの男は確実にだれよりも多くを知っている。だから、レスリーはギルバートと地下の世界を訪れるのを、楽しみにしていた。中止にされたくはない。

「まさか、もう喋《しゃべ》ってしまったんじゃあるまいな」

電話がつながり、それとなく話をすると、ギルバートはどこか威厳に満ちた声でそう言った。

「いや、だれにも喋ってないよ」レスリーは嘘をついた。「ただ、そんなふうに取材を申し込まれた場合どうしたらいいかと……」

ギルバートはすかさず遮る。

「取材？　そんなもの一切お断りだ。君と私以外のだれも、地下の世界に行くことはできない。いいかね？」

これではっきりした。レスリーの危惧《きぐ》は当たっていた。フローラという編集者の同行を持ち出すなんて論外だ。

レスリーは空港での明日の待ち合わせを確認すると、用件はそれだけだと言って電話を切った。

だが、レスリーは諦《あきら》めなかった。フローラの声を聞いて、彼の胸にはどうしようもない願望が生まれていた。彼女とふたりで地底湖の畔に立ちたいという願望。なぜ、そうしなければならないのか、理由などどうでもよかった。強烈に突き上げてくる衝動に正直でありたかった。意志というものの生じる場所も、その原因もわからない。ただ、肉体に正直でありたい。身体のすべての感覚器官は宇宙の森羅万象に触れ、それから自意識に働きかける。

レスリーは方法を考えた。自分もギルバートもある意味では有名人だった。L・Aで偶然ふたり一緒のところを見かけたジャーナリストが勝手に追跡を始めたという設定はどうだ？

地図を広げ、アリゾナとニューメキシコの州境、ギルバートから聞いたおおよその地点にバツ印をつけた。ざっと見てL・Aから七百から八百マイルといったところ。女性ひとりで運転するにはかなりの距離だ。エルパソあるいはフェニックスまで飛行機で飛び、そこでレンタカーを借りたほうが楽には楽だ。ただ、ギルバートとレスリーは、教団で用意したピックアップトラックを使用するため、一度L・Aに寄らざるを得ない。とすると、フローラとはどこかで落ち合うことにすべきだ。レスリーはL・Aから大鍾乳洞に向けて道路を辿《たど》った。インターステートルート40号線を東に進み、U・Sルート66号線を南下、スプリンガビルという町に出るコースがもっとも自然に思えた。スプリンガビル……、落ち合うとしたらその町以外にはない。そこから大鍾乳洞までは二十マイル足らず。といってもそこはもう砂漠の中、舗装路を二十マイル走るほどには楽ではない。

「……だから、君とオレはスプリンガビルで落ち合おう」

掛け直した電話で、レスリーはそう提案した。

「その町に行ったことあるんですか」

フローラは呆《あき》れ声で聞く。二度目の電話でフローラの緊張はほぐれていた。レスリーとの会話にはなにか心安らぐものがある。

「まさか、町の名前自体、まったく初めて聞く」

「じゃ、わからないんじゃないかしら。町といっても結構広いかもしれないし……」

「どんな町にも必ずあるものは？」

「そうねえ、ポストオフィス、それに……」

「じゃあ、そこだ。あさっての昼ちょうどにスプリンガビルのポストオフィスで待っていてくれ」

「私が待つの？」

「そうさ、こっちはL・A経由だぜ。君のほうが早く着く」

「それから？」

「オレはハガキを出すふりをしてポストオフィスで一旦車を止め、君に合図を送る。あとは君がうまく追跡するだけさ。砂塵《さじん》を上げて砂漠を走れば、まあ、見失うこともあるまい。鍾乳洞《しょうにゅうどう》まで降りてきてしまった女性編集者を、いくらギルバートでも素気なく追い返すようなことはしないだろう」

出会えなかったら？」

ビルのモーテルで待っていてくれ。オレは数時間のうちに地底湖
バートとバイバイして君と合流する」

「もし、

「そんかひとつとは限らないわ」

「南から入って最初にあるモーテルにしよう。たとえL・A中のモーテルであろうと、君が待っているとわかれば、オレは一生かかってでも捜し出す。任せろ」

　オーバーな言い方に、フローラは相手の真意を疑った。

「それで？」

「それでって？」

「合流してどうするんですか？」

「決まってるじゃないか、もう一度地底湖に行くのさ。だって、君は、オレが曲想を得る地底湖の写真が欲しいんだろ」

　確かにそれは欲しい。まったく前例のない作曲の方法であり、文章以外にその場所の幻想的シーンをカラーで掲載できれば、雑誌の特集としては最高の出来になることはほぼ間違いない。

「なら、それでいいじゃないですか。なにもギルバートのご機嫌を損ねる危険を冒さなくても。仕事を終えてから、こちらの取材に付き合ってくださるつもりなら、最初から待ち合わせの場所を決めておけば……」

レスリーは考えた。確かにそうだ。なにも子供じみた追いかけっこをしなくとも、翌日ゆっくり地下の世界に案内すればそれですむ。だが、作曲の瞬間、この声の主にそばにいてもらいたかった。ギルバートの意図には反するかもしれない。彼は地底湖だけからインスピレーションを得て、曲を作ってほしいのだ。余分な人間がそばにいて、邪魔されたくない。だが、レスリーはフローラの声に魅せられていた。研ぎ澄まされた彼の耳は、フローラから強烈な霊感を得たのだ。

「いや、待っていてほしい、やはりポストオフィスで待っていてほしい」

「わかったわ」

「じゃあ、あさっての昼に」

「待って。念のため、鍾乳洞のあるおおよその場所を教えてほしいんだけど」

「手もとに地図ある？」

「ええ」

「いいかい、インターステートルート40号線からU・Sルート66号線を南に下るとスプリングビルがある。そこからさらに十マイルほど南に下がったところで砂漠に折れて真東にかう。すると、アリゾナとニューメキシコの州境にぶつかるらしいんだが、その真下ら

よ、

ゃあ、あさって」

レスリーの言う通り地図を追ってみた。

「気を付けて、フローラ」

レスリーはフローラの声にキスし、受話器を置いた。

5

九月八日、金曜日の夜、フローラはエルパソに到着した。レスリーとギルバートはとっくにL・Aに着き、インターステートルート40号線を車で東に向かっている頃だ。およそ八百マイルの距離を走らねばならぬため、彼らにはL・Aでのんびり休んでいる余裕はなかった。夜のうちに少しでも走っておけば、そのぶん翌日が楽になる。

だが、エルパソから約束のスプリンガビルまでは約三百マイル。平均速度六十マイルで走ったとして、ちょうど五時間。フリーウェイでなくとも、距離と速度さえ決めればまさにピタリの時間に到着できるのが、田舎道の強みでもあった。

……明日の朝七時に出れば昼に間に合うわ。

フローラはそう踏んだ。あまり焦る必要もないだろうと……。そう判断した裏には、もし仮に遅れたとしても、レスリーの案内で地底湖の写真が撮れるという甘えがあったのも事実だ。

ジーンズにTシャツという活動的な服に身を包み、二台のニコンの入ったボストンバッグを持ち上げるフローラは、一見逞《たくま》しそうに見えて腕の力はそれほど強くなかった。褐色の肌はいかにも健康的なスポーツウーマンを連想させる。だがそれは生まれつきの色であり、彼女は子供の頃からスポーツよりも本を読むほうを好んだ。三十五年に及ぶ人生で、フローラは一度としてスポーツに熱中したことはない。だから、彼女にとってそのバッグは重かった。重いバッグをタクシーに乗せ、空港からホテルに向かった。疲れていたわけではない。なんとなくぼんやりとして、集中力の欠けた精神状態であった。明日の昼レスリーと会う……、どうやって心の準備をすればいいのか……、そんなことを考えながら外の景色を目で追った。

モンタナアベニューを少し走ったところにある全米チェーンのモーテルに、既に予約をとってあった。チェックインと同時に、フローラは明日の朝七時までにレンタカーを一台用意してもらいたい旨、フロントに伝えた。

……砂漠を走ることができる車。

そう注文をつけたつもりだった。

シャワーを浴び終わると、ホテルの部屋から外を眺めた。夜の風景であったが、モンタナアベニューに面すると反対の方向には、乾燥しきった大地の広がりが感じられた。ネオンサインの届く闇の向こう側に、広大な砂漠が広がっている。

……砂漠。

なぜか、フローラには、懐かしい響きだった。彼女はこれまで三つの場所に住んだことがある。十歳までを過ごしたサンディエゴの海の見える家、東海岸ポートフィリップの下町、そして今の住居、摩天楼を見晴らすイーストサイドのマンション。海辺と都会、砂漠には縁のないはずであった。だが、懐かしい。どこかほっとする香りを持っている。その地下にある大鍾乳洞に、明日レスリーによって導かれるのだ。

……レスリー、あなた、変な人だわ。

フローラは語りかけた。ゆうべの会話から、普通とはちょっと異なる彼の性格を嗅《か》ぎ取っていた。少なくとも、リチャードとはまるで異なる人種らしいと。

フローラは自惚《うぬぼ》れの強い性格ではなかったが、レスリーと会話を交わして自信が強まった。いつの間にか微笑みを浮かべていた。

……やはりそうなのかもしれない。レスリーは私のためだけに音楽を作り、メッセージを送り続けていたんだわ。

祖先が筏《いかだ》で太平洋を渡ってきたというストーリーに近かった。まるで根拠のない荒唐無《こうとうむ》稽《けい》な思い込み。それでもよかった。考えると、フローラは幸せな気分になれたからだ。十歳で消えてしまった子供の頃の夢が、呼び覚まされる予感があった。

ちょうど同じ頃、ピックアップトラックはインターステートルート40号線のニードルズを過ぎたあたりを走っていた。ハンドルを握るのはレスリーで、ギルバートは助手席に座っていた。そして、フローラがレスリーのことを考えると同様、レスリーもフローラのことばかり考えていた。

「なあ、ギル。あんた、家族は？」

レスリーは、フローラの声を思い出しながら聞いた。

「いない」

「結婚したことはないのかい？」

「ない」

なぜ、と聞こうとしてレスリーはためらった。ところが、ギルバートは、「出会わなかったからさ」と自分から先にその理由を言った。

まっすぐ東に向かっていた40号線は、徐々にカーブして北上を始めた。キングマンでU・Sルート93号線と合流すると、またもとに戻って東へと伸びる。対向車もまばらで、ヘッドライトの照らす前方の闇にポツポツと町の明かりが灯《とも》ったりすると、なぜか嬉《うれ》しくなってしまう。だが、レスリーもまた砂漠が好きだった。

「君は、結婚しないのかね」

今度はギルバートが質問を返した。なにか話していなければ眠くなりそうなほど、単調なドライブであった。

「するよ」

「ほう。相手は？」

「フローラ」

「フローラ？」

「そう、フローラだ。フローラじゃなきゃダメなんだ」

「もう婚約してるわけか」

レスリーがあんまり自信に溢《あふ》れる口調で女の名前を出してきたので、ギルバートは当然の誤解をした。

突然、レスリーは大きく笑った。

「冗談さ、まだ会ったことすらない」

レスリーは時計を見た。九時ちょっと前、モーテルで熱いシャワーを浴びるのはあと一時間以上も先になりそうだ。

レスリーは、アクセルをわずかに踏み込んだ。明日の昼という約束に間に合わせねばならない。彼は、地底湖の神秘と、フローラと、その両方からインスピレーションを得て曲を作りたいと強く願っていた。

「なあ、ギル。地底湖の畔《ほとり》で作曲することにどんな意味があるんだい？」

レスリーはふと思い出した。ふたりで砂漠を旅するうちに今回の企画の意図も明らかになるだろうとギルバートがほのめかしたことを。

「前にも言ったと思うが……、私は音楽に導かれるまま、砂漠を放浪した経験がある」

レスリーは黙っていた。沈黙のまま、その先をうながした。

「君は砂漠が好きかい？」

ギルバートが言った。

「ああ、好きさ」

……西部の広大な乾いた大地。

そこは、インディアンであるレスリーの祖母の一族が追い込まれた場所でもあった。一万年近く前、モンゴルの冷たい砂漠で暮らしたアジア人は、肥沃《ひよく》な大地の夢を見て北のベーリング海を越えて新しい土地に渡り終えた。

しかし、ベリンジアを渡ればすぐ肥沃な土地が手に入ったかといえばそうではなく、氷に閉ざされた厳寒の地で、彼らは南へと至るより狭い回廊を発見しなければならなかった。地質学者の最近の研究によれば、ロッキー山脈の東麓《とうろく》にだけ氷のない回廊は存在し、ここを通る以外にインディアンの祖先は南下できなかったらしい。おそらく、この回廊を通過できた人間の数は少なかったに違いない。そして、長い冒険の果て、彼らは思い描いた通りの肥沃な大地に到達し、幸福な生活を求めてさらに東へ南へと居住地を広げていったのだ。しかし、何千年も続いた楽園の生活は、ヨーロッパ文明の移入によって破壊されることになる。東南部の豊かな土地で暮らしていたインディアンはフロンティアの西進にともなって再び西へ西へと追われ、とうとう不毛の砂漠に閉じ込められてしまったのだ。そういった経緯を、レスリーはインディアンの祖母から直接聞いたわけではない。彼が生まれた時、祖母はもうこの世になかった。両親の代から東部のリッチモンドに住み始め、インディアンの血を半分受け継いだ父は商売もうまかった。そのせいで一家は都市で平均以上の暮らしを維持することができた。父はインディアンの話をあまりしたがらなかった。だから、レスリーは、本でいろいろと調べて、様々な空想を抱いた。夢を抱いてアジアの砂漠を旅立った彼の祖先は、大冒険の果て新しい土地での幸福な生活を実現するが、やがて再び砂漠へと追われてしまう……。

レスリーが砂漠に対して特別な感情を抱くと同様、ギルバートにとっても砂漠は意味深い風景であった。

ギルバートは、右前方の闇に目を凝らしたが、ヘッドライトを照り返す水の表面はない。しかし、二十数年前の六月の夜、それは確かにあった。

人はそれぞれ忘れられない光景を持っている。他の人間にとってはどうってことのない風景であっても、本人には人生をも左右しかねないほどの影響を与えてしまう。ギルバートは、思想家らしく、その点をしっかりと把握していた。ニューヨークでの浮浪者同然の生活……、廃墟《はいきょ》と化したビルの排水溝で雨水に浸《つ》かりながら自己を見つめた七日間の経験……、その後の神秘思想への傾倒、ニコライ・ペドロビッチとの親交……、レスリーの音楽との出会い……、そういったすべてが、なにげなく目にした水たまりの風景から発したものとギルバートは考えていた。砂漠にできた水たまり……、それが物事の発端であると。

「砂漠に水たまりができてたんだ」

ギルバートが言った。事情を知らぬレスリーには、かなり唐突に聞こえる。

「え？」

だから、レスリーは聞き返した。

「なぜ、砂漠に魅《ひ》かれるのか……問題はそこだろ？　最初、私は水たまりだと気付かなかった。キャラバンの助手席にはギター奏者のアーサーが、そして、リアシートには彼の取り巻きの女の子、メラニーとシーリアが乗っていた」

そんなふうに話し始めた。

「アーサー？　アーサーってだれ？」

レスリーが聞いた。

「君と同じ、音楽家さ。酒場で弾き語りをするヒッピーに過ぎなかったが、それでも、弾く曲にはハートがあった。L・Aのダウンタウン、クラークホテルのステージで、私は初めてアーサーの歌とギターに触れた、胸に迫るものがあった。こう、身体の中にまで音の粒が入ってくるんだ。ベトナムから戻ったばかりで、あてもなくフラフラしている時だった。彼は、この私に、オレのマネージャーにならないかと、そんなふうに話しかけてきた。知り合ってすぐのことだ。私には選択の余地がなかった。妙な圧迫感を覚えてな。オレと一緒にいるのがおまえの義務なんだと、あいつは確かそんな言い方をした。人にものを頼むにしてはずいぶん傲慢《ごうまん》な態度でな。おまけに人を見下した表情。アーサーはいってみれば嫌な奴で、一緒にいてそれほど楽しい相手ではなかった。にもかかわらず、どういうわけか私は、彼の音楽に導かれるまま、マネージャーの真似ごとをしながら町から町へ、西部の砂漠をさまようハメになった。キャラバンでな。あいつはちょくちょく街で女の子を拾っては、キャラバンに乗せたりした。見るからに未成年といった女の子をだ。私は、ようするに、彼のお抱え運転手も同然だった。今の君よりもっと若いころのことだ」

今も昔も、砂漠の風景は変わらない。やはり同じようにフリーウェイはバーストウで40号線と15号線に分岐していた。

ギルバートは二十数年前の光景を語り始めた。それは純粋に、風景の記述といったほうがよかった。

一九七三年の六月の夜、ギルバートは、町へと移動するキャラバンを運転して、15号線を北上していた。そこはもう、モハーベ砂漠の真ん中であった。不意に、右手前方の闇の中に、月の白い光を返す水たまりが現れた。空を見上げた。満天の星空。月は半月に近く、雨が降った空模様ではない。しかし、このあたりの雨は大粒で、バタバタとフロントガラスを叩《たた》くように降ったかと思うと、雲の流れに乗ってすうっとどこかに消えてしまうことが多い。きっと今日の昼間か昨日の夜、このあたりを雨が通過したんだ……、ギルバートはそう判断した。点在する砂漠の水たまりに魅かれた。最初は水たまりと呼ぶにちょうどいいほどのものであったが、しばらくして出現したのはもう湖といってもいい大きさだった。いや、湖と呼べるほど長い歴史があるわけではない。ほんの一日か二日、そればかりの生命だが、暗闇に吸い込まれて消える地平線は、もはや水平線というべき広がりを持っている。

ギルバートは右側に寄せて車を止めた。助手席に座るアーサーは、訝《いぶか》しげに、「おい、どうした？」と聞いた。

ギルバートは顎《あご》で前方を示した。

……ほら、水たまりだ。

……だから、なんだってんだ？　さっさと行けよ。

アーサーはいつもギルバートに対して横柄な態度をとっていた。付き合って二年になるが、ギルバートはアーサーの性格が好きではなかった。妙に圧迫感を与えて息苦しくさせる。しかも、気紛《きまぐ》れで言動に一貫性がなかった。そういった性格ははたの者を疲れさせる。しかし、音楽に魅かれている以上捨てることもできない。麻薬みたいなものだ。

ギルバートは車から降りると、荒涼とした大地を踏みしめて水の畔《ほとり》に向かった。

……ギル、どこに行こうってんだよ！

アーサーは怒鳴りながらキャラバンから降り立つと、ギルバートの後を追った。薄い水の表面は、夜と土の色に溶け込んで、照り返しがなければ水があるとわからない。

ギルバートが足を止めると、アーサーも足を止めた。背後の闇からは、女の子たちの笑い声が聞こえる。メラニーもシーリアもまだ二十歳にならない。マリファナによる下品な笑い声だった。

しばらく無言で水たまりの畔に立つと、アーサーは声の質を変えて言った。

……おい、今夜はここで野宿しようぜ。

気紛れな提案だった。苛立《いらだ》ちも不機嫌も消え、声には水に魅入られた響きがあった。ギルバートはもちろん賛成した。

そうして、夜遅く、ギルバートはあれを目にした。

日中に蓄えられた地熱はまたたく間に失われ、夜になると砂漠はずいぶんと冷え込む。夜半を過ぎていただろうか、毛布にくるまって大地に寝転がっていたギルバートは、寒さのあまりキャラバンに移ろうと起き上がった。さきほどまで赤々と燃えていた焚火《たきび》は弱まり、それでも音をたてて小さな火花を空に上げていた。アーサーとメラニーの姿が見えなかった。シーリアは猫のように丸くなって足もとでよく眠っている。ギルバートは、ふたりの姿を捜した。すると、水たまりの畔に、地熱であぶられたように汗をにじませるアーサーとメラニーの絡み合う肉体があった。ふたりは立ったままの姿勢で、小さくなった炎に照らされて赤く光っていた。服を着ると細く頼りなく見えるアーサーの身体も、こうやって闇を背景にするとにわかに逞《たくま》しく見えてくる。白過ぎるほどの肌の色も、赤く燃える焚火の色を映して幾らか黒みを帯び、強く生命力を放っていた。生命の躍動感。生々しい光景が、美しく感じられた、水は、明日になればもう消えているかもしれない。静止した表面から立ち上る水の粒子のキラめく様が見えるようで、ギルバートの感覚は狂いを生じた。というより、光景が強烈に頭に焼きついてしまったのだ。半月の夜……低く茂る灌木《かんぼく》があるだけであたりに多肉植物はなかった。アーサーは、弓なりに曲げていた足を伸ばした。足先が小石を蹴《け》って水面を揺らした。時々流れるヘッドライトの灯《あか》りに照らされるアーサーとメラニーの姿は、腕の絡まりあったサボテンに似ていた。サボテンには肉もあるし刺《とげ》もある。しかも切り口をつくれば、肉の裂け目からは透明な粘液が滲出《しんしゅつ》する……この点も似ていた。

そこまで話したところで、ギルバートはレスリーのほうを見た。何か言い出すのを待っているふうだった。

「その後は？　その後、アーサーとはどうなったんだい？」

レスリーは当然の質問をした。ギルバートは前に向きなおって足を伸ばした。

「消えちまった」

事も無げに言った。

「消えた？」

「そう、文字通り消えた」

「どういうことだい？」

「翌朝目覚めると、アーサーの姿が見えなかった。ただそれだけだ」

実際、ギルバートはそれ以後アーサーとは会ってなかった。砂漠の真ん中からどうやって行方をくらましたのかは今もって謎だ。また、なにが彼をそうさせたのかも。ギルバートにとっては生きる方向を見失ったも同然であった。砂漠の放浪へと駆り立てたアーサーの音楽は、夜の終焉《しゅうえん》と同時に地下に飲み込まれるように消えていた。ただ茫然《ぼうぜん》と立ちすくみ、彼の消えた場所に目を落とす他なかった。

「メラニーは？」

「消えたのはアーサーだけだ。いや、正確に言うとそうじゃない。水たまりも消えていた。

いいかい、湖を思わせる大きな水たまりがたった一晩で消えてしまったんだ。アーサーとともにな」

「おとぎばなしの世界だな」

「そうさ、まさしくそんなところだよ。あの時……水たまりが砂漠に飲み込まれて消えた時、アーサーの音楽まで連れ去ってしまったんだ」

「なるほどね」

レスリーは相づちを打った。話の先がようやく見えてきたからだ。

アーサーの音楽と消えた水たまりは、ギルバートの胸にしっかりと刻印された。理由《わけ》もなく人がいなくなれば、なぜという疑問をいつまでも抱き続けてしまう。原因なり居場所なりがわかれば、恐らくギルバートの気も治まるだろう。彼は砂漠に飲み込まれた過去をあてどもなく捜す他なかった。

「半年前、砂漠の地下に大鍾乳洞《だいしょうにゅうどう》と地底湖が発見された。私はその風景を見て驚いたよ。ふと二十年以上前の、砂漠で見た水たまりと消えてしまったアーサーの音楽を思い出した。あの時に消えた水は、砂漠に濾過《ろか》されてより透明度を増し、音楽とともにここにある……そんな気がしたんだ」

「わかるよ」

「本当にわかるのかい？　私の個人的な経験に過ぎないが」

「だれでもそうだ。オレだって欲望の源がどこから来ているのかさっぱりわからない。著名な神秘主義者たるあんたにこんなこと言うのもなんだが、あんたは、わかっているほうじゃないのか」

ギルバートはいかにもおかしそうに笑い出した。レスリーをますます気に入ってしまったようだ。

「話はもうこのへんでよそう、それより……」

ギルバートは、顎で前方を指し示した。

闇に分け入る道路から、ぼやっとした明かりが浮かび上がっている。町が近かった。時計に目をやるとそろそろ十時……。ふたりとも旅の疲れもあったし、話すのに疲れてもいた。そろそろモーテルにチェックインしたほうがいいだろうと、レスリーは空室のサインを探して車のスピードを落とした。それでも、ギルバートの話に出てきた水たまりの情景はなかなか頭から抜けきらなかった。それほど印象的だったのだ。

6

翌朝、六時に目覚めると、フローラはまずシャワーを浴びた。浴び終わると髪をとかしながら、鏡の中の自分の顔をじっくりと見つめる。様々に表情を変えてみた。化粧はほとんどしない。上唇と下唇を交互に強く噛《か》み、口を開いたり閉じたりさせて表情を豊かにしようと努めた。笑いかけたり、目を吊り上げてみたり、口に空気をいっぱいためて膨らませたり、目の端を揉《も》んだり……、そんなことにたっぷり時間をかけた。どんな顔でレスリーを迎えたらいいのか、頭を悩ませていたのだ。

七時ちょっと前にフロントに降り、チェックアウトを済ませようとした。カウンターの向こうにいるのは、口ひげをはやしたメキシコ人で、愛想のいい笑い顔をつくって朝のフローラを迎えた。

「レンタカーは表の通りに止めてあります」

「ありがとう」

フローラは、車の返却が明日以降になることを告げてキィを受け取った。表に出るとすぐ、黄色のスポーツカーが目に入った。2シーターのダットサンで、車体はかなり低い。他には一台も車は見当たらない。はっとして立ち止まった。そしてすぐ、ミスをしたのは自分だろうかそれともフロントだろうかと考えた。彼女は、キィを握り締めたままホテルのフロントに戻った。

「あの、私、車に関して何か注文をつけなかったかしら？」

メキシコ人は、大げさに目を広げてみせた。なにか手違いがあったらしいことは、フローラの表情から歴然だった。

「いいえ、別に……」

「そう……」

フローラはゆうべのことを思い返した。どこかぼんやりとしていたのはよく覚えている。

こちらの手落ちだったのだろうか。

「砂漠を走れる車って言わなかったかしら？」

メキシコ人は、オーと溜《た》め息をつきながら首を横にふった。仕草がいかにも芝居がかっている。

「確かに、うかがいました」

少なくとも自分の手落ちではなかったんだと、フローラは少しほっとした。

「だったら、表の車はなに？」

メキシコ人は、表情を曇らせた。彼は勘違いしたのだ。砂漠を走るというのは、つまり砂漠を横切る国道を走ることだと。まさかフローラのような女性が4×4《フォーバイフォー》を駆って荒野を走り回ろうとは思いも及ばなかった。その点をしっかり確認しなかったフローラにも、責任がないとはいえない。

フローラは、もう一度事情を説明した。国道を折れて砂漠へと乗り入れることのできる車が欲しいと。

「といいますと、4WDのワゴンタイプのやつとか……」

「ええ、詳しいことはわからないけれど、とにかく、砂漠さえ走ることができればそれでいいの」

メキシコ人は、ちょっとお待ちくださいと手で合図してから、あちこちに電話を掛け始めた。そして、送話口を手で押さえて「十時までお待ち願えますか」と聞いた。十時にここを出たのでは、レスリーとの約束の時間に絶対間に合わない。

「今すぐ使いたいのよ」

メキシコ人は、さらに数ヵ所電話をかけたが、やがて悲しげな表情で口をとがらせ、顔をブルブルと横にふる。

「生憎《あいにく》と無理ですね、十時まで待っていただかないと。実は、街の主だったレンタカーオフィスがオープンするのは十時からなんですよ、4WDのワゴンとなるとそんなに台数ないですからねえ」

フローラは時計を見た。午前十時にここを出たとして、スプリンガビルに到着するのは午後三時。しかたがなかった。レスリーと合流して地底湖に行くには、表のスポーツカーでは絶対に不可能だ。新曲を創造する瞬間には立ち会えない。諦《あきら》める他なかった。フローラはもう一度部屋に戻って十時まで待つことにした。

約束の昼ちょうど、レスリーはスプリンガビルのポストオフィスの正面に車を止めた。そして、「ハガキを出してくる」とギルバートに声をかけ、車から降りてオフィスに入った。オフィスに入りながら、レスリーはフローラらしき女性の運転する車をガランとした駐車場に探した。フローラの顔も年齢も知らなければ、借りた車の車種も知らない。しかし、見分ける自信はあった。電話の声だけから、あれほどのインスピレーションを受けたのだ。本人を目の前にして、霊感が働かないはずはない。

目当ての車が待っていないのは一目瞭然《いちもくりょうぜん》だった。駐車場に止めてある二台の車はどれもアリゾナのプレートをつけていた。エルパソでレンタカーを借りたとすればテキサス州のプレートがついているはずだった。それでも、遅れて到着するかもしれないと、彼としてはなるべく時間稼ぎをする他なかった。せいぜい十分……いくらがんばってもハガキ一枚出すのにそれ以上手間取るのはおかしい。レスリーは様々な可能性を考えた。何か手違いが起こって到着が遅れているだけなのか、それともニューヨークからエルパソを経由して地下の大鍾乳洞に来るという企画自体、仕事の都合で見合わせてしまったのか。

フローラらしき女性は現れなかった。レスリーは諦めて車に乗ると、ギルバートの案内に従って、砂漠へと乗り出した。時々、バックミラーに目をやって、未練がましく、舞い上がる砂塵《さじん》の背後に車の影を探した。追ってくるものはない。後ろ髪を引かれる思いだった。何度も何度もフローラの声を胸に響かせ、名前を呼びかけ、アクセルをゆるめたい気持ちを我慢して、それでもどうにかギルバートの指示通りに走らせた。やがて小高い丘を越えると、背後からは長い国道のラインも消え、すっぽりと荒涼たる大地に包まれていった。こうなっては、もう追ってくるのは不可能だ。レスリーはバックミラーから目を離し、前方を見すえた。

7

「さあ、到着だ」

ギルバートはそう言って、右手前方を指差した。「あのあたりで止めてくれ」

レスリーはその通りにして、車のエンジンを切った。振動がなくなり、不意に訪れた静けさに人心地がつく思いだった。レスリーはあたり一帯をぐるりと見回した。何もなかった。奇妙な印象を与えるものは何もなく、レスリーの想像とは異なって、そこは何の変哲もない砂漠の一地点に過ぎない。ギルバートの案内がなければ、とても来られそうにない。

しかし、足もとには緩やかな曲線を描いて傾斜する椀《わん》状のくぼ地があった。ところどころに岩石が露出し、くぼ地の底は粘土質の土壌で覆われていて、その上には澄んだ水がたまっている。

「このすり鉢状のくぼ地をドリーネと呼ぶんだ」

ギルバートは底を指差してそう説明した。

必要な物をすべてリュックに詰めると、レスリーとギルバートは蟻地獄に似たくぼ地の底へと降りた。ドリーネの底で、地下世界への入口は口を開けて待っていた。入口の手前には巨大なダイナモが置かれ、ギルバートはレバーを引いてエンジンを始動させた。洞窟《どうくつ》内へと伸びたコードに発電されたばかりの電流が流れ、巨大な暗闇にポツポツと照明を灯《とも》してゆく……、その様子が目に浮かぶようだ。洞窟の奥へと連なっていく光を思うとそれほどの恐怖は感じない。

入口自体はそんなに広いものではなかった。しかし、進むほどに天井は高く、横幅も広がってゆく。そして、入口の狭さからは想像もできない広々とした吹き抜けのホールへと、足もとの急斜面は導いていった。背後から差し込む光は次第に小さくなり、レスリーは湿った岩に足を滑らせまいとしてロープを手に巻き、後ろ向きになって奥へと進んだ。入口から漏れる外界の光は、いびつな形となって徐々に遠のいていった。闇は濃く、先ほどまでの強烈な陽差しは影をひそめ、冷やっとする冷気が肌に触れた。ヘルメットのヘッドライトだけでは光量が足らず、とても天井や岩肌まで照らすことはできない。わずかな明るさの中で、レスリーはこの洞窟内の地層を見た。それは、濃い灰色の横縞《よこじま》となり、時には波のように湾曲し、凹凸《おうとつ》の激しい岩壁を走っている。

洞窟は一旦《いったん》行き止まりになった。しかし、壁の一部に走る縦の亀裂《きれつ》はより深い暗黒をのぞかせ、手に持ったロープの先はその中へと伸びている。ギルバートから先に亀裂の中へと入った。足もとは一段と険しくなり、横幅も人ひとりようやく通れるほどの幅に狭まると、遠くでぼんやりしていた地層の線は間近に迫ってきた。よく見ると、はっきりとした層が刻まれている。気の遠くなるような年数を経て堆積《たいせき》し、時の移り変わりを示しているのだ。

レスリーは息苦しさを感じた。空気のせいではない。岩の壁にできた地層を上から下へざっと見渡し、時の流れ、時代の移り変わり、といったものを生々しく感じ取って目がくらんだのだ。強い風に吹かれて歴史書のページが前に戻るのに似た、現在から過去への遡《そ》行《こう》。その速度があまりに速かったために、レスリーの時間感覚は戸惑いを覚えたらしい。

彼はふとベリンジアを思った。自分の作品というより、遠い祖先が渡ったという北の廊下。民族の生生流転《るてん》、地上に誕生したすべての生命の生生流転の姿がここに積み上げられている。彼は思う。時代の節目とはなんだろう？　地層の層理はなぜできるのだろうか？　この身体がいつか腐って土に返るとしたら、レスリーはより色濃く積もった層の中にこそ取り込まれたいと願うのだった。

岩棚に据えられた巨大なサーチライトは、その奥の茫漠《ぼうばく》たる空間に光を投げかけていたが、果てにまではとうてい至らなかった。レスリーとギルバートは言葉もなく岩棚の上に立ち、この小宇宙に魅せられていた。人工の光はほのかに青味を帯び、遠くを照らすほど薄緑色のぼやけた影を作り出す。高い天井からつらら状に垂れ下がった鍾乳石《しょうにゅうせき》。床からにょきにょきと上に伸びる石筍《せきじゅん》。中にはこのふたつが中空で繋《つな》がり、古代ギリシアの優雅なイオニア式宮殿の柱を思わせるものもあった。天井、側壁を滝のように流れ、くらげ状の形をつくるフローストーン。おそらく洞窟内の気流の関係からだろうが、重力に逆らって曲がりくねりながら成長した曲がり石。絹のカーテンの滑らかな表面をもったタブラースタラクタイト。ギルバートは、レスリーに向かって様々な鍾乳石の説明をした。まさにすべてが自然の造形美……、悠久の時の流れのみがなし得る芸術品だった。そして、この作業は今でも続いている。洞内のものはすべて、時間までもが静止しているように見える。しかし、ごくわずかではあるが、砂漠の地中を通り過ぎた水の滴《しずく》は岩の細かな節理を伝わり、目に見えぬ変化を刻み続けている。

「もっと奥に進もうか」

ギルバートが言った。この光景に触れるのが初めてでないだけに、彼はレスリーよりも数段落ち着いている。

ロープを伝って岩棚を降りると、小粒な石灰岩に被《おお》われた平坦《へいたん》な大地に立った。くぼ地があちこちにあり、少し歩くとざくざくと石の砕ける音がする。ギルバートは目的地を目指しているはずなのだが、レスリーにはこの不思議な世界の行き止まりを想像することができない。中西部の穀倉地帯を進むようなもので、歩いても歩いても風景に変化は見られないのだ。

「一体、どこまで行く気だい？」

レスリーは立ち止まってギルバートに聞いた。

「あともう少し……、それ以上は進めない」

レスリーは前方の広大な空間を見渡した。それ以上進めないどころか、一日中歩き続けても行き止まりにぶつかりそうもない広大な空間。しかし、数十歩も歩かないうちに、彼はギルバートの言葉が嘘でないことを知った。薄暗かったせいもあるが、なんといってもその驚異的な透明度のせいだった。自分の足を踏み入れて初めて気付いた。踏み入れた右足は水をはね上げて、ぴちゃりと音をたてる。いつの間にか、前方には地底湖が広がっていた。

ライトで水面を照らしても、空気と水の境界線すらわからない。光は水に分け入り、底の岩にぶつかって反射した。光は、処女の海を犯す人工の光線だった。水の粒子をすり抜け、すべすべした底の岩に至ると、光は乱反射して湖の一部を浮かび上がらせる。

「このあたりで休もう」

年のせいか、ギルバートの呼吸は乱れがちだった。地底湖の畔《ほとり》……レスリーとギルバートは濡《ぬ》れた岩の上に腰を降ろした。

ギルバートはリュックサックからウィスキーとコップを取り出し、湖の水で割って飲んだ。

「君も飲むかい？」

コップを受け取り、レスリーは一口だけ胃に流し込む。

さっきから何度も、レスリーは溜《た》め息ばかり漏らしている。感嘆の思いで首を巡らせ、この世界を見回した。言葉を超えていた。何かを感じ取ることができそうだった。ギルバートがなぜこの世界を見せたかったか、わかる気がする。百万言を費やしても伝わらない感覚が、すうっと彼の体内に入りかけた。数億という時の積み重ね、暗黒の世界、宇宙の始源、絶対静止。確かに交響曲「ベリンジア」と通じる空間だ。

ギルバートは、静かな口調で、この地下の世界がどうやって形成されたか、ごく簡単に説明し始めた。

……数億年前、ここは海の底であった。その頃の海に生息していた放散虫、有孔虫、紡錘虫などの浮遊性の生物や、ウミユリ、珊瑚《さんご》類、二枚貝など生物の遺骸《いがい》は海底に沈んで堆《たい》積《せき》していった。そして、まるで無限ともいえる長い年月が過ぎ、強い圧力がかかり、生物起源の石灰岩は作られていった。光の届かない海底では、これ以外にもカルシウムが化学反応を起こし、堆積し、凝固して石灰岩になったものもある。そして、こういった海底の石灰岩の台地が地上に姿を現すのは、造山運動によってだった。大陸ができ、その外側にも新たな造山運動によって山脈が形成される。隆起した外壁に海からの湿った風が遮断され、内陸地は乾燥し砂漠化してゆく。こうしてこのあたり一帯は風化されたなだらかな石灰岩台地となった。砂漠にも雨は降り、地表から地下へとしみこんだ水は二酸化炭素を含みつつ石灰岩の割れ目や亀裂に浸透してゆく。そうして、炭酸を含んだ水は石灰岩を溶かし、表面を薄く削り取ったりゆっくりと丹念に積み上げたりして、今我々が見ているような地下の世界を造り上げたのだ。

レスリーは立ち上がり、足場を確かめるように二、三歩歩いてみた。

……ここが海の底だったなんて。

妙に感心してしまったが、なにも不思議なことではない。現在人間が住んでいる大部分の土地は、その昔海底であったのだから。もっと神秘なのは、この地下の世界が無数の生物の死骸によって形成されたことだ。夥《おびただ》しい時の流れと、夥しい死骸。ウミユリ、放散虫。レスリーはそんな生物の形などイラストでも見たことはない。ウミユリというくらいだから、きっとユリに似た形をしていただろうぐらいは想像できる。レスリーは薄暗い海の底でゆらめく極彩色のユリの花を思い浮かべた。

　ざっとこの世界を説明し終わると、ギルバートは一切口を閉ざした。レスリーの内部から音の溢《あふ》れ出す気配を察し、邪魔したくなかったのだろう。何気無く腕時計を見た。ここに来てもう二時間が過ぎようとしている。なんとなくじっとしていられない。レスリーは両手を差し入れてすくった水を口にふくみ、飲み干した。そして、なんの気なしに水際の小石を拾おうとした瞬間、水底に薄く敷かれた小石がさらさらと動いた。レスリーははっとした。風はどこからも吹いていない。もう一度、今度は明らかに何かが地を這《は》う音をたて、水際に波紋を投げて、ぴちゃりと音を上げた。静止していたはずの水面が、ごくわずか揺れている。

「ギル！」

　レスリーは一歩後じさっていた。

「どうした？」

「なにかがいる、オレの足もとで、今、なにかが動いたんだ」

　またぴちゃりという音。

「ほら」

　レスリーは音のするほうにライトの灯《あか》りを向けた。何もいなかった。しかし、水面は生物の存在を証明するかのようにさーっとふたつに分かれ、ささやかな航跡を後に引いていた。

「洞窟《どうくつ》内生物だよ」

ギルバートの声はよく響いた。そう言われても、レスリーにはピンとこない。

「この生物の誕生にも、やはり長い年月がかかった」

「生物？　そんなものどこにも見えないじゃないか」

「そう、見えない。考えてもごらん、本来ここには一筋の光もない。ところが、こんな光のない世界にだって生き物はいる。闇に適応し、目を退化させ、無色透明と化し、嗅覚《きゅうかく》と触覚だけを異常に発達させ、それでもどうにか生きている」

……無意味！

レスリーは心に叫んでいた。形すら判然としない生物など、存在になんの価値があるというのだろう。

「ああ見えても、ちゃんと自然の摂理に従って生きてるんだ。食物連鎖の環《わ》を作り、この世界だけの閉じた社会の中で生きている。地上の生物系となんら変わりない」

ぴちゃり、またひとつ小さな水しぶきがあがった。

「音だけだろうなぁ、存在を証明するのは」

ギルバートはぽつりと言った。

……音だけ。

レスリーは考える。

……まるでオレと同じじゃないか。

何年か先、彼が生きたことを証明するのは、彼が作曲した音楽だけになるのだろう。

水音はやんだ。澄んだ響きを後に残し、洞窟内生物は体内にほのかな光を宿しながら水中深く潜ってしまった。レスリーはこの時まだ、洞窟内生物から発光し始めた光は彼の懐中電灯の光の蓄積によるものだとは気付かなかった。

レスリーの体内では音が渦を巻き始めていた。急いでリュックサックからノートを取り出し、ヘルメットのヘッドライトで照らしながら、音のうねりがもっともっと近づいてくるのを待った。首からぶら下がる石のペンダントを取り出し、左手で握り締めてからそっと開いた。赤い鹿が躍動している。これまで作曲したときと同じように、この図柄に見守られないとなかなかうまくいかない気がした。祖母から父へと伝えられた形見は、ペンダントなどといえる代物ではなく、ただ薄っぺらい石に赤い鹿が描かれているに過ぎない。それでも、このペンダントには、レスリーの細胞の奥底に眠っている、まだ人類が若かった頃の夢を喚起させるエネルギーが満ちている。

音は彼方《かなた》からやってきた。音楽はレスリーの体内で湧き起こるわけではなかった。身体の外部から、そう、本当に、はるか彼方から、レスリー目がけて突進してきたのだ。ペンを走らせるだけで精一杯だった。どんな曲が流れたか、とても言葉で表現することはできない。ただ、もどかしかった。流れ去る音を拾い切れないんじゃないかと、彼は走り書きするペンの速度がじれったくてしかたがなかった。二度と起こり得ない至高の経験であったことは確かだ。これ以上の経験が不可能としたら、彼はもう作曲をする意味を感じなくなるかもしれない。縮小再生産を繰り返すのは彼の主義ではなかった。

三十分ばかり過ぎ、音の洪水は余韻だけを残して去ってしまった。レスリーは首筋をいっぱいに伸ばして天井を見上げた。心地よい疲労感が全身を包んでいる。そんな彼の姿を見て、ギルバートは声をかけるのをためらっているようだ。だから、レスリーから先に声をかけた。

「ギル、終わったよ」

「どうだった？」

レスリーは答えるかわりに両目を閉じ、曲の余韻を追うふりをした。

「わかるよ、君の表情からうかがえる。私も聴きたかった」

「ギル、あんたには感謝している」

レスリーはこんな奇想天外な企画をたてたギルバートに心から感謝したかった。たった今流れ去った曲は、この風景に触れなければ決して得られない類《たぐい》のものだ。彼がいなかったら、曲は生まれてこなかった。

「楽しみだ、君の曲をコンサートホールで聴くのが」

ギルバートは立ち上がって、レスリーのほうに近寄ろうとした。その時、岩棚の上に据えられたサーチライトの光がゆっくりとした速度で明滅を繰り返した。洞窟の外で回っているダイナモになにか故障でも起きたのだろうか。レスリーも無意識のうちに立ち上がって水際から離れかけた。直後、ぴちゃりぴちゃりという水音が一斉に水面を揺らしたかと思うと、轟音《ごうおん》とともに世界が揺れた。地震、と思った時はもう遅く、明滅するまだらな光の中で、地面が割れるのを見た。どこからともなくすっと走った亀裂は、ふたりの足もとへと忍び寄り、レスリーとギルバートの身体をより深い闇の中へと放り出した。ふたりは、地震で生じた亀裂の中を、地底湖の水の流れとともにどこまでも落ちていった。

ふたりは重力に弄《もてあそ》ばれるがまま、地下水の激流と絡まり合い、湾曲した石灰岩の絶壁を滑り降りた。ほんの一筋の光もない空間だけに、加速度的に恐怖は増大していく。目の前に何があるのか見当もつかないのだ。両手で頭をカバーし、背中を丸め、逆らうことなく滑り落ちるがままにしていた。腹の底からほとばしり出る悲鳴は制御しようもなく、水の轟音と一緒にその声は石灰岩の壁面にぶつかって反響を繰り返し、レスリーの意識を遠のかせるほどの大音響になっていく。一体どのくらいの時間、地震によってできたこの巨大な亀裂の隙間を滑ったのだろうか。数分間、あるいは数十分。しかし、実際の時間は感覚から計られたものよりずいぶんと短く、ほんの十数秒に過ぎない。

レスリーは自分を取り巻く状況にある変化が生じたことを悟った。背中に接していたはずの壁面は急になくなり、狭い空間で跳ね回っていた大音響はすっと遠のいていく。いつの間にか自然の滑り台から飛び出し、地下にある空間の中を自然落下していたのだ。もう助からないと、彼は覚悟した。このまま、この下にある石灰岩に身体を打ちつけ、ばらばらに砕け散ってしまうだろうと。落下の加速度が増すに従って意識は薄くなり、三十四年にわたる自分の人生を彩る様々なシーンが次々と甦《よみがえ》っていく。

肉体が落下速度に耐えられず意識がなくなりかけた時、レスリーは滝の音を聞いた。それが過去の回想の中での音なのか、それとも実際の音なのかはわかりかねた。この場にそぐわないさわやかなイメージは、夏の涼しさを誘うものだった。

そんなのんびりとした妄想を打ち破るように、突然レスリーの身体は異質な媒体の中に躍り込んでいった。水面に打ちつけられた激しいショックの後、口と鼻から大量の水が胃の中に流れ込み、そうなってようやく自分が地底湖の中に飛び込んだことを知った。呼吸を止め、目を閉じ、すばらしく澄んでいるはずの水の中で身体をぐるぐると回転させた。どっちが上でどっちが下なのか、まるでわからない。次々と襲い掛かる不意打ちに我慢がならず、頭は完全なパニックに陥りつつあった。もし、もう一突きされたら、発狂していただろう。レスリーはどうにか踏み留《とど》まり、冷静さを取り戻すように努めた。

……あわてないで、浮力に身を任せればいいんだ。

こんな些細《ささい》なことではあっても、いざやろうとすると想像以上の精神力が必要となる。人はたいてい死に対して激しい抵抗を試みるが、そのあがきが逆に命取りになる場合もあるのだ。

レスリーは、どうにかパニックを克服し、身体から余分な力を抜きゆったりとした姿勢で浮力に身を任せていった。水面までの時間がいやに長く感じられたが、無事水面上に顔を出すことができた．立ち泳ぎをしながら、冷んやりとした空気をむせるほど吸い込んだ。

「ギル！……ギルバート！」

レスリーは水に浮いたまま身体を回転させ、ギルバートの名を呼んだ。亀裂を転がり落ちる時、確かに彼の身体に何度か触れた。すぐ近くにいることは間違いない。両手で水面をかきむしる水音とともに、うめき声がした。

「ギル！……そこにいるのかい？」

レスリーは、細い声のほうに近づくと、手探りをした。左手が服の袖《そで》に触れた。

「大丈夫か？」

それに対してギルバートは、もう一度うめき声を返しただけだ。しっかりと腕を摑《つか》んで引くと、レスリーはギルバートの身体を抱くようにして立ち泳ぎを続けた。

彼は、視覚以外のすべての神経を集中させて、この絶望的な状況から抜け出す方法を考えた。あと一体どのくらい、こうやって水の上に浮いていられるのか。冷たい地下水と絶え間ない運動量は案外あっけなく身体からエネルギーを抜き取ってしまうだろう。特にギルバートは、身体に致命傷を負っている恐れがある。いや、肉体が滅ぶよりも前に、精神が破綻《はたん》をきたしてしまうかもしれない。

まず、第一にすべきことは岸に上がることだった。しかし、この闇の中では岸がどっちの方向にあるのかわかるはずもない。やみくもに泳ぎ始めて、その方向が岸とは逆の方向だったときのことを考えると、恐くてとても泳ぎ出す気になれなかった。

水の落ちる音がした。さっき耳にした滝の音だ。やはりあれは現実の音だったのだ。レスリーは滝のある方向を耳で探した。どこから聞こえてくるのか、その方向を特定できないように思われた水音は、徐々に収束して一点に絞られていった。しかし、なぜかその音がすうっと離れていくように感じる。レスリーは理由を考えた。まさか、この地下の海に潮流があるわけもなく、だとすれば距離的に離れていくことなどあり得ない。どうして滝の音は小さくなっているのだろうか。距離が変わらないとすれば残る理由はひとつ、流れ落ちる水の量が減っているということなのだ。レスリーは並はずれた聴力で滝の音を捉《とら》えると、そこを目指して泳ぎ始めていた。

滝があれば、そこに岩の絶壁がある可能性も高い。岩につかまっていれば、水の中に浮いているより数段楽なことは確かだ。あの滝こそ今しがたふたりが滑り落ちてきたものであり、唯一ここと上の世界とを繋《つな》ぐ亀裂に違いなかった。激流となって流れていた水の量は次第に細くなってただの水滴に変わり、その間隔も長くなりつつあった。したたり落ちる水の音が完全に消え、亀裂の位置を見失う前に辿《たど》り着こうと、レスリーはギルバートを抱えて地下の湖を全力で泳いだ。

案外あっけなく、左手は岩に触れた。ごつごつした岩肌を両手でたぐるようにして身体を上へ上へと持ち上げ、レスリーは水の中から自分の身体を出した。どんな地形をしているのかまったくわからないので、手探りで安全な場所を探す他なく、そうやってようやくスペースを見つけると、ギルバートを引き上げた。どうにか一命はとりとめたものの、助かったという気持ちは露湧かず、呼吸が安定するほどに身体の震えは大きくなっていく。亀裂の中を滑り落ちてから、どれだけの時間が経過したのか、レスリーには皆目見当もつかない。時間の感覚を完全に失ってしまったのだ。そして、この先は暗黒の中でただじっと待つ他ないのだが、その状況がどういった恐怖を生み出すのか、レスリーはある程度想像することができた。ひょっとしてこのままここで死ぬのかもしれない……、いや、間違いなくそうなるだろう。しかし、死そのものに対する恐怖よりも、死に至るまでの時間に対する恐怖のほうがより大きいように思えてならなかった。

レスリーは、指を鍾乳石《しょうにゅうせき》の隙間に這《は》わせ、ゆっくりと時間をかけて自分を取り巻く地形を把握しようとした。岩肌がすべすべしているので、足を滑らせるとまた水の中に落ちそうになる。

少し気持ちが落ち着くと、助かる方法を考えた。自力で脱出するのは、どう考えても無理だ。可能性があるとすれば、唯一レスリーとギルバートがこの場所にいることを知っている人間……、つまりフローラを頼る他ない。だが、ここは何の目印もない砂漠の真ん中だった。初めて来る人間に場所がわかるはずもない。それでも、レスリーはフローラの名を呼んだ。ほんの目と鼻の先、二十マイルばかり離れたスプリンガビルの街に、彼女はもう来ている。いや、来ていてほしい。約束の時間に来なかったのは気になったが、それでもニューヨークを飛行機で発《た》ってエルパソにまでは着いている、レスリーは無理にそう考えた。こんな絶望的な状況の中では、ほんのひとかけらの希望でもなければ生きる気力を失ってしまう。

見えなかったが、ギルバートの手が伸びて自分の肘《ひじ》を力なく握り締める感触を覚え、レスリーは手を強く握り返した。

「大丈夫だ、ギル、オレたちはきっと助かる」

言いながら、肩のあたりに触れた。ぬるぬるとした生暖かな肌触りが、レスリーを不安に陥れた。怪我の場所はわからない。だがやはり思った通り、ギルバートは重傷を負っている。

「レスリー……、レスリー……」

かすれ声がどこからともなく聞こえる。すぐ近くにいるはずのギルバートの声が、鍾乳石に反響してか遠い響きを持ってあらゆる方向から届いた。

「なあ、レスリー、聞きたいことがあるんだが……」

レスリーは声のする方向をどうにか探り当て、身体を曲げて耳を近づけた。

8

午後三時ちょうど、フローラはU・Sルート180号線を北上してスプリンガビルの街に入り、最初のモーテルにチェックインした。レスリーが砂漠の鍾乳洞から街に戻って初めて目に入るのもやはり、このモーテルの看板に違いない。だから、探すのにそう手間取らないはずだ。

平屋の小さなモーテルだったが、どこか落ち着く雰囲気を持っていた。部屋に入るとカーテンと窓を開けて外の空気をいれた。備え付けの冷蔵庫の中身を調べると、なにも入っていない。あとでスーパーに買い出しにでも行こうかしらと、フローラは顎《あご》に手を当てながらつぶやいた。

その時だった、大地が揺れたのは……。地の下から突き上げるようにグラッときて、フローラは思わず冷蔵庫のドアにつかまった。地震に出合うなんて久々の経験だった。サンディエゴで暮らした子供時代には何度かあった。しかし、東海岸に移って環太平洋造山帯からはずれたとたん地震とは縁遠くなってしまった。震度四ぐらいの揺れは数秒でおさまったけれど、フローラの心臓の鼓動は激しいままだ。開け放しの冷蔵庫から漏れる光に触発されて、なにか野菜の腐った臭いが鼻先をかすめたように思う。突然、脳裏には次々と目まぐるしく移り変わるシーンが連続して映し出された。嫌な予感がした。どこからともなく、なにか、巨大なものが近づきつつあるという予感。脈絡もなく、波の音が聞こえ、潮の香りが漂った。遠くで犬が鳴いている。鳥が一斉に舞い上がる音も聞こえた。原色の花々は咲き乱れ、ヤシの葉先が日光を照り返す様。入江を漕《こ》ぐ黒いボートのシルエット、人影は見えないけれど、鈍く黒光りする鉄の棒は空に向かって林立する。胸の締めつけられる思い、見る間に色を変えてやがて海までもが黒く塗り込められていく。怒りとも恐怖ともつかぬ、じわじわと押し上がってくる強い感情。巨大な海のうねり、血と細胞のたぎり。

フローラははっと我に返った。

……なんなの？……今のは。

壁に手をついて身体を支え、呼吸を荒くして目を瞠《みは》った。こんな砂漠の街にいて、なぜか突然海の情景が眼前に広がったのだ。凄《すさ》まじい速度で、潮の香りを漂わせながら印象的なシーンが走り抜けていった。地震がきっかけでそうなったとしか思えない。不思議だった。確かに海と、ヤシに被《おお》われた島の情景……。それは間違いない。

……でも、なぜ？

窓に近づいて東の荒野を見渡した。何度も瞬《まばた》きして、網膜を濡《ぬ》らしてみる。既視感というのとは、ちょっと違う。かつて一度見たことがある風景というより、かつて一度味わったことのある感情といったほうがよかった。その感情が告げている。

……やがて、とてつもないものがやってくる。

フローラはまだ東の荒野を眺めていた。東に二十マイルばかりオフローダーを走らせれば、レスリーのいる大鍾乳洞があるはずだった。

ふとレスリーの身が案じられた。彼は今、地底の世界にいて、地震の影響で困った事態に見舞われてしまったんじゃないかしらと。しかし、行動を起こそうとして、フローラはためらった。鍾乳洞のある場所がわからなければ、助けようがない。しかも、それほど大きな地震ではなかった。無理に悲観的に考える必要もないだろうと。突如展開した南海の楽園のシーンに戸惑い、慌ててしまったけれど、冷静に考えれば別にどうってことはない。フローラは心臓の鼓動が平常に戻るのを待った。午後の四時ちょっと前、予定通りことが進めば、レスリーとギルバートはもうすぐこの街に戻ってくる頃だ。

……夕方まで待とう。

当然の結論だった。そして、夕食でも買い込もうと、オフローダーのキィを手に取った。どこか釈然としなかったが、今のフローラにできることといえば、やはり待つことだけだ。

9

名前を呼ぶ声が聞こえてはいたが、返事をしなかった。というより、レスリーには返事をする余裕がなかった。墨を幾重にも塗りつぶした闇の濃さは喩《たと》えようもなく黒く、しばし人の声を忘れさせた。時間がたつにつれ闇の圧迫は強まってくるようだ。水中から岸に上がったばかりの頃よりも、今のほうがはるかに恐怖は増している。「レスリー……、レスリー……」とすぐ近くで囁《ささや》くギルバートの声が、地獄の淵《ふち》に呼び寄せる悪魔の声に聞こえる。暗黒は、むやみに想像力を刺激した。そばにまでヒタヒタと迫る、実体のない生物の感触……、暗黒の泥に包まれて実はもう身体の大部分が地中を這う虫に食いちぎられてしまったという幻想。痛みが走った。と同時に身体のあちこちに痒《かゆ》みを感じた。背中と服の隙間になにかがもぐり込んで動き回っている。手や足を激しく動かし、レスリーは幻覚の中で生じた粘りつく皮膚感覚を払いのけようとした。一旦《いったん》浮かんだ妄想は次々に発展して、手に負えなくなってくる。まだ、聞こえる。「レスリー、レスリー」と呼ぶ声。忌まわしい声。声の主はギルバートから離れていった。耳慣れぬ悪魔の声。凶暴な力が湧き起こりそうになった。「うぉー」と獣の叫びを上げて、レスリーはその場に立ち上がった。早く妄想を振り払わねば確実に狂うという寸前、「レスリー」と呼ぶ声の質が変わった。かすれ声から、丸みを帯びて心地よく歌う女性の声へと変わったのだ。レスリーは、はっとして冷静さを取り戻し、その場に腰を降ろした。電話で耳にしたフローラの声だった。

「レスリー……」

手を伸ばせば届くところから、彼女は呼びかけている……。その思いは、レスリーに安心をもたらした。身体を覆っていた不快感はたちどころに消え、闇も一歩引いて色合いを弱めていった。思い浮かべようと意図して囁かれた声ではない。不意に差しはさまれたのだ。心臓の鼓動も次第に落ち着きを取り戻し、現実の声に対してレスリーはようやく答える余裕を持つことができた。

レスリーは耳を澄ませ、呼吸を整えてからギルバートに聞いた。

「なんだい？　ギル」

ギルバートの手はたぐるように這《は》い上ってレスリーの肩のあたりにまで達した。沈黙のまま、ギルバートは何も言おうとしない。時間の感覚がなくなろうとしていた。そのままだと、時を計るべき尺度を失う。なんでもいい、なにか喋《しゃべ》っていなければ、精神のバランスは崩れてしまう。のしかかる闇の重さは凄まじく、気を緩めると押し潰《つぶ》されてしまいそうだった。

「なあ、ギル。ギル……、今、なにか言いかけただろ？」

レスリーは、ギルバートの身体を揺すった。呼吸が乱れている。無意味と知りつつ、レスリーは視線をあちこちに飛ばした。

「さっきから何度も私は君の名を呼んでいた……」

「ああ、わかっている」

「たった今、君が作った曲だが……、あれは、その、つまり……、君が作ったものなのかい？」

ギルバートの言葉を聞いて、レスリーは息をつめた。意味がわからず、転落のショックで思考力に異常が生じたのではないかと疑ったのだ。

「なにを言ってるんだい？　ギル」

「あ、いや、勘違いしないでほしい、私は、音楽家でないから、よくわからないんだが……、音楽そのものがこの空間にあって……、うん、あるにはあるのだが、私のような素人には、届かない。だが、優れた音楽家の耳には届く……、わかるかな、言っていることが」

今度はレスリーにもわかった。彼自身ついさっきまったく同じ疑問を抱いたからだ。音楽は体内で湧き上がるのではない。彼方《かなた》から彼目指して突進してきたというべきだ。既に宇宙に存在している音楽がレスリーという肉体を通して、音符という表現形態に姿を変えたに過ぎない。これまでの作曲においても、多かれ少なかれそれに似た体験はあった。だが、今回は、まったくすべて、自分は代弁者に過ぎないという印象を抱いてしまった。

「そうなんだ、ギル。あんたの言う通り、オレは、この場の空気の囁きを聞いた」

卑下しているわけではなかった。それこそ、音楽家にとって至高の体験であった。囁きを聞く人間として選ばれたのだから……。

「天才にはふたつのタイプがあると思っていた」ギルバートはかすれ声で言った。

「つまり……、発見と創造だ。科学的な天才は、インスピレーションで宇宙の法則を発見する。そして、芸術家は、やはり同じ力で、創造を行う……。私は、そう考えていた。……だが、ある時、ふと、ひょっとしたら、両方とも、ある意味では、発見なのかもしれないと……、創造とはようするに新しく生み出すことなのだが、これは人間には手の届かないことかもしれないと、そんなふうに考え始めたんだ。……わかるかね？」

レスリーは返事を返す代わりに、ギルバートの手を握った。

「……ああ、だから……、宇宙には、完全な美が浮遊している。君のようなすぐれた音楽家は、それを発見して再生する力を持っている……、聴きたかったよ、私も……、君の頭に響いた音楽……。もう無理だろうが……。なあ、この地下の空間に浮遊していた音楽は……」

ギルバートはむせて咳《せ》き込み、呼吸を乱した。

「……それがこんなことになってすまない」

ギルバートは喉《のど》を詰まらせたまま、一息で言った。

「ギル、さっきも言った通り、オレはあんたに感謝しているんだ。音楽は、この世に満ちている。素晴らしい曲が鳴り響いたんだ」

「そう、君は……、発見した」

足もとで水の音が聞こえる。最初レスリーは滴り落ちる水滴だと思った。だが、音楽家としての耳はその音の主に生物の匂いを嗅《か》ぎ取っていた。たとえば、手を水の中に差し入れて軽くかきまぜたときにたてる音、あるいは、水面上で魚が跳ねたときの音。より鋭く耳を澄ませ、レスリーは音の正体をつきとめようとした。よく聞くと、音の源はひとつではない。今まで、真の闇と静寂に包まれていたと思われたこの空間にも、多くの種類の音が存在することがわかってくる。慣れてしまえばここでも目が見えるようになるのではないか、とそんな錯覚さえ起こしかねないほど、水面を泳ぐ洞窟《どうくつ》内生物の水音は大きくなっていった。

「ここにもいるんだ」

レスリーは言った。

洞窟内生物がつくる航跡が岸に打ち寄せられるかすかな音までも、レスリーの耳に届く。このままずっとここにいたら、いつか自分も視力をなくし、肌の色も透明になり、一際大きな洞窟内生物になってしまうのではないか……、レスリーはまたも幻想にとらわれかけた。

「フローラ！」

妄想を振り払おうと、レスリーは大きな声を上げてみた。妄想や恐怖に対して、あまり効果なかったようだが、ひとつだけわかったことがある。それは、ここの空間の持つ広大無辺の広がりである。声は無限の闇に飲み込まれてすっと消えてしまい、鍾乳石《しょうにゅうせき》で囲まれた狭い空間に特有の残響が起こらない。レスリーはそれを確かめるために、もう一度叫んでみた。

「なあ、ギル。この地底湖は海と同じくらい広いぜ」

ギルバートは返事を返さない。苦痛を含む呼吸が返事の代わりだった。

自分の目でこの広がりを確認しようと、レスリーは無駄と知りつつびしょ濡《ぬ》れの服のポケットに懐中電灯を探した。思った通り、光はどこにもない。タバコを吸わないので、ライターすら持ってはいなかった。また、もしあったとしても、そんなわずかな光ではこの空間の大きさをはかることなどできそうにもなかった。しかし、今いる場所の広さはなぜかレスリーの心を慰めた。

その時、ごほごほと、ギルバートがむせるような咳《せき》をした。レスリーは手探りで、ギルバートの背中をさすった。

「水を持ってきてやろうか」

レスリーが聞くと、ギルバートは笑った。

「だいじょうぶだ、さっき、たらふく飲んだからな」

レスリーの手はギルバートの傷口に触れていた。生暖かなものがどくどくと溢《あふ》れてきて、押さえても押さえても止まりそうになかった。既にどのくらいの血液が流れ出してしまったかわからない。左わきばらから背中にかけて裂傷がある。おそらく転落の途中、とがった鍾乳石の先で切ってしまったのだ。

「助かりそうもないな……」

　ギルバートはつぶやき、また咳をした。レスリーは、話すべきだろうと考えた。希望さえあれば、人間は気力で生き続けられる。この場合、外部の助けを待つ以外に助かる見込みは一切ない。だから、彼は順を追って説明し、フローラがスプリンガビルで彼の帰りを待っていることをギルバートに打ち明けた。

「……だから、いつまでたってもオレたちが戻らなければ、彼女はきっと心配になって捜索隊を出す……。だから、それまでの辛抱だ。な、ギル、きっと助かる」

　ギルバートはまた力なく笑った。レスリーのほうに手を伸ばして、彼の両手を握った。

「レスリー、君は、いい奴だ。ありがとう。だが、私だって宗教家の、はしくれだ。……覚悟はできている」

　ギルバートはレスリーの話を作り話と受け止めたようだ。死にかけている哀れな老人を慰めるため、咄嗟《とっさ》に思いついた作り話だと。

「違うんだ、ギル。本当だよ。あんたに隠していたのは悪いと思うが、フローラは、きっと、すぐに行動を起こす、もうこっちに向かっているかもしれない、な、ギル……、ギル……、ギル？」

　ギルバートの返事は遅れがちだった。

「君は、そのフローラという女性と、……会ったことがあるのかい？」

「……いや、ない」

正直に答えた。会ったこともない人間が、身を案じて救出にやってくるわけがない、ギルバートは暗にそう言いたいのだ。

「しかし、ギル、信じてくれ。これは、オレの直感なんだが……、フローラはオレにとって、恐らく、特別な女性なんだ」

「……なぜ、わかる？」

「フローラの声を電話で聞いて、オレの身体に変化が生じたからさ」

「……どんなふうに？」

「他の女への興味がなくなった」

予想に反してギルバートは笑わなかった。

「肉体は正直だ……、……出会ったのかもしれないな。……それも、言ってみれば、一種の、……発見だ」

その時、レスリーは空気の移動を感じた。風とまではいかなかったが、濡れた手の甲や頬を撫《な》でる空気には、流れがあった。それに伴って水の音は異変を生じ、広大な広がりが徐々に収束してこちらに迫ってくる気配が湧き起こった。これまで平板であった水面は、さざ波だって付近の鍾乳石を洗っている。レスリーは耳を澄ました。本能的に手をあちこちに伸ばし、身体を支えるものがないかどうか探した。右横に出っ張った岩がある。レスリーは、ギルバートの身体を引っ張って、岩の方に移動した。

「……どうする気だ？」

「聞こえないのか？……ほら、音がするだろう」

レスリーは、ギルバートの身体を岩にもたせかけ、彼を抱え込むようにして岩を抱き締めた。そして、さらに、耳を鋭敏に研ぎ澄ませる。音だけで、これから起ころうとすることを判断しなければならない。湖面の隆起が感じられる。地底湖の水面が隆起し始めたらしい。やがて、岩肌にぶつかって砕ける波は、轟音《ごうおん》をたてて向かってくる……、そうとしか思えなかった。洞窟内生物もまた激しく水面を揺らしていた。重層的にこだまし合いながら、グッグッグッと、水音が近づいてくる。闇の中、正体不明なものの来襲は耐えられない恐怖を生む。さすがのレスリーも、それが到達する寸前には、無意識に息を止め、岩を抱く腕に渾身《こんしん》の力を込めた。

水は、すぐ目前で砕け散った。下から持ち上げられるように身体が浮きかけたが、浮力に逆らってレスリーは岩を抱き締めた。首から下が水に包まれ、ぬるりとした感触を残して無数の洞窟内生物は首筋をすり抜けていった。波が引き、以前と同じ静けさがやってくるまで、レスリーとギルバートは言葉を交わすこともできなかった。レスリーは目を閉じ、冷え切った唇を震わせた。

……こんなことは二度とごめんだ！

そう叫びたかった。不意打ちには我慢ならない。身体の震えはしばらく続いた。

ギルバートはたっぷりと間隔をあけて、短い呼吸を吐き出している。それが唯一生きている証《あかし》だったが、呼吸の間隔が徐々に延びているのがレスリーには気になった。

「なあ、ギル……、今のは、何だ？」

「地震の後に起こる……、津波だよ」

信じられなかった。こんな地底湖で起こる津波……。それほどの広がりを持つというのか。昔、ペルー沖で起こった地震による津波が、二十三時間かけて太平洋を渡ったという話を聞いたが、それから判断してこの地底湖の大きさが計れるかもしれない。ここにも海がある。レスリーにとって、この世で信じられないものは、もはや何もなかった。

「レスリー、……ここから出るんだ」

ギルバートは強く言った。

「出たいさ、だがどうやって？」

「君ならできる。私のためにも、脱出してほしい」

「あんたのため？」

「ああ、……以前に、ちょっと言いかけたと思うが……、……私は、やはり君と同じ年の頃、マンハッタンの古びたビルの屋上の、……排水溝に転落し、出られなくなって、一週間過ごした。……その時の状況と、今とが、……似ている。決して自力ではい上がることはできなかったが、私は、外に出たいと、強く、望んだ。そうして私は、薄れゆく意識の中で……、都会の胎動を聞いた。底にたまったわずかな雨水に、身体の浮く感覚さえ覚えた。気がつくと……、私は、ベッドに寝ていた。自力で、脱出したのか……、それとも、だれかに救出されたのか……、とにかく、……私は、気がつくと……、外の世界にいたのだ。だから、君にも、……ここから、出てほしい」

錯乱に陥ったのではないかと、レスリーは不安になった。支離滅裂に近かったが、ギルバートの小さな身体からは、メッセージを伝えようという熱意が立ち上っている。最後の生命力を注いで、言葉には力がこもった。

「鍾乳洞《しょうにゅうどう》の入口に、地層があったけれども、君も見ただろう……、地球上に生命が誕生して以来……、無数の生命が、生まれては、死に、また生まれては、死んでゆく。延々とその繰り返しだ。果てしない、繰り返し。……考えると、いやになる。無意味といってしまえばそれまでだ。この鍾乳洞の、成り立ち……、さっき話した通りだ……、生物の死骸《しがい》が海の底に堆積《たいせき》して……、できた。私は、ここで、地層の一部になる。運命は……、避けられそうにない。だが、……君は、外の世界に出るんだ。無意味な繰り返しでも、たとえ無意味な繰り返しでも、……外に出て、……生きる、意味は、……ある！」

レスリーは苛立《いらだ》ちを覚えた。外に出たい気持ちは当然だったからだ。だれがこんな地下の鍾乳洞で朽ち果てたいものか。問題はその方法だ。

「ギル、じゃあ教えてくれ。オレは一体どうやってここから出ればいいのか……。まったくなにも見えないんだぜ、闇に閉ざされた世界で、どうやって出口を発見すればいい？」

「世界の仕組みなど、……いつになってもわからないものだ」

「そんなことを聞いてるんじゃない」

ギルバートはたっぷりと間をおいた。

「レスリー。君は……、自分の持つ、能力を忘れたのか。私は、……知っているぞ。実際に、この目で、……見たからな。……ベリンジア、……リハーサルの、とき、君は、……チェリストのたてた異音を、正確に、……つきとめた。君の、……耳は、凡人のものとは違う。音がどこからくるのかその方向まで正確に、嗅《か》ぎ当てることができる」

レスリーは、ギルバートの言葉に触発されて、耳を澄ました。それに答えるように、水の滴る音が耳に入ってきた。意識するほど、音はぼんやりとした輪郭をそぎ落として鼓膜に届き始めた。そして、もやが晴れるように一方向へ凝縮していった。クリアな響きは、レスリーの左耳のはるか上からこぼれ落ち、地底湖に飲み込まれて消えている。

「私の耳にだって音は聞こえる……、……ぼんやりとな、……とても、方向まで見極めることはできない。……だが、……君なら、できるだろ。水の滴る場所……、……それこそ、我々が落下してきた亀裂《きれつ》に違いない……。水は、……この上の空間から……、流れて、音をたてている……。消えてしまわないうちに、……さあ、……早く、行くんだ」

レスリーは聴覚を一心に集中させた。左手を正面から横に四十五度水平に動かし、その位置から六十度ばかり上に移動させた。左手の人差指をピンと伸ばし、正確に位置を定める……。指差した、まさにその方向から水は一粒二粒と滴り落ちている……。そこが、この世界と上の世界とをつなぐ唯一の通路だった。

「ギル……、あんたの言う通りだ……。目が見えなくとも方向はわかる……。だから、なあ、あんたも一緒に行こう……」

「バカを言うんじゃない。もし、その気があるのなら……、先に出て、救助隊をよこせばいい」

「ギル……、なあ、ギル」

レスリーは意味もなく、ギルバートの名を呼んだ。ギルバートの呼吸が、最後の喘《あえ》ぎに聞こえたからかもしれない。

「いいか、レスリー。……世界の、……仕組みがわかっている人間は、……だれもいないんだ。だが、……君なら、……近づくことができる。……ヴェールを一枚一枚、剝《は》がし取れ！　行動するんだ……。後に、……明らかになるものがある」

その言葉を最後に、あたりの闇はより一層深みを増した。

レスリーはギルバートの口のあたりに耳を近づけ、そのまま胸へとずらした。呼吸が止まっている。

「……ギル？……ギル」

それでもなお、レスリーはギルの名を呼んだ。ぴちゃりぴちゃりという洞窟《どうくつ》内生物のたてる水音は静寂に一層拍車をかけ、刺すほどの孤独感がレスリーにのしかかってくる。

「なあ、ギル……、返事してくれよ」

涙声で言ったが、返事を返すのは水音ばかりだった。たったひとりになってしまった。

あと数時間ここでこうしていたら発狂するだろう。いくら強靭《きょうじん》な精神の持ち主とはいえ耐えられるものではない。

……どうすればいい？

レスリーはいつの間にか首からペンダントをはずし、手に握り締めていた。子供の頃から見慣れた赤い鹿の図柄は、暗黒の中にも明瞭《めいりょう》な輪郭で浮かぶ。目を閉じ、図柄を思い浮かべると赤みは一層増し、前脚を躍動させて空へ空へと誘っていた。音楽へと駆り立てたもの、生命力を湧き立たせたもの、すべてこの中に凝縮されている。レスリーは手を開き、ペンダントを取り上げて岩の上に置いてみた。それでも、脳裏には、はっきりと赤い鹿の像が残る……。

……どうすべきか。

答えは簡単だった。まず行動することだ。戦い続けることによって、ともすれば絶望に陥りがちな精神を正常に保つ。それ以外になかった。ギルバートの言う通りだ。他に方法はない。

レスリーは赤い鹿のペンダントをギルバートの首にかけ、両手に強く握らせてから胸の上にそっと載せた。ギルバートをここに残していく以上、霊を守る存在として赤い鹿を残していくべきだと、レスリーは考えた。身から離しても、赤い鹿の霊はきっと自分を導く。

レスリーは、もう一度方向を確認してから立ち上がり、両手でバランスをとりながら背後へ後じさった。すぐに、鍾乳石の刺《とげ》で覆われた絶壁が手に触れた。試みに、手頃な出っ張りに足を掛け、体重をかけてみる。どうにか持ちこたえた。右手を頭上のくぼみに差し入れ、身体を引き上げながら、次の足場を探した。そんなふうにして二歩三歩と身体を高みへと押し上げていく。このまま垂直に壁が切り立っているとしたら、どうにか亀裂の入口まで辿り着けないこともない。しかし、この先の壁がどのように湾曲しているかわからない。無駄なあがきかもしれないが、レスリーは上り続ける他なかった。どこに至るべく登頂を続けるのか、彼はまだ知りようがない。鍾乳石のきっ先で手足を傷つけ、真っ暗な中で赤い血を滴らせる行為がなにをもたらすのか。

突然、右手に握り締めていた岩の出っ張りがポキリと不気味な音をたてて折れた。仰向けになって落ち掛ける瞬間、レスリーは咄嗟《とっさ》の判断力を働かせ、曲げていた両足をおもいっきり伸ばして壁を蹴《け》った。仰向けの姿勢で放射線を描いて落下しながら、落下地点にどうか水がありますようにと、レスリーは祈った。

数時間のうちに、レスリーは何度転落したことだろう。足場の数は豊富だが、強度的にあまり頼りにならないのが鍾乳石だった。落下のたびに、同じ恐怖に襲われた。もし落下点が鍾乳石だったらどうしようと……。克服できない恐怖。次の転落で岩に激突しない保証はどこにもない。もし、音の源を目指して絶壁を登る行為が無駄に終わるとわかっているのなら、なにも死刑執行の恐怖を何度も味わう必要はなかった。だが、彼には座して待つことはできない。ギルバートに言われた通り、剝がし取れるならヴェールを一枚でも剝がしたかった。

何度目かの登攀《とうはん》の途中で、二度目の地震が起こった。一回目の時よりほんの少し震度も強く、二度に分けてグラッグラッと暗黒を揺らした。絶壁の半ばにはりついていたレスリーはこらえきれず、足で岩肌を蹴って身を躍らせ、今度こそダメかもしれないと覚悟を決めた。

10

浅い眠りだった。フローラは目覚めると同時に身体を硬直させ、そのままの姿勢で息をつめた。

……あ、今から大地が揺れる。

突然、そんな思いを抱き、胸騒ぎを覚えた。それからちょうど十秒後、下から突き上げるようにして大地は揺れた。昨日の午後に起こった地震と、震度も揺れ方もそっくりだった。フローラはベッドの横のナイトテーブルに時計を探した。午前四時を指している。時計を持った手を降ろそうとして、フローラは昨日とまったく同じシーンを脳裏に展開させていた。土の香り……、そして、潮の香り、海と、南海の楽園、激しい波音……粉々に砕けて空に舞うマスト。なにかがやってくるという予感……巨大なものが近づきつつある。フローラは汗をかいていた。再び、地震によって、見たこともない南海のシーンが流れたのだ。しかも、今回は、地震さえ予知した。シーンは完全に流れ去ったわけではない。まだなにか、頭の隅に引っ掛かっている。赤い色をした、巨大な枝角を持った動物。蔦《つた》のからまる巨石。

フローラはハッとしてベッドから飛び起き、バスルームに走った。バスルームまでの短い時間に、ぼんやりとした左腕の痣《あざ》がはっきりとした模様となって脳裏に定着していった。パジャマの上を脱ぎ、左肩を突き出して、そこにある青紫色の痣を鏡に映し出した。これまでどうしても意味をなさなかった図形に、ようやくぴったりとした解釈があてはまった。なんのことはない、鹿だ。フローラは左腕を上げたり下げたりした。動きに応じて、鹿は皮膚の上で躍動する。目まいがした。どうしても制御できず、次から次に細胞の記憶が溢《あふ》れ出た。同時に、わけもわからず涙がこぼれ落ちる。自分が変わっていくのがはっきりと認識できる……、これまでとは違う自分に。

窓辺に寄って、ほんの少し明るくなりかけた東の荒野を見やった。これからなにをすべきか、もはや明らかだった。昨夜遅くまで、レスリーの到着を待ったけれども、彼は現れなかった。なす術《すべ》もないまま、眠りにつき夜明けの地震によって、強烈なインスピレーションを受けたのだ。

……東へ向かえ。東の砂漠へと。

行動を起こせ。導くのは、赤い鹿だ。レスリーは窮地に陥っているに違いない。今、地球上で、彼を救えるのは自分だけだと、フローラは考えた。

バッグを探って、地図を出した。おおまかな位置はわかっても、どこをどう行けば鍾《しょう》乳洞《にゅうどう》の入口に出るのかがわからない。砂漠をやみくもに走ったりすれば、抜け出せなくなる可能性もある。それでもフローラは、オフローダーで東に向かった。東の地平線は、闇から浮かび上がって徐々に空と大地を分かち始めていた。

……まずもって行動に移せ。

力強い声が聞こえた。ハンドルを握るフローラは思わずバックミラーを見たほどだ。

……おのれを取り巻くすべてと戦え。

残響とともに消えてゆく懐かしい声……、懐かしいと感じたことにフローラは驚く。声は波の音とともに、小さくなり、消えていった。

さっきから、U・Sルート60号線を何度も行きつ戻りつしていた。頭に血が上って、フローラはヒステリックに叫んだ。

「どこをどう走れば鍾乳洞に出るっていうのよ!」

無目的に走り回れば目的地に行き着くわけではない。砂漠がそんなに甘くないことぐらいフローラはよく知っている。国道を離れる勇気が湧かなくて、フローラは苛立《いらだ》った。目印を決めようにも、東の荒野はわずかな傾斜をもってせり上がるなんの変哲もない大地だ。フローラは、車を止めた。エンジンはそのままで、ドアの外に出た。朝の空気はすがすがしく、熱したフローラの感情をわずかに冷ました。数歩前方に歩くと、偶然小さな川の流れが目に入った。浸食された裂け目の底を、水は東の方角からチョロチョロと流れてくる。

フローラは水面を見てすぐ、地底湖を連想した。大地の底に蓄えられた透明な水。溢れ出すせせらぎ。すぐ、車にとって返して地図を広げた。この小さな川の名前が記されている。リトルコロラドリバー。フローラは流れを上流に辿《たど》った。すると、流れは、南北を走るアリゾナとニューメキシコの州境にぶつかって、×印を作る。レスリーの言葉が甦《よみがえ》った。

……アリゾナとニューメキシコの州境に、地底湖はある。

せせらぎはきれいだった。しかも、水は常になにかを運ぶ。なんだろう、運んでくるものは。この場合、それは目に見えぬもの……、しかし、強く胸に訴えかける情熱であった。地下の鍾乳洞にある湖と、この川の流れとはきっとつながっている。地底湖の水はこの川へと流れ出ている。フローラはごく当然の結論を出した。それともうひとつ、川を東に向かって二十マイルほど走り、それでもなお鍾乳洞を発見できなかった場合、また川に沿って戻ればいいのだ。砂漠に迷い込んで抜け出せなくなることもなく、しかも喉《のど》が渇けば水はいつでも手に入る。

……行こう！

フローラは決意した。そして、水の流れに沿って川を東へと辿った。水の導く先に、きっと鍾乳洞は口を開けて待っている……、フローラには確信があった。

11

レスリーは水面に顔を出し、頭上から降り注ぐ滝を浴びていた。亀裂から流れ落ちる水量は、地震のせいで増していた。こうやって直接水を浴びれば、この真上に上の世界に通じる道があると証明されたも同じだった。暗黒に包まれ、混沌《こんとん》の支配する中、レスリーは感覚だけを頼りにここの地形を知ろうと上を見上げ、こぼれ落ちる水を飲み、再度方向を確認した。レスリーはこの地下世界の仕組みを明らかにすべく、格闘した。それにしても、この世界は謎に満ちている。仕組みを明らかにすることなど永遠にできそうもない。ただ、格闘することに意味があるのかもしれない。

そして、今また、レスリーは岸に這《は》い上がり、水の滴るはるか頭上の亀裂目指して、鍾乳石の出っ張りに腕をからめ上へ上へと自分の身体を押し上げてゆく。足をふみはずして、地底湖に転落しても構わない。もう一度、初めからやるだけ……、恐くはあっても、ただそれだけだ。この繰り返しのうちに生命の火が消えても、レスリーには世界を恨む気持ちはない。絶壁は幾重にも重なった襞《ひだ》に覆われ、足場に不自由することはなかった。レスリーは赤い鹿の姿を脳裏に躍動させ、不思議に懐かしいと感じさせるフローラの声をその姿に重ね合わせ、一歩また一歩と襞に足を差し入れ、身体を高みへ高みへと運んでいった。

リトルコロラドリバーをちょうど二十マイル遡《さかのぼ》った地点で、フローラは車を止めた。鍾乳洞の入口はどこにも見えなかったが、右手前方に、まだ昇りきらぬ陽の光を柔らかく照り返す銀色の輝きがあった。茶褐色の大地の上で、それは唯一人工の色を放っている。フローラはその場所に車を向けた。近づくほどに、光の主が銀色のボディのピックアップトラックであるとわかる。ほっとする思いだった。レスリーたちがピックアップトラックでL・Aから砂漠に向かったのは知っている。だから、間違いない。彼は確実にこの近くにいる。限り無い喜びで満たされていった。と同時に、鍾乳洞の中でなんらかの事故に見舞われたという危惧《きぐ》が現実のものとわかり、不安を募らせた。レスリーとギルバートは間違いなく、一夜を地下の世界で過ごした。主人を欠いたピックアップトラックがそのことを告げている。

フローラは、車をピックアップトラックに横付けして止めた。トラックの荷台には予備のガソリンの入ったポリ容器やロープなどが積まれている。フローラは車から降りてあたりを歩いた。足もとには、すり鉢状に湾曲したくぼ地があった。その底には、グロテスクな格好をした機械が置かれている。フローラはドリーネの底に降りた。よく見ると、機械はダイナモだった。水平に支える片側の足が倒れ、ダイナモは動きを止めていた。二度にわたる地震で倒れてしまったに違いない。ダイナモからは、耐熱絶縁材で周囲を覆われたコードが伸びていた。フローラは身体の向きを変えて、そのコードの先を目で追った。すると、想像していたよりもずっと小さな縦の亀裂《きれつ》が、口を広げていた。銀色のピックアップトラックを見逃していたら、絶対に発見できそうもない入口だ。

……とうとう見つけた。

フローラは背中を曲げて入口から中を覗《のぞ》き、レスリーの名を呼んだ。声は反響しながら闇に吸い込まれ、しばらく待っても何の返事もない。何度も何度も呼んだ。しかし、結果は同じだった。

……ダイナモが止まったせいかしら。

フローラは考えた。発電機であるダイナモは、おそらく洞窟《どうくつ》内に照明を灯《とも》す役目を負っているのだろうが、それが止まったことによって洞内は真っ暗になり、ためにレスリーとギルバートは道を見失ってしまった……。この時間になってもふたりが出てこないわけを、フローラはそう解釈した。時計の針はとっくに午前五時を回っている。

フローラは、ダイナモをじっと見つめた。見つめさえすれば、機械の仕組みがわかるとでもいうように……。上部のガソリンタンクのキャップをとって中を覗いてみる。気化したガソリンの強烈な臭いが鼻をついた。まだ少し残っているようだ。ただ、水平に保っていた脚が倒れて斜めに傾き、そのせいでキャブレターのほうに燃料がいかなくなってしまったらしい。フローラは両手で持ち上げてダイナモを水平に戻そうとした。だが、非力な彼女がいくら力んだところでビクともするものではない。持ち上げておいて台を差し入れるなんて芸当は、とても無理だ。では、どうするか……。傾いていても充分キャブにまわるくらいガソリンを一杯つぎ足せばいい。フローラは斜面を駆け上って、ピックアップトラックの荷台からポリ容器を落とした。そして、足で蹴《け》ってドリーネの底へと転がそうとした。一蹴りで底にまで転がるならともかく、半回転しては止まる角ばった容器を、そのつど全身の力を込めて押す必要があった。おかげで、底に到達させるだけで、フローラは身体中の力を使い果たしてしまったほどだ。褐色の大地にへたり込み、赤くなり始めた空を見上げてぜいぜいと喉を鳴らした。吹き出した汗でＴシャツはびっしょりと濡《ぬ》れている。フローラはうらめしそうに、ポリ容器を見た。今度はこれを胸の高さにまで持ち上げねばならない。一旦《いったん》目を閉じて、胸に念じる。

……持ち上がりますように。

転がすのさえ一苦労の、自分とほぼ同じ重さのポリ容器を、ダイナモの高さに保ってガソリンを注ぎ込むなんてことが一体できるだろうか。とても不可能に思えた。理屈では持ち上がるはずはない。目を背け、こんな状況から逃げ出したかった。自分の非力のせいで、大切なものを失うなんて現実にはとても耐えられない。フローラは、ポリ容器に触れるのが急に恐くなった。持ち上げようとして、不可能を悟るのが恐かったからだ。

不可能……、不可能……、筏《いかだ》で太平洋を渡ったという祖父の戯言《ざれごと》……、不可能を可能にする強力な意志力が、目も覚める海の情景とともにあたりに漂った。

「戦え！　まずもって、おのれを取り巻くすべてと戦え！」

再び、どこからともなく声が聞こえた。懐かしい響きだった。これまでの人生で触れた声の質ではなかった。遥《はる》か以前、遠い昔、この声の主から、巨大な勇気を教わった。そういった漠然とした記憶が甦る。勇気が湧き力の溢《あふ》れる実感があった。

フローラは立ち上がってポリ容器の底に手を当てた。坊やを三人まとめて抱き上げると思えばいい。

……取り戻さなくっちゃ。

なにを取り戻すというのか……、半年前に亡くした坊や? それとも、レスリー……。

レスリーよ、レスリー。苦しさのあまり死のうとした時、死の淵《ふち》から救い上げてくれたレスリー。今度は私の番。レスリー、レスリー。まず今はレスリーを取り戻す……、その後、彼といっしょに子供も取り戻す。取り戻すのよ、取り戻すのよ。失ったものをみんな。混乱のなか、フローラは願い続けた。理屈もなにもなかった。なぜ、取り戻すのか、レスリーを、……レスリーとはまだ会ったこともない。にもかかわらず、取り戻せという声。力の源泉はそこにある。

フローラは渾身《こんしん》の力を込めて両手を引き上げた。自分以外の力を感じる。太い両腕で支えられているような力だ。ポリ容器はダイナモの上部にまで持ち上がっていた。

どくどくと音をたて、ポリ容器からガソリンは注入された。やがてタンクの口から溢れ出したのを見てフローラはポリ容器ごと後ろ向きに倒れてガソリンを胸に浴びた。それ以上、一秒たりとも支えることはできなかった。汗なのか涙なのか、顔中が濡れている。胸に浴びたガソリンが気化して熱を奪っていくのが、気持ちいい。腕はしびれていた。しばらく横になっていたい気分だったが、フローラは立ち上がってレバーを引いてエンジンを始動させた。最初はおそるおそる、次は力を込めて、そして、三回目はもっと力を込めて。ピストンは轟音《ごうおん》とともに上下運動を始め、排気管からは蜃気楼《しんきろう》のようなガスが吐き出されてくる。目の前の機械に生命が吹き込まれたのを見て、フローラはとっさに洞内に伸びるコードを目で追った。中を流れる電流の速さが彼女にはわかるようだった。そして、明瞭《めいりょう》にイメージすることができた。真っ暗だった洞窟の中が、柔らかな人工の光で照らし出されてゆく様が……。

ここで待つつもりはなかった。フローラは洞窟の入口で立ち止まって、もう一度荷物を確かめた。足りないものがあっても、引き返している余裕はないかもしれない。合成樹脂でできた細いロープの束、サーチライト、予備の乾電池、わずかな食料、そしてもっとも重要と思われたけれど実際はまったく必要のない水。入口付近に群棲《ぐんせい》するコウモリが不気味だった。フローラは唯一自力で空を飛べる哺乳類《ほにゅうるい》を起こさないように、なるべく音をたてずに地下の世界へと降りていった。

フローラは、ちょうど手の高さで鍾乳石《しょうにゅうせき》に打ちつけられた細いロープを辿《たど》って進んだ。ロープは途中で分かれることなく、前方の闇の中に蛇のように伸びていた。上部に吊《つ》り下げられたライトの間隔は大きく、また光量が少ないため、ライトとライトの谷間は手もとの懐中電灯を頼りに歩く他なかった。暗さのためフローラは何度も突き出た岩につまずいた。

上下に高く、人間がやっとひとり通れるぐらいの幅の亀裂を過ぎると、フローラはかなり広い空間に出た。彼女は初めここが終点だと思ったが、よく見るとロープはまだ先に伸びている。揺れている光は見当たらない。レスリーもギルバートもここにはいないのだ。フローラは地下にできた平坦《へいたん》な広場を横切り、後ろ向きになったサーチライトを目指して進んだ。

サーチライトの後ろから、その光の照らす一段低い空間を見て、フローラは驚きのあまり声も出なかった。一体どのくらいの広さを持つのか、把握することさえ不可能だ。サーチライトの光は到底この空間の果てには届き得ず、弱まった光の向こう側は茫漠《ぼうばく》とした闇に支配されている。これより奥にライトはなく、したがってここが最終地点であることをフローラはすぐに悟った。暗闇に目が慣れるのを待って、二度三度地下の広間の底に視線をゆっくりと這《は》わせた。動いている光はなかったが、右手のずっと下のほうにほんの小さな輝きがチラッと見える。なんだろうと思う前に、彼女は叫んでいた。

「レスリー！」

返事はなく、小さな光も動かない。こんな広い場所で、レスリーとギルバートのふたりに何が起こったのだろうと、フローラは不安な面持ちで考えられる限りの可能性を頭に思い描こうとした。しかし、彼女の頭には何も思い浮かばない。驚きと、神秘への恐れは、まだ頭の大部分を占めている。この不思議な空間の持つ独特の雰囲気に魅了され、少々酔った気分にもなっていた。そして、眺めているだけで、この下のどこかにきっとレスリーがいるという確信がじわじわと湧き上がってきて、今からこの崖《がけ》を降りようとするフローラを勇気づけた。

崖を降りるのはそれほど困難な作業ではなかった。ただ、もしレスリーが怪我をしていて抱きかかえたままこの崖を登らなければならない時のことを考えるとぞっとした。

降りきって上を見上げると、サーチライトはまるで太陽のように輝いている。崖の上で見た仄《ほの》かな光は、石の陰に隠れてかここからでは見えない。フローラは、光のあった方向をよく思い出し、そこに向けて歩き始めた。

時々振り返るフローラの目の中で、サーチライトの灯《あか》りは太陽から月になり、そして星へと変わりつつあった。前方の闇が濃くなっていくに従って、先ほどの光は再び見え始める。フローラは足を速め、繰り返しレスリーの名を呼んだ。

光の主は、レスリーのかぶっていたヘルメットに付けられたヘッドランプだった。バッテリーがなくなりつつあることは、その弱々しい光からすぐにわかる。光は揺れて、微妙な明滅を繰り返し、いつ消えてもおかしくない状態だった。ランプの頼りなげなゆらめきにレスリーの姿が重なると、フローラはなんとなく不吉な気分に襲われて、自然の消滅の前に自らの手でランプのスイッチを切った。あたりには譜面が散乱していて、レスリーのしょっていたらしいリュックサックも岩にもたせるようにして置かれている。無風のため、散乱した譜面はレスリーの手から離れたままの姿を留《とど》めている。フローラは譜面を一枚拾い上げて、懐中電灯の光にかざした。音符は群れをなして横に並び、あまりに乱暴な書きっぷりを見て、フローラはレスリーの頭の中に流れた曲の素晴らしさを疑わなかった。こういった書き方をした場合……、それはインスピレーションに導かれたのであって、彼の心は自分以外の何かに身を任せて天の声を聞いていたはずである。レスリーの仕事は、成功したのだ。拾い上げた十数枚の譜面のうち、一枚だけに未完の部分が残っている。レスリーがこの譜面に向かっている時、例の地震が起き、ダイナモが止まり、洞窟《どうくつ》内の照明の一切が消えてしまったに違いない。

フローラはレスリーの名前を呼びながら、弧を描くように電灯の光を振り、十数時間前までレスリーがいた場所の回りを調べた。かすかに水の滴る音が聞こえる。音の方向に歩きライトを向けると、ガラスに当たったようにキラッとした反射が返ってくる。目の前に横たわるのは地底湖だった。境目もわからないほどに澄み渡った水の岸辺のすぐ手前に、細長い亀裂《きれつ》が走っている。そして、フローラはその淵に立って、亀裂の底に向かって懐中電灯の光を投げかけた。二、三メートルばかり下で鍾乳石は湾曲し、そのもっと奥は見えなくなっている。もう一度顔を上げてあたりの様子をうかがった。近くに散乱する譜面、消えかかったヘッドランプ、岩にもたせたリュックサック……。そして、闇の底へと水を滴らせる亀裂は、今開いたばかりといったみずみずしささえ感じさせる。昨日の地震で生じた亀裂だと考えれば、すべてつじつまが合う。考えられる結論はひとつしかない。レスリーとギルバートは地震でできた亀裂に足を取られ、このもっと下の空間へと転がり落ちていったのだ。

「レスリー！」

フローラは亀裂の縁に跪《ひざまず》いて、何度も何度も叫んだ。

その時レスリーは、これ以上一歩も動けない状態で、絶壁に張りついていた。垂直に切り立っていた絶壁は、徐々に湾曲していって今やレスリーの頭を包むように反りかえっていた。これではとても登りきれるものではない。ひょっとして、こういった地形かもしれないと案じた通りに、行く手は塞《ふさ》がれてしまったのだ。水のこぼれる音は、すぐそこだ。なのに、手が届きそうでいて、上の世界への入口には至ることができない。胸のかきむしられる思い……歯がゆさに腹を立て、彼はうめき声をあげた。

……結局、手に入らないのか。

腕と足の力も鈍り、感覚がなくなりかけていた。水の上に身を躍らせるのはたやすい。だが、出口への道が閉ざされているとわかった以上、二度と登る気力は湧かないに決まっている。文字通り力尽きたのだ。疲労は極限に近く、かえって心地いいくらいだった。ふと、生きることへの情熱を失いかけた。その時、はるか頭上から小さな音が舞い降りてくるのに気がついた。

レスリーはあらゆる悲観的な思考を一旦《いったん》うちきり、その音の方向に耳を澄ませた。コウモリの鳴き声とも石の転がる音とも異なり、その音にはなんともいえない暖かさが含まれている。複雑に入り組んだ鍾乳石の間を縫い、残響を繰り返してようやくこのホールの天井の切れ目からこぼれた音は、最初の響きからずいぶんかけ離れたものになってしまったのだが、それでもレスリーはすぐにその音の正体を見破ることができた。まったく聞き取れない音ではあるが、思いを込めて耳を傾けるうちに、その音は女性の声へと、そしてついには意味のある言葉へと変わっていき、言葉にはちょうどレスリーの名前が当てはまるように感じられる。……声の主は、フローラに間違いなかった。彼はおもいっきり大きな声でフローラの名を叫んだ。しかし、見ることのできないこの広大な湖に、声は飲み込まれてゆく。自分の声のうちのどれだけがあの隙間から上へ伝わっていったものかと、レスリーは不安に思う。だが、そう思っても彼は叫び続け、自分のいる場所を訴え続ける他なかった。まごまごしていたら、フローラはこの場所にレスリーはいないものと判断して他に移ってしまうかもしれないのだ。

実際、フローラの耳にレスリーの叫びは届いてはいなかった。亀裂の縁に四つん這《ば》いになって、じっと深淵《しんえん》を覗《のぞ》き込むフローラには、レスリーの気配といったものしか感じることができなかったが、それで充分であった。状況から見て、この淵《ふち》の底にレスリーがいるのはまず間違いないからだ。ただ、返事のないことにより、彼の身の安全を心配した。フローラは確信を持って立ち上がると、リュックサックから合成樹脂でできた細いロープの束を取りだし、端を地面から突き出た岩の根もとにくりつけた。そして、残りの束を亀裂の底に向かって投げようとして、ふとあることを思い付いた。

……彼がこの亀裂の中を滑り落ちたとすれば、それは自然の落下に身を任せて落ちたはずだわ。なら、私が降りる前に、その道筋を確認しておいたほうがいいんじゃないかしら。もし、この亀裂の先が複雑に入り組んでいるとしたら、間違った道筋に迷い込む恐れがありそうな気がしたのだ。

ギルバートのリュックサックの中に目当てのものは見つかった。頑丈なプラスチックでカバーされた防水ライトはずしりと重く、乾電池が新しいために光の量も豊富だった。フローラはライトの取っ手の部分にロープの先を固く結び付け、亀裂の中に降ろしていった。防水ライトは光を振りまきながらカタカタと音をたてて岩肌を滑り降り、すぐに岩の底に当たると、さらに下方へと湾曲した壁面に沿って闇の中へと消えていった。フローラは、ロープを徐々に降ろし、重力に導かれるままに光の束を下に進めていった。手に伝わる感触から、ライトはかなり急な傾斜角をもった凹凸《おうとつ》の少ない岩肌を滑り降りていることがわかる。振動はそれほど大きくはなく、途中で止まってしまう気配も見せなかった。しかし、後数メートルのロープを手もとに残すだけとなった時、手に伝わる感触は突然変わった。振動はまったくなくなり、何の抵抗も受けずにロープはスルスルとフローラの手を滑り始めたのだ。フローラはこの意味をすぐに悟った。長い滑り台の果てにあったのは、何もない空間……。果たしてレスリーはどのくらいの高さを落ちたのだろう……、そう思うと手の動きは次第に速くなる。しかし、底に触れることなく降り続けるロープは無情にも長さをどんどん増してゆく。三メートル、四メートル……、フローラの膝頭《ひざがしら》は不安と恐怖のためにがくがくと震え、喉《のど》の奥は渇いていった。この高さから落下して岩に激突したら、人間の身体はどうなってしまうのだろうか……。まさかその下に巨大な湖が眠っているとも知らず、フローラは早くライトが底の岩に接地することを願った。手もとのロープはついにピンと張られた状態になった。少し手繰り寄せて、再びそっと降ろしてみる。接地している感覚は得られない。ライトが宙吊りになってしまったことは疑いようがなかった。空間を落下した距離は目算で既に五メートルを超えていた。あとまだどのくらいの深さがあるのか、まったくわからない。フローラは絶望にかられ、腰から下の力が抜けそうなのをどうにか堪《こら》えた。

数メートルばかり上の岩の切れ目から突如その灯《あか》りは現れ、今まで見ることもできなかった空間に地球誕生以来初めての光が差し始めた。光はすーっと滑らかに下に降り、水面から上二メートルくらいのところで止まってしまった。それはロープの先にくくりつけられた防水のサーチライトで、小さく揺れながら水面を照らし出し、透明な水の中に鋭い光の刃を差し入れた。このロープの先につかまって上に上がって来いという意味にとれる。

……助かった。

不意に差しのべられた救いの手は、あまりに突然過ぎて気抜けしそうであった。小さなサーチライトであっても一筋の光はなんとありがたいものかと、レスリーは思う。

しばらくすると、それまで静止していた水面が細かく波打ち始めた。水中に住む無数の洞窟内生物は初めての光に触れて動きを活発にしたのだ。それらの無色透明な洞窟内生物は、光を体内に保存する機能を持っているらしく、彼らは浴びたばかりの光を体内に取り入れると同時に自らも発光を始めたのだった。オレンジ色を含んだライトとは異なり、光はぼやっとした乳白色で、一旦点《とも》った以上それは永久に消えそうにはなかった。おそらく、ここにいる洞窟内生物は死ぬまでこの光を体内に宿し続けるのだろう。

光は次々と隣の、そしてまた隣の洞窟内生物へと伝播《でんぱ》し、吊り下がったライトを中心にして波紋のように広がっていった。そして、その働きによって地底の湖はようやく広大さを現していった。ぽつぽつとしたともしびはあっという間に湖全体を覆い、水平線らしきものを浮かび上がらせた。空気の層は洞窟内生物の発する光を受けて薄緑色を帯び、ゆったりとしたカーブを描く水平線は、乳白色の湖と淡い緑色の空との間にすうっと引かれている。

レスリーは突き出た鍾乳石を抱いたまま振り返り、茫然《ぼうぜん》とこの光景に見入っていた。瞬間、彼は今自分の置かれている状況を忘れ、ああオレは夢を見ていたんだなあとどことなくうっとりした気分に襲われた。天と地の逆転した世界……見ているのはまさにそれだった。透き通った湖の中でまたたく生物発光は、どう見ても夜空を埋める星々にしか見えない。しかし、レスリーにはそんな夢の世界に浸っている時間はなかった。彼はどうにかこの現実を飲み込み、まず最初に自分を取り巻く位置関係について思いを巡らせた。自分がいるのは、小さな湾のもっとも奥の絶壁であり、地底湖の水面から六、七メートル上がったところであった。すぐ上には岩の天井があり、ロープが垂れているのはその隙間からだ。

レスリーは、水面からロープの先端までどのくらいの高さがあるか目で計ってみる。二メートルから三メートル……彼はぞっとした。これ以上岩を登ることもできない。かといって、ライトの下まで泳いでロープを摑《つか》もうとしてもまず手の届かない距離だった。

その時、沖合数百メートルのところを、膝《ひざ》の高さくらいの小さな隆起がこちらに向かって走っているのに気付いた。高所からの展望により、レスリーは湖の異変をいち早く察知したのだった。

フローラは、ロープをそのままにして、リュックサックを探った。もうひとつのロープの束を探し出し、ふたつを結び合わせるためである。そうすれば充分な長さになるだろう。でも、それでも尚《なお》、底に接地しなかった場合を思うと彼女の手は震え、心臓の鼓動は速まった。

フローラはギルバートのリュックサックの中に目当てのものを発見すると、それを持って元の場所に戻った。

沖を走る隆起は湾の中に進入しかけていた。ほんの数十センチしかなかった湖の表面のふくらみは、湾の入口を過ぎ、幅が狭くなるに従って波高を高くして、中ほどにさしかかった時には数メートルの高さをもつ高波に変わっていた。また発生したのだ。地震の後に起こる津波。

突如、レスリーは解決策を思いついた。

……水の力を借りる他ない。

巨大なうねりをもって、地底湖の隆起はこちらに向かっている。唯一のチャンスかもしれないのだ。ギルバートの遺体が生物発光に照らされて浮かび上がるのが見えた。彼ならそうしろと言うだろう。ギルバートの穏やかな死に顔を見届けると、レスリーは水の中に飛び込み、ライトの下に向けて泳いだ。そして、ライトの真下で立ち泳ぎをしながら、波がやってくるのを待った。チャンスはたった一度だけ、高波が自分の身体を押し上げた時を狙って、ロープの先に飛びつく他ない。それまで静寂に包まれていた水面は、大きな轟音《ごうおん》となって近付いてくる。波の両端は湾の内部の岩に当たって水しぶきを上げて砕け散り、それと同時に何匹かの洞窟《どうくつ》内生物も空中へと放り投げられた。身体はふわっと持ち上がっていく。手足をばたばたさせてライトの真下の位置をキープしているレスリーの目の前で、ライトの光は突然消えてしまった。もっとも高い位置に、波はレスリーの身体を持ち上げ、それと同時にロープの先のライトまで水の中に飲み込んでしまったのだ。目印の光を失い、パニックに陥りかけてやみくもに前方の水を摑んだ。手応《てごた》えは確かにあった。波が通り過ぎ、湾の奥の岩壁にぶつかって砕け散った時、レスリーはライトのずっと上につかまって空中に浮かんでいた。

フローラは、岩の根もとに結んだロープを解こうとして、ロープを脇に挟んだまま腰を降ろしたところだった。突然息を吹き返したようにピーンと張られたロープは、フローラの身体をはじき飛ばし、尻餅《しりもち》をつかせた。すぐに立ち上がって、期待に震える手でしっかりとロープを掴んだ。身体にはっきりと伝わってくる……、伝わってくる、この先をレスリーの手が掴み、ぶら下がっている感触。彼の全体重が感じられるのがうれしくて、フローラは力を込めて引き上げようとしたが、女の力ではビクともしなかった。

しばらくの間、レスリーはロープに掴まったまま揺れていた。ロープの先は固く結ばれてあるらしく、手もとにはなんとなく安心感があった。助かった、という思いを味わいながら、空中に浮かんでゆっくりと回転していくレスリーが湖のほうに向いた時、彼は二度目の隆起を目にした。それは最初のものよりもはるかに大きく、まだ湾の外にあっても、数メートルの高さを持っている。大きな湖面の盛り上がりは湾の入口にさしかかり、徐々に波高を高くしながらかなりのスピードでこちらに向かいつつある。最初の波の高さから判断して、今度のはおそらく湾の深奥部では天井にまで達してしまうだろう。自然の巨大な力の渦巻く中で、果たしてロープを掴んだままでいられるのかどうか。彼は波の来る前に天井の亀裂《きれつ》の中に逃げ込もうと、無心でロープを手繰り身体を持ち上げていった。亀裂の内部に入り込みさえすれば、足場もあってより速い速度で登ることができる。

耳を塞《ふさ》ごうにも両手は使うことができず、水に圧迫された空気は身体をゆらすほどだった。波は視界のほとんどを覆い、今にも天井に届きそうな勢いで襲いかかり、どうにか亀裂の中に飛び込んだ時、光の斑点《はんてん》はすぐ目前に迫っていた。風圧はレスリーの身体を押し上げ、そのタイミングを逃さずに鍾乳石の斜面を一気に駆け上がった。波は天井を撫《な》でるだけではなく、隙間という隙間にもれなく入り込み、背中を押して上へ上へと押し上げていった。その時初めて悟った。これは地球内部の胎動であると……。地震と津波は、陣痛だ。そして、水に押し上げられる思い。かつて一度味わったことがある。羊水に押され、生まれ出て外気に触れ、光の多さに目をしばたたいた……、その記憶。

音が上の世界にまで届くと、また地震が起こったのかとフローラは勘違いした。音は足もとを揺らしながら凄《すさ》まじいスピードでこちらに近付いてくる。手の中でピンと張っていたロープは急に緩み、と同時に彼女はロープを両腕に巻き付け、地底から溢《あふ》れ出る音の轟音に目を瞠《みは》った。鼓膜が破れるかもしれない……思わず両耳を手で覆う。そして、身体全体に伝わる震動とともに突然目の前に分厚い水の壁が現れた時には呼吸すら止めていた。立ち上がった水の壁は無数の空気の泡を内部に含み、ヘッドランプの照らす光に貫かれて一部分だけが白く輝いている。そして、中には発光するちいさな斑点がぽつぽつと星のように浮かんでいた。その星々の間に、フローラはレスリーの姿をかいま見た。しかし、それはほんの瞬間のことで、亀裂から吹き上がった激流は今度は滝のようになってフローラの頭上から落ちてきた。なす術《すべ》もなく水に飲み込まれ身動きが取れなくなったが、それでもレスリーと自分とを結ぶロープだけは離すまいと、水中で反転するたびに足や腰に巻き付けていった。吹き出た水は波となってホールの床を走り、なだらかな坂を数十メートル進んだところで、一旦《いったん》すっと動きを停止した。レスリーとフローラは、その隙にどうにか水の上に顔を出して息をつき、互いにロープを引き合った。しかし、静止したかに見えた水は今度は逆流を始め、もと来た道をとって返し再び亀裂の中に吸い込まれてゆく。ロープをくり付けた岩の柱に辿《たど》り着いたフローラは、柱にしがみつくとどうにか頭を水の外に出しレスリーの姿を探した。レスリーは数メートル先で、首から上を水面上に出している。泳いでいるのではなく、背丈ぎりぎりのところで立っているらしかった。流れが速くならないうちに、フローラはたるんだロープを手もとにたぐり寄せ、なるべく自分とレスリーの距離が近くなるように努めた。そうして、自分の背中を岩に当て胸に水の圧迫を受ける格好にもっていき、両手を自由に動かせる状態にした。レスリーは、もはや立つこともできず再び亀裂に向かって流されている。フローラは両手でロープをたぐり寄せ、レスリーの身体を岩のほうへと引き寄せた。

レスリーはうまく岩に向かって流れてきたように見えたが、その手前でわずかに逸《そ》れ、亀裂の中に吸い込まれそうになったところでロープに助けられて踏み留《とど》まった。その状態のまま、水の流れ去るのを待つ他なかった。激しい圧力の中で、光の粒はヌルッとした感触を残して後方に飛び去ってゆく。洞窟内生物は生まれて初めての別世界旅行を終え、もとの自分たちのすみかに戻りつつあった。もし、今のこの情景をもっとずっと高いところから眺めたら、一体どんなふうに見えるのだろうか。素早く流れ去る光の粒は、一面の夜空を覆う流星群のように見えたに違いない。

水位が低くなり、流れが弱まると、レスリーにはようやく助かったという確信が湧いてきて、回りの状況を理解するだけの余裕が生まれた。彼は膝の高さになった水の中に立ち、岩のほうに歩み寄ろうとした。

岩に背をもたせかけ、フローラは両足を投げ出していた。水を大量に飲んでしまったためか、時々苦しそうにむせている。数メートル離れた距離から、レスリーは自分と同じ年頃と思われるフローラをつぶさに観察した。長い髪の色はインディアンの女性のものと似ているが、濡《ぬ》れた色艶《いろつや》から、より細くしなやかな髪質と見てとれる。髪は頰にはりついて、丸みを帯びた顔の輪郭を明確に浮かび上がらせていた。なめらかな褐色の肌。そして、ブルーの瞳《ひとみ》を奥に宿す、ほどよくくぼんだ眼窩《がんか》。下に向けていた視線を上げてレスリーを見上げた時、額を伝わった水の筋が目に入りより大きな滴《しずく》となって頰を伝わった。そのまま、フローラとレスリーの視線は、空中で結ばれた。一瞬たりとも視線を離さないで、レスリーは一歩また一歩とフローラに近づいた。すぐそこにいるという思いが湧き起こった。目的の人はすぐそこにいると告げる声が聞こえる。初めて目にするフローラの身体。にもかかわらず、細胞ひとつひとつの引き合いを強く感じる。

……なんだろう！　この感覚。

肉体のあちこちで、神話は渦をなして泡立つ。驚きと喜びをもってそんな感覚を味わい、レスリーはたとえようもなく満ち足りていった。

足もとを洗う水の流れも収まりかけた頃、岩の後ろから原形を留めたままの一枚の紙が運ばれてきた。水に浮かぶ厚い紙は、レスリーの曲が書き込まれた譜面だった。音符はにじんで消え、もはや譜面というには当たらなかったが、フローラは本能的に手を伸ばして譜面を摑《つか》もうとした。大切なものと思われたからだ。だが、それは彼女の手をするりと抜けて、亀裂の底へと飲み込まれていった。あっ、と声を上げて、フローラはレスリーの顔を見た。顔を小さく横に振って、レスリーは笑っている。

……もういいんだよ、そんなもの流れてしまって構わない。

彼の表情はそんな意味にとれる。

赤い鹿のペンダントも、レスリーの音楽もきれいに水に流されてしまった。それにフローラはまだ気付いていなかったが、彼女の左の肩先の青紫色の鹿の痣《あざ》も、徐々に消えようとしていた。ほんの数時間前、鹿の図柄と解釈されたばかりの痣は、その甲斐《かい》もなく消えていく運命にある。出会ってしまった以上、役目は終わったのだ。

レスリーは、想像以上に逞《たくま》しかった。写真と比較しているのか、それとも記憶に残る遥《はる》か昔の姿と比較しているのだろうか。フローラのイメージしたレスリーより実物のほうがはるかに力強い。成し遂げようとする生命力の名残が身体のあちこちに生々しく残っている。擦り切れた手足、鍾乳石《しょうにゅうせき》を摑んで血まみれになった両手の平。痛みを微塵《みじん》も表に出さず、片足を引きずりながらゆっくりと近づく様は威厳に満ちている。

レスリーはフローラの横に腰を降ろした。しばらくふたりとも無言で見つめ合った。喋《しゃべ》ろうにも、言葉にならない。レスリーのほうが幾分冷静ではあった。フローラは口を開く代わりに、レスリーの腕をぎゅっと固く摑んだ。サーチライトの遠い光の中で、フローラの唇が寒さのためにガチガチと震えたように見えた。

　少しでも暖めてあげようと、レスリーはフローラの肩に腕を回した。そうやって、顔と顔を近づけて、なおも見つめ合った。

　もちろんふたりは、一万年以上も昔、自分たちの祖先がアジアの地で別れ別れになり、それぞれが北と南の道を辿って太陽の昇る方向……、東へ向かったという超過去の歴史を知らない。ふたりは理由もわからず、今その力を実感している。細胞のひとつひとつが、過去の情熱を再燃させている。

　ふたりは立ち上がり、岩の陰から出てあたりを見回した。水はもうほとんど亀裂の中に吸い込まれてしまったが、ほんのわずかところどころにある小さなくぼみに水たまりとなって残っていた。その中には取り残された洞窟《どうくつ》内生物も何匹かいる。ある一匹は、ボール状のくぼみでくるくると回転しながら浮かんだり沈んだりして、水中の蛍のようにかわいらしい光を放っている。水たまりは、地下の湖とは比べものにならないくらい小さく、それを思うとここに取り残された洞窟内生物が哀れに思われた。だが、彼らもまた光を宿した生物として別の進化を辿るに違いない。

　それ以外はすべて、レスリーとフローラと取り残された洞窟内生物以外は何もかもすべて、地下の湖に持ち去られてしまった。レスリーの頭を通り過ぎた曲もまた、思い出そうにも、まるで頭の中を水で洗い流されたように、テーマすら浮かんでこない。それは、時とともに遠くなる夢の記憶と似ていた。ただ、曲の素晴らしかったことだけは覚えていて、皮肉にもレスリーにはそのことだけが永遠に忘れられそうにない。

レスリーはフローラの肩を抱き、出口に向かった。出口が近づくと、フローラによって息を吹き返したダイナモの音も聞こえた。

外はもうすっかり朝。すり鉢状の底のためここからでは見えないが、坂を登ってドリーネの縁に立てば、東の空にある太陽が望めるはずであった。ふたりは、手をつないで坂を上った。思った通り、東の空には乳白色に燃える太陽が輝いている。遮るものは何もない。眩《まぶ》しさをこらえて陽を仰ぐと、枝角を持った鹿が太陽に向かって飛び立っていく姿が見えた。おそらく幻だろう……だが、ふたりとも、口に出さずとも、自分の目に映る像が相手の目にも映っていると確信が持てるのだった。

朝の砂漠は、まだ涼しい。かつて共に暮らしたアジアの大地と、どことなく風景が似ている。

……砂漠。

長い道程《みちのり》だったが、ようやくふたりは出発点に立ちかえった。そして、新たな生活に向けて第一歩を踏み出すところであった。

解説

村山由佳

鈴木光司は、ホラー作家ではない。ファンタジー作家でもない。ただひたすらに「愛」を描いてきた作家だと、私は思っている。

こう書いたとたんに言葉が虚々《そらぞら》しく響いてしまうほど、今のこの時代、「愛」というものを正面切って扱うのは難しい。誰もが安手の「愛」に食傷し、辟易《へきえき》している。映画にも小説にも漫画にもゲームにもアダルト産業にも、お手軽な「愛」は満ちあふれ、結果として、人々の中にあるはずの真実の愛を信じようとする心をすり減らし、鈍麻させてしまっている。

本当は皆、寂しいのだ。愛なんて、と薄く笑いながらそのじつ、心から愛することのできる誰かを求め、その誰かから愛されることを求めて、でも口には出せずにいる。言葉にしたとたんにすべてがニセモノになってしまう気がするからだ。

けれど、鈴木氏はひるまない。嘘になりがちな言葉の前で臆《おく》することがない。寂しい私たちの心に、もういちど光を信じる力を与えてくれる物語。大事なものを大事と言って憚《はばか》らない物語。まるごと虚構であるにもかかわらず、ほんとうのことしか描かれていない物語。――そんなふうな、どこまでも強固であると同時にどこまでも柔らかな作品を書いてのけることのできる希有《けう》な作家が、鈴木光司その人なのである。

本作『楽園』は、鈴木氏のデビュー作だ。一九九〇年に第二回「日本ファンタジーノベル大賞」の優秀賞に選ばれている。

ファンタジーといっても、剣も魔法も出てこなければ、タイムスリップも異世界もない。物語はあくまでもこの地球上の歴史の中で現実に存在した世界で展開し、三組の主人公たちが三つの時代を隔てて、引き裂かれた片割れを求める旅を続ける。

第一章「神話」の舞台は先史時代のユーラシア大陸。恋いこがれた末に娶《めと》った妻を他部族の首長に奪われた男が、大地をひた走り海原をわたって、彼女と彼女の中に芽生えた命を取り戻す旅に出る。無骨さを残した文体までが「古事記」を思わせて圧倒的だ。

第二章の「楽園」では、時代は十八世紀とぐっと新しくなり、舞台も南太平洋に移る。座礁した帆船から逃れ、過酷な漂流の果てに流れ着いた島で、若者は美しい娘と恋に落ち、この地に骨を埋《うず》めようとする。しかし平和な日々は長くは続かない。若者はやがて大切なものを守るために戦う強さを覚え、男になってゆく。〈戦士〉として彼の精神を導く役割を果たす、タイラーという人物の造型がまたじつに見事で唸《うな》らされる。

そして最終章、「砂漠」。時はさらに流れて、現代のアメリカが舞台になる。インディアンの血をひく精悍《せいかん》な音楽家はある日、電話越しに聞いただけの女性の声に激しく惹《ひ》きつけられる。彼女のほうもまた、彼の作った音楽を聴くたびに、まるで自分だけに語りかける曲のようだと感じていた。時を経て結び合わされる魂は、やがてアリゾナの砂漠に口をあけた洞窟《どうくつ》の底へと向かい……。

なんともはや、一万年を股《また》にかけた物語である。

読み始めはまるで別々の短編であるかのように思われる各章は、「赤い鹿」のモチーフでゆるやかにつなぎ合わされ、もっと目をこらせば要所要所には読者だけにわかる発見や感動が織り込まれている。こちらの立ち位置や、その時々の心境などによって、幾通りにも意味を読み解けるタペストリーのようだ。

見も知らぬ新世界への好奇心や、決してあきらめない強さ。愛する者たちを守るために、時には武器を取ってでも戦う勇気。芸術と創作への尽きせぬ衝動や憧《あこが》れと、天賦の才を持つ者の孤独……。ひとつひとつのエピソードが無駄のない文体をもって語り起こされ、読み手の脳裏に鮮やかな映像を喚起してゆく。

そして、この巨《おお》きな構造を持つ物語の全体を通奏低音のようにまっすぐに貫くのは、時空を超えて受け継がれてゆく男女の愛だ。

果てしなく広い世界のひと隅で、男と女が出会い、唯一の存在と信じあって結ばれることの神秘。互いの心も身体ももろともに希求する狂おしいほどの想いと意志は、相手が目の前から失われてもなお、烙印《らくいん》のように遺伝子に刻まれ、時代も場所も超えて脈々と受け継がれ……。

そんなふうに何度も何度もくりかえしめぐりあう男女の物語を、前世や生まれ変わりを通して描いたものなら珍しくないのだが、それを遺伝子の記憶に託したというところがじつに新しく、面白い。巻措く能《あた》わずとはこのことだ。物語の性質上、結末はある程度予想がつくにもかかわらず、一度読み始めるとにかく終わりまで見届けずにはいられない。細部の描写が魅力的すぎるのだ。

これまで、本作はしばしばスケールの大きなファンタジー、または冒険譚《たん》として語られてきた。もちろん冒険ファンタジーとして一級品なのは間違いないだろう。

けれど私は思うのだ。鈴木氏がほんとうに書きたかったのは、むしろ、男女の愛の物語としての『楽園』ではなかったか。ここに描かれた途轍《とてつ》もないロマンスを通して、愛というものの持つ不思議さや可能性、そして信じて願う心だけが呼び寄せる奇跡を描き出したかったのではないか。

あるいはまた、こんなふうにも言えるかもしれない。

愛こそは、この世で最も壮大なスケールを持った冒険でありファンタジーなのだ、と。

＊

じつのところ、新人賞に応募する当人にとって、どの作品がデビュー作になるかというのはなかなかにコントロールの難しいことだったりする。

もちろんたった一作しか書いていなければそんなことはないのだが、複数の作品を同時期に別々の小説賞に応募していたりすると、その中でいちばん先に日の目を見たものが自動的にデビュー作ということになる。また、過去に何らかの賞をもらっていても、さらに上を目指すために新たな作品を別の賞に応募する場合もある。賞の大きさによっては、後にそちらがデビュー作のように扱われることもありうるだろう。

なぜこんなことを書くかと言えば、まさにそういう事情によって、鈴木氏と私は作家デビュー前後にニアミスをしているからだ。

私自身、その偶然に気づいたのは、デビュー後ずいぶんたってからだった。一九九一年に、それこそ前世と生まれ変わりを扱った小説で「ジャンプ小説・ノンフィクション大賞」の佳作に選ばれ、引き続き九三年に恋愛小説で「小説すばる新人賞」をもらってから、さらに何年かたった頃。たまたま本棚から出てきた古い「野性時代」を懐かしくひらいてみたところ、びっくりした。

角川書店が主催する「横溝正史ミステリ大賞」――新人の登竜門として今や三十回を数えようとしている文学賞だが、九一年に行われた第十一回の三次選考までを通った八編の中に、私の名前があるのはもちろんわかっていた。わかっているから取ってあった雑誌ではないか。だが、あらためて見ればそこに、なんとあの鈴木光司氏の名前も印刷されているである。さらに言うとミステリ作家の黒川博行氏の名前もある。ちなみに、このとき第十一回横溝正史賞に選ばれたのは、姉小路祐氏の『動く不動産』だった。

驚いた。ここに名前の載った時点ではほとんど「小説家志望」でしかなかった者たち八人のうち、少なくとも四人が、今やジャンルこそばらばらだが職業小説家になっているのだ。見れば見るほど、そのことに深い感慨を覚えずにいられなかった。

と同時に、やっぱりそうか、とも思った。

最近、小説家になりたいと望む人が増えているという。ブログの普及や携帯小説のヒットなどの影響ではないかとも言われている。たしかに、誰もが自分の考えを文章にし、不特定多数に向けて発表する、などということは一昔前には考えられなかったわけで、そういう環境の中、自分もひょっとすると小説家になれるかも、と考える人が増えるのは無理からぬことなのかもしれない。

だが、この際はっきり言わせてもらうなら、ただ「小説家になりたい」だけの者は決して小説家にはなれないのだ。うっかり間違ってデビューしたとしても、必ず一作か二作で消えていく。それに比べれば、「どうしても小説を書きたい」と願う者にはまだ見込みがあるかもしれない。でも結局のところ、この世界で長く生き延びることができるのは、「小説しか書けない」者だけだ。

この「小説しか書けない」タイプの作家は、常に（頑固なまでに）自分にとって必然性のあるもの、自分にとって書くだけの値打ちのあるものしか書かない。そもそも、どうして小説でなければならなかったのか。思いを伝えるのに、どうして詩でもエッセイでもドキュメンタリーでもなく、虚構の物語を選ばなければならなかったのか。その問いに対する答えを自らの奥底から掘り起こすようにして小説を書く。

鈴木光司とは、まさにこのタイプの作家なのである。

結果としてデビュー作となった本作『楽園』の枠組みにファンタジーを選んだのも、彼にとっては決して偶然ではない、必然の選択だったはずである。なぜなら、先にも述べたとおり、今のこの時代に「愛の物語」を真っ向から描き抜くのは至難の業であり、いわゆる普通小説の枠組みをもってしては不可能に近いから。それでもなお、彼はそのテーマをこそ徹底して書いてのけたかったからだ。

処女作には作家のすべてが宿る、とよくいわれる。それを証明するかのように、『楽園』という作品には、迷いも衒《てら》いも屈折もない。「俺はこれを伝えたいんだ」と強くつよく願う心だけが隅々にまで満ちあふれた、ど真ん中の直球、渾身《こんしん》の勝負球だ。

多くの読者が、のちに話題をさらったホラー作品『リング』や『らせん』以上に、ファンタジーとして書かれたこの『楽園』が好きだと言う。あるいはまた、ホラー、ファンタジー、海洋ものなどのうち、どのジャンルが鈴木光司の真骨頂かといったような分析を耳にすることもある。

だが、そんなカテゴライズに、いったいどれほどの意味があるだろう。

たとえばアメリカの作家ロバート・ネイサンは、ファンタジーというジャンルをこんなふうに定義している。

「起こったことなどなく、起こり得るはずもない、だが起こったかもしれないと思わせるもの」

これはしかし、ファンタジー作品だけでなく、鈴木氏の書いてきたほとんどの作品に共通することではないのか。どれもが絵空事だなどという意味で言っているのではない。くり返すが、そういう大きな枠組みを持つ物語を通してしか、読者の胸にまっすぐ届かないほどに熱くて大切な真実を、彼は常に描こうとしている——そういうことなのだ。

この『楽園』をはじめとして、鈴木氏の紡ぐ作品の数々に私たち読者が心揺さぶられる理由も、おそらくそこにある。

ストーリーそのものへの感動はもちろんのこと、自らの生み出す物語の力を信じて読者に思いを届けようとする作家の、揺るがない意志に共鳴するからこそ、私たちはこれほどまでに胸打たれるのではないだろうか。

（平成二十二年一月　作家）

本書は、一九九六年一月に新潮文庫より刊行されました。

楽園《らくえん》

鈴木光司《すずきこうじ》

平成22年 2月25日　初版発行
令和7年 6月30日　11版発行

発行者●山下直久

発行●株式会社KADOKAWA
〒102-8177　東京都千代田区富士見2-13-3
電話　0570-002-301（ナビダイヤル）

角川文庫 16138

印刷所●株式会社KADOKAWA
製本所●株式会社KADOKAWA

表紙画●和田三造

●お問い合わせ
https://www.kadokawa.co.jp/（「お問い合わせ」へお進みください）
※内容によっては、お答えできない場合があります。
※サポートは日本国内のみとさせていただきます。
※Japanese text only

ISBN978-4-04-188013-5　C0193

◆◇◇